中国古典诗词

名篇选读

SELECTED READINGS OF
FAMOUS ANCIENT CHINESE POETRY AND CI

李红霞　编著

中山大学出版社
SUN YAT-SEN UNIVERSITY PRESS

·广州·

版权所有　翻印必究

图书在版编目（CIP）数据

中国古典诗词名篇选读/李红霞编著. —广州：中山大学出版社，2022.4
ISBN 978 - 7 - 306 - 07436 - 2

Ⅰ. ①中… Ⅱ. ①李… Ⅲ. ①古典诗歌—诗歌欣赏—中国—高等学校—教材 Ⅳ. ①I207.2

中国版本图书馆 CIP 数据核字（2022）第 026106 号

出 版 人：王天琪
策划编辑：吕肖剑
责任编辑：苏深梅　吕肖剑
封面设计：曾　斌
版式设计：曾　斌
责任校对：王　璞
责任技编：靳晓虹
出版发行：中山大学出版社
电　　话：编辑部 020 - 84110283，84113349，84111997，84110779，84110776
　　　　　发行部 020 - 84111998，84111981，84111160
地　　址：广州市新港西路 135 号
邮　　编：510275　传　真：020 - 84036565
网　　址：http://www.zsup.com.cn　E - mail：zdcbs@mail.sysu.edu.cn
印 刷 者：佛山家联印刷有限公司
规　　格：787mm×1092mm　1/16　22.75 印张　594 千字
版次印次：2022 年 4 月第 1 版　2022 年 4 月第 1 次印刷
定　　价：60.00 元

如发现本书因印装质量影响阅读，请与出版社发行部联系调换。

前　言

中国古典诗词是中华璀璨文明中的瑰宝，不仅语言优美、韵律和谐、情感真挚、意蕴深厚，而且承载着丰富的文化信息，生动地彰显出汉语之美，形象地体现出中华民族精神和价值观念。中国既是一个诗的国度，也有着源远流长的"诗教"传统。古典诗词兼具语言和文化的双重性质，是汉语国际教育重要的教学材料，以此进行教学，可以更好地弘扬和传播中华文化。

适用对象

本教材主要针对中、高级留学生而编写，既可以作为汉语言文学专业本科留学生的文化选修课教材，也可以作为国际中文教育专业硕士研究生学习的辅助教材，同时也可用作语言进修生开展语音教学或诵读的课外兴趣读物。

编写目的

本教材旨在将中国古代的经典诗词介绍给留学生，激发他们对中华古典诗词的兴趣，使其在学习中体味古典诗词之美，领会古典诗词的无穷魅力，提高其文学素养和审美鉴赏能力，并从理解、欣赏诗词内涵中去了解中国，感受中国传统文化的博大精深；同时，编者也希望以中华古典诗词为媒，搭建中外文化交流互鉴的桥梁，促进中国优秀文学作品的流播，达到"各美其美、美美与共"的目的。

编写体例

本教材按时代顺序编撰，并结合教学阶段与教学时数分为十五个专题。每个专题均有"知识窗"扼要地介绍这一历史时期文学的概况，便于留学生能提纲挈领地把握专题主要内容与诗词发展脉络。每一历史时期的文学作品均按作者简介、标注拼音的原文以及字词的注释、译文、简析、思考与练习题来编排。

编写特色

第一，选材的典型性。本教材以时代为序，精选经典诗词一百三十余首，所选作品均具有一定的代表性。考虑到留学生学习古典诗词的特殊性，一些名篇佳作会因内容过于艰深而在编选时忍痛割舍；注重选取贴合社会生活、富含哲理、契合学生人生经历和心理的作品。

选作篇幅多短小精悍、内容言简意赅且较为浅显、艺术性高、传唱度广。

第二，语言的通俗性。本教材充分考虑留学生汉语水平实际，同一诗人的作品在编排上由易到难、由浅入深，循序渐进，并遵循深入浅出的原则，在"知识窗"的文学常识介绍、作者简介、诗词的译释与评析上均采用明白晓畅、通俗易懂的语言，尽可能地贴近留学生的接受能力和理解能力。

第三，使用的灵活性。本教材对汉语言文学本科生或国际中文教育专业硕士研究生均适用。任课教师可依据留学生汉语水平和教学安排自取所需，灵活运用专题内容开展教学，具有很大的实操性。教师可以选择作品进行课堂讲授，一些篇目也可适当安排学生自主拓展学习，使其能对中国古典诗词有一个总体的了解与把握。

第四，练习的丰富性。本教材每首诗词均附有拼音，可用于口头作业，选取一些作品要求学生背诵，既可帮助学生进行语音正音，也可开展诗词诵读活动。此外，每篇作品配有形式多样的书面练习，用于启发引导学生，明确学习重点，加深学生对学习内容的理解，便于他们课后巩固课堂所学知识或教师进行随堂检测。

本书的出版得到了院校领导与同事的鼓励和大力支持。出版过程中，中山大学出版社吕肖剑老师、苏深梅老师以其严谨细致的工作保障了本书的顺利出版，在此一并致以诚挚的谢意！

目　　录

一、《诗经》专题
　　采葛 ··· 4
　　木瓜 ··· 6
　　蒹葭 ··· 8
　　关雎 ·· 11

二、汉乐府民歌专题
　　上邪 ·· 18
　　长歌行 ··· 20

三、魏晋诗歌专题
曹操
　　龟虽寿 ··· 26
　　短歌行 ··· 29
曹植
　　七步诗 ··· 32
阮籍
　　咏怀（其一） ·· 34
陶渊明
　　饮酒（其五） ·· 36
　　归园田居（其一） ·· 39

四、南北朝诗歌专题
鲍照
　　拟行路难（其六） ·· 46
陆凯
　　赠范晔 ··· 49
北朝民歌
　　敕勒歌 ··· 51

五、唐代诗歌——初唐诗歌专题
虞世南
　　蝉 ·· 56

1

王勃
　送杜少府之任蜀州 58

宋之问
　渡汉江 61

陈子昂
　登幽州台歌 63

六、唐代诗歌——盛唐诗歌专题

贺知章
　回乡偶书（其一） 68

张九龄
　望月怀远 70

王湾
　次北固山下 72

孟浩然
　春晓 74
　过故人庄 76

王维
　九月九日忆山东兄弟 78
　送元二使安西 80
　山居秋暝 82
　使至塞上 84

王之涣
　登鹳雀楼 86

王翰
　凉州词 88

王昌龄
　出塞 90
　闺怨 92
　芙蓉楼送辛渐 94

高适
　别董大 96

岑参
　逢入京使 98

崔颢
　黄鹤楼 100

李白
　静夜思 102
　黄鹤楼送孟浩然之广陵 104
　望庐山瀑布 106

行路难（其一） ………………………………………… 108
　　　将进酒 …………………………………………………… 111
　　　宣州谢朓楼饯别校书叔云 ……………………………… 115
　杜甫
　　　望岳 ……………………………………………………… 118
　　　春夜喜雨 ………………………………………………… 121
　　　登高 ……………………………………………………… 124

七、唐代诗歌——中唐诗歌专题

　韩翃
　　　寒食 ……………………………………………………… 130
　刘长卿
　　　逢雪宿芙蓉山主人 ……………………………………… 132
　张继
　　　枫桥夜泊 ………………………………………………… 134
　颜真卿
　　　劝学 ……………………………………………………… 136
　韦应物
　　　滁州西涧 ………………………………………………… 138
　张谓
　　　早梅 ……………………………………………………… 140
　孟郊
　　　游子吟 …………………………………………………… 142
　韩愈
　　　春雪 ……………………………………………………… 144
　崔护
　　　题都城南庄 ……………………………………………… 146
　张籍
　　　秋思 ……………………………………………………… 148
　李绅
　　　悯农（其二） …………………………………………… 150
　刘禹锡
　　　乌衣巷 …………………………………………………… 152
　　　秋词（其一） …………………………………………… 154
　　　竹枝词（其一） ………………………………………… 156
　柳宗元
　　　江雪 ……………………………………………………… 158
　白居易
　　　赋得古原草送别 ………………………………………… 160
　　　问刘十九 ………………………………………………… 162

元稹
　　离思（其四） ······ 164

朱庆馀
　　近试上张水部 ······ 166

贾岛
　　寻隐者不遇 ······ 168

无名氏
　　金缕衣 ······ 170

八、唐代诗歌——晚唐诗歌专题

杜牧
　　过华清宫绝句（其一） ······ 176
　　清明 ······ 178
　　泊秦淮 ······ 180
　　赤壁 ······ 182
　　赠别（其二） ······ 184

李商隐
　　乐游原 ······ 186
　　无题 ······ 188
　　夜雨寄北 ······ 191

温庭筠
　　商山早行 ······ 193

赵嘏
　　江楼感旧 ······ 196

韦庄
　　台城 ······ 198

罗隐
　　蜂 ······ 200

九、唐五代词专题

张志和
　　渔歌子 ······ 206

白居易
　　长相思 ······ 208

温庭筠
　　望江南 ······ 210

李煜
　　虞美人 ······ 212
　　相见欢 ······ 215

十、北宋诗歌专题

林逋
  山园小梅 ··· 220
王安石
  元日 ··· 222
  泊船瓜洲 ··· 224
  梅花 ··· 226
苏轼
  题西林壁 ··· 228
  饮湖上初晴后雨 ··· 230

十一、北宋词专题

范仲淹
  渔家傲·秋思 ··· 236
晏殊
  浣溪沙 ··· 239
  蝶恋花 ··· 241
欧阳修
  生查子·元夕 ··· 243
宋祁
  玉楼春·春景 ··· 245
柳永
  雨霖铃 ··· 248
苏轼
  水调歌头 ··· 251
  念奴娇·赤壁怀古 ··· 254
  江城子·密州出猎 ··· 257
  定风波 ··· 260
秦观
  鹊桥仙 ··· 263
李之仪
  卜算子 ··· 266

十二、南宋诗歌专题

李清照
  夏日绝句 ··· 272
陆游
  冬夜读书示子聿 ··· 274
  游山西村 ··· 276

杨万里
小池 ·················· 278

朱熹
春日 ·················· 280
观书有感（其一） ·················· 282

叶绍翁
游园不值 ·················· 284

文天祥
过零丁洋 ·················· 286

卢梅坡
雪梅 ·················· 288

十三、南宋词专题

李清照
如梦令（其二） ·················· 294
醉花阴 ·················· 296
武陵春·春晚 ·················· 299
声声慢 ·················· 301

岳飞
满江红 ·················· 304

陆游
卜算子·咏梅 ·················· 307
诉衷情 ·················· 309
钗头凤 ·················· 311

辛弃疾
丑奴儿·书博山道中壁 ·················· 313
破阵子·为陈同甫赋壮词以寄之 ·················· 315
青玉案·元夕 ·················· 318
南乡子·登京口北固亭有怀 ·················· 321

蒋捷
虞美人·听雨 ·················· 324

十四、明代诗词专题

钱福
明日歌 ·················· 330

于谦
石灰吟 ·················· 332

杨慎
临江仙 ·················· 334

十五、清代诗词专题

郑燮
  竹石 ·· 340
袁枚
  苔 ·· 342
赵翼
  论诗（其二） ··· 344
龚自珍
  己亥杂诗（其五） ·· 346
  己亥杂诗（其一百二十五） ··· 348
纳兰性德
  长相思 ·· 350

一 《诗经》专题

知 识 窗

　　《诗经》是中国最早的一部诗歌总集,收录了从西周初年至春秋中叶(公元前11世纪至公元前6世纪)的诗歌作品,共305篇。它在先秦时期被称为《诗》《诗三百》,西汉时被尊为儒家经典,被称为《诗经》。

　　《诗经》按音乐性质可以分为《风》《雅》《颂》三部分:《风》又称"国风",是十五个地区(周南、召南、邶、鄘、卫、王、郑、齐、魏、唐、秦、陈、桧、曹、豳)的民间歌谣,共160篇;《雅》是宫廷乐歌,共105篇;《颂》是宗庙祭祀时的乐歌,共40篇。

　　《诗经》按表现手法可以分为赋、比、兴三类:赋是铺陈叙述,即直接表达感情;比就是比喻;兴就是起兴,先言其他事物以含蓄地引出想要表达的内容。

　　风、雅、颂与赋、比、兴并称为《诗经》"六义"。

　　《诗经》包括政治、农事、战争、狩猎、宴饮、祭祀、爱情、婚姻和民俗等内容,反映了周王朝五百年间由盛而衰的生活风貌,是周代社会生活的一面镜子。

　　《诗经》中的诗多为四言,重章叠句,具有回环曲折的音乐美和一唱三叹的艺术效果。

　　《诗经》在中国文学史上具有深远的影响,奠定了中国诗歌创作"饥者歌其食,劳者歌其事"的优良传统,成为中国现实主义诗歌的源头。

采 葛

cǎi gé

《诗经·王风》

彼采葛兮[1]，　　　　　　　　　　　　bǐ cǎi gé xī,
一日不见，如三月兮。　　　　　　　　yí rì bú jiàn, rú sān yuè xī.

彼采萧兮[2]，　　　　　　　　　　　　bǐ cǎi xiāo xī,
一日不见，如三秋兮[3]。　　　　　　　yí rì bú jiàn, rú sān qiū xī.

彼采艾兮[4]，　　　　　　　　　　　　bǐ cǎi ài xī,
一日不见，如三岁兮[5]。　　　　　　　yí rì bú jiàn, rú sān suì xī.

【注释】

[1] 彼：那，指思念中的恋人。
　　采：采集。
　　葛：植物名，指葛藤，它的纤维可用于织布。
　　兮：语气助词，相当于现代汉语中的"啊"。
[2] 萧：植物名，是一种蒿草，有香气，古时常用于祭祀。
[3] 三秋：这里指三个秋季，即九个月。
[4] 艾：植物名，可入药。
[5] 岁：年。

【译文】

那个采葛藤的姑娘啊，一天没有看见你，好像隔了三个月。
那个采青蒿的姑娘啊，一天没有看见你，好像隔了三个秋季。
那个采艾草的姑娘啊，一天没有看见你，好像隔了三年。

【简析】

这是一首思念恋人的小诗，写出了一个青年男子对心爱女子的思念之情。

热恋中的青年男女即使一天不见面，他们也觉得时间很漫长，好像过了三个月、三个秋季、三年一样，让人难以忍耐。诗中的"一日"是现实中的物理时间，"三月""三秋""三岁"是主人公心理感受的时间。

全诗以月、季、年层层递进，运用了夸张的手法，表现了热恋中的男女不能相见时的深切的思念之情，感情真挚而热烈。

一、《诗经》专题

【思考与练习】

一、解释下列画线的字词

1. <u>彼</u>采葛兮
2. 如三<u>秋</u>兮
3. 如三<u>岁</u>兮

二、选择题

1. 《采葛》是一首（　　）诗。
   A. 山水　　　　　　B. 送别　　　　　　C. 爱情
2. 《采葛》中没有出现的植物是（　　）。
   A. 萧　　　　　　　B. 葛　　　　　　　C. 莲
3. 《诗经》中的名篇《采葛》属于（　　）。
   A.《风》　　　　　B.《雅》　　　　　C.《颂》

三、填空题

1. 《采葛》选自《诗经》中的《_____风》。
2. 彼采萧兮，_____。
3. 《采葛》表达了刻骨铭心的_____之情。
4. 成语_____是从"一日不见，如三秋兮"一句中变化而来的。

四、判断对错

1. 《采葛》中的男子三年没见到心爱的女子了。　　　　　　　　　　（　　）
2. 《采葛》采用了层层递进的方法。　　　　　　　　　　　　　　　（　　）
3. 《采葛》三章中所思念的是三个女子。　　　　　　　　　　　　　（　　）
4. 《采葛》每章只变了两个字，运用了重章叠句的形式。　　　　　　（　　）
5. 《采葛》中的"三秋"是指三个秋天，也就是三年的意思。　　　　（　　）
6. 《采葛》描写了热恋中的女子一边劳动、一边思念心爱的男子的情景。（　　）

五、讨论题

《采葛》中为什么用"三秋"来表示三个秋季，而不用"三冬"？

木　瓜

mù guā

《诗经·卫风》

投我以木瓜[1]，报之以琼琚[2]。
匪报也[3]，永以为好也[4]。

投我以木桃[5]，报之以琼瑶[6]。
匪报也，永以为好也。

投我以木李[7]，报之以琼玖[8]。
匪报也，永以为好也。

tóu wǒ yǐ mù guā, bào zhī yǐ qióng jū.
fěi bào yě, yǒng yǐ wéi hǎo yě.

tóu wǒ yǐ mù táo, bào zhī yǐ qióng yáo.
fěi bào yě, yǒng yǐ wéi hǎo yě.

tóu wǒ yǐ mù lǐ, bào zhī yǐ qióng jiǔ.
fěi bào yě, yǒng yǐ wéi hǎo yě.

【注释】

［1］投：给予、赠送。
　　　木瓜：一种可食用的果实。
［2］琼琚：美玉。
［3］匪：通"非"，不是。
［4］好：相好，相爱。
［5］木桃：一种果实，即楂子。
［6］琼瑶：美玉。
［7］木李：一种果实，又名木梨。
［8］琼玖：美玉。

【译文】

你送我木瓜，我拿美玉来回报。不是为了答谢你，是为了珍重情意永远相好。
你送我木桃，我拿美玉来回报。不是为了答谢你，是为了珍重情意永远相好。
你送我木李，我拿美玉来回报。不是为了答谢你，是为了珍重情意永远相好。

【简析】

这是一首青年男女间互赠信物以定情的情诗。

诗中的主人公收到赠送的礼物——木瓜、木桃、木李后，回赠身上的佩玉。美玉的价值远超受赠的礼物，这样做不是为了回报对方，是表达自己对这份情意的珍视。礼物本身的价值已不重要，赠送与回赠行为的背后隐含着两情相悦的爱慕之情。

全诗采用重章叠句的写法，每章前两句仅替换了两个字。木瓜、木桃、木李都是果实，琼琚、琼瑶、琼玖都是美玉，名称不同，但意思大略相近。句式上，在整齐的四字句的基础上，通过增、减字的方式，使得句式错落有致。每章都以"匪报也，永以为好也"作为结束，升华了情感，强化了主题。

一、《诗经》专题

【思考与练习】

一、解释下列画线的字词

1. <u>投</u>我以木瓜
2. <u>报</u>之以<u>琼琚</u>
3. <u>匪</u>报也

二、填空题

投我以_____，报之以_____。匪报也，永以为好也。
投我以_____，报之以_____。匪报也，永以为好也。
投我以_____，报之以_____。匪报也，永以为好也。

三、判断对错

1. 《木瓜》中的"琼瑶"是人名。（   ）
2. 《木瓜》反映的是一般朋友之间礼尚往来的情形。（   ）
3. 《木瓜》采用四言，句式上形成一种错落有致的韵味。（   ）
4. 《木瓜》中，主人公回赠的美玉的价值远高于收到的果子，体现了主人公对情意的珍视。（   ）
5. 成语"投木报琼"出自《木瓜》，比喻相互赠答，礼尚往来。（   ）

四、简答题

如果别人送你礼物，你会回赠什么？请谈谈你的看法。

蒹　葭　　　　　　　　　　jiān jiā

《诗经·秦风》

蒹葭苍苍[1]，白露为霜[2]。　　jiān jiā cāng cāng, bái lù wéi shuāng.
所谓伊人[3]，在水一方[4]。　　suǒ wèi yī rén, zài shuǐ yì fāng.
溯洄从之[5]，道阻且长[6]。　　sù huí cóng zhī, dào zǔ qiě cháng.
溯游从之[7]，宛在水中央[8]。　　sù yóu cóng zhī, wǎn zài shuǐ zhōng yāng.

蒹葭凄凄[9]，白露未晞[10]。　　jiān jiā qī qī, bái lù wèi xī.
所谓伊人，在水之湄[11]。　　suǒ wèi yī rén, zài shuǐ zhī méi.
溯洄从之，道阻且跻[12]。　　sù huí cóng zhī, dào zǔ qiě jī.
溯游从之，宛在水中坻[13]。　　sù yóu cóng zhī, wǎn zài shuǐ zhōng chí.

蒹葭采采[14]，白露未已[15]。　　jiān jiā cǎi cǎi, bái lù wèi yǐ.
所谓伊人，在水之涘[16]。　　suǒ wèi yī rén, zài shuǐ zhī sì.
溯洄从之，道阻且右[17]。　　sù huí cóng zhī, dào zǔ qiě yòu.
溯游从之，宛在水中沚[18]。　　sù yóu cóng zhī, wǎn zài shuǐ zhōng zhǐ.

【注释】

[1] 蒹葭：芦苇。
　　苍苍：深青色。
[2] 为：变成、凝结。
[3] 所谓：所说的。
　　伊人：那个人，这里指所思慕的意中人。
[4] 一方：一边、彼岸。
[5] 溯洄：逆流而上。
　　从：追寻。
[6] 阻：（道路）艰险。
[7] 溯游：顺流而下。
[8] 宛：好像。
[9] 凄凄：同"萋萋"，茂盛的样子。
[10] 晞：晒干。
[11] 湄：岸边。
[12] 跻：登高，这里指地势高峻，难以攀登。
[13] 坻：水中的小沙洲。
[14] 采采：众多的样子。
[15] 已：停止。
[16] 涘：水边。

[17] 右：迂回曲折。
[18] 沚：水中的小沙地。

【译文】

水边的芦苇多茂盛，叶上的露珠凝结成白霜。
我心爱的人啊，就在河水的那一边。
逆流而上追寻她，道路艰险又漫长。
顺流而下追寻她，她好像在水的中央。
水边的芦苇多茂密，叶上的露水还没晒干。
我心爱的人啊，就在河水的那一边。
逆流而上追寻她，道路险峻难攀行。
顺流而下追寻她，她好像在水中的小沙洲。
水边的芦苇多繁盛，叶上的露水还没干透。
我心爱的人啊，就在河水的另一边。
逆流而上追寻她，道路坎坷又曲折。
顺流而下追寻她，她好像在水中的小沙地。

【简析】

《蒹葭》一般认为是一首情诗：深秋时节，男主人公独自徘徊在水边，追寻在河水另一边的心上人，虽苦苦求索，但终究可望而不可即，充分表达了他对爱情的执着追求和求而不得的失落心情。

全诗分三章，每章八句。

每章中的前四句写景，描绘出一幅芦苇苍苍、白露茫茫的深秋景象，渲染了一种肃杀的气氛，衬托出主人公见不到心上人的悲凉、落寞的心情。

每章中的后四句抒情，表现了主人公不断追寻心上人的艰难过程，或逆流而上，或顺流而下，不断追寻而又不断受阻，表现出主人公迷茫而伤感、苦闷而失落的心情。虽然意中人的踪迹飘忽不定，追求的道路艰险而曲折，但他从未停止追寻的步伐，始终无法停止对心上人的思念，表现出勇于追求爱情的精神。在追寻过程的一唱三叹中，寻而不得的惆怅也随之不断加深。

【思考与练习】

一、解释下列画线的字词

1. 蒹葭<u>凄凄</u>
2. 所谓<u>伊</u>人
3. <u>宛</u>在水中央
4. <u>溯游</u>从之
5. 白露未<u>晞</u>

二、选择题

1. 下列不属于《蒹葭》一诗的意象的是（　　）。
   A. 白露　　　　　　　B. 芦苇　　　　　　　C. 水鸟
2. 《蒹葭》是一首（　　）诗。
   A. 山水　　　　　　　B. 送别　　　　　　　C. 爱情
3. 下列三组诗句中表现心上人可望而不可即的是（　　）。
   A. "蒹葭苍苍""蒹葭凄凄""蒹葭采采"
   B. "白露为霜""白露未晞""白露未已"
   C. "宛在水中央""宛在水中坻""宛在水中沚"
4. 《蒹葭》三章句式基本相同，仅换用几个词与韵，这种写作特点叫（　　）。
   A. 对偶　　　　　　　B. 排比　　　　　　　C. 重章叠句

三、判断对错

1. "所谓伊人"中的"伊人"是指姓"伊"的人。（　　）
2. "溯洄从之"中的"溯洄"是指顺流而下。（　　）
3. 《蒹葭》中的"苍苍""凄凄""采采"意思相同。（　　）
4. 《蒹葭》不用一个表现思念的"思"字，却写出了男子求而不得的惆怅。（　　）

四、简答题

1. 你认为《蒹葭》中的主人公是怎样的一个形象？
2. 《蒹葭》每章开头都写芦苇茂盛、霜露茫茫，这是《诗经》中常用的什么手法？这种手法有什么作用？

一、《诗经》专题

关 雎

guān jū

《诗经·周南》

关关雎鸠[1]，在河之洲[2]。　　　　　guān guān jū jiū, zài hé zhī zhōu.
窈窕淑女[3]，君子好逑[4]。　　　　　yǎo tiǎo shū nǚ, jūn zǐ hǎo qiú.

参差荇菜[5]，左右流之[6]。　　　　　cēn cī xìng cài, zuǒ yòu liú zhī.
窈窕淑女，寤寐求之[7]。　　　　　　yǎo tiǎo shū nǚ, wù mèi qiú zhī.
求之不得，寤寐思服[8]。　　　　　　qiú zhī bù dé, wù mèi sī fú.
悠哉悠哉[9]，辗转反侧[10]。　　　　　yōu zāi yōu zāi, zhǎn zhuǎn fǎn cè.

参差荇菜，左右采之[11]。　　　　　cēn cī xìng cài, zuǒ yòu cǎi zhī.
窈窕淑女，琴瑟友之[12]。　　　　　yǎo tiǎo shū nǚ, qín sè yǒu zhī.
参差荇菜，左右芼之[13]。　　　　　cēn cī xìng cài, zuǒ yòu mào zhī.
窈窕淑女，钟鼓乐之[14]。　　　　　yǎo tiǎo shū nǚ, zhōng gǔ lè zhī.

【注释】

[1] 关关：雌雄雎鸠鸟和鸣的叫声。
　　雎鸠：一种水鸟。
[2] 洲：水中的陆地。
[3] 窈窕：娴静美好的样子。窈：形容女子心灵美；窕：形容女子仪表美。
　　淑：善，好。
[4] 君子：品德高尚的男子。
　　好逑：好的配偶。
[5] 参差：长短不齐的样子。
　　荇菜：一种可供食用的水生植物。
[6] 流：捋，摘取。
[7] 寤寐：寤：睡醒。寐：睡着。
[8] 思服：思念。
[9] 悠：长，指思念悠长。
　　哉：语气词，表示感叹。
[10] 辗转反侧：翻来覆去不能安睡。
[11] 琴瑟：中国古代弦乐器，这里用作动词，指弹琴鼓瑟。
　　友：动词，指亲近。
[12] 芼：择取。
[13] 钟鼓：中国古代敲击乐器，这里用作动词，指敲钟击鼓。
　　乐：形容词的使动用法，使……快乐。

【译文】

雎鸠关关和鸣歌唱，在那河中沙洲上。
纯洁美丽的姑娘啊，正是小伙儿的好对象。
长短不齐的荇菜，顺流两边去捞取。
纯洁美丽的姑娘啊，小伙儿日日夜夜想追求她。
努力追求不能如愿，醒时睡时都想念她。
长夜漫漫思念不休，翻来覆去难入眠。
长短不齐的荇菜，两手左右去采摘。
纯洁美丽的姑娘啊，小伙儿弹琴鼓瑟来亲近她。
长短不齐的荇菜，两边仔细来挑选。
纯洁美丽的姑娘啊，小伙儿敲钟击鼓来使她快乐。

【简析】

《关雎》是一首爱情诗，是《诗经》的第一篇，诗名取自首句前两个字。本诗主要描写一位青年男子对一位美丽姑娘的追求与思慕之情。

整首诗分为追求、相思、幻想成婚三部分。诗歌开篇以关雎鸟相对和鸣起兴，联想到君子、淑女必成佳偶，引出男子对美丽女子的思慕与追求。接着以水中荇菜随波漂流、难以采摘，暗示男子的追求受阻。男子日夜想念美丽的女子，无法入眠，传神地表现了男子的相思之苦。最后，男子因思念过度，开始幻想自己与心爱的女子成婚的热闹场面。

全诗语言优美，运用重章叠句的手法，增强了诗歌的节奏美和韵律美。孔子这样评价这首诗："乐而不淫，哀而不伤。"

【思考与练习】

一、解释下列画线的字词

1. <u>窈窕</u>淑女，君子好<u>逑</u>
2. <u>寤寐</u>思服
3. <u>悠哉悠哉</u>，<u>辗转反侧</u>
4. <u>参差</u>荇菜，左右<u>芼</u>之
5. 琴瑟<u>友</u>之

二、选择题

1. 《关雎》从题材内容上来看，属于《诗经》中的（　　）。
   A. 《风》　　　　　　B. 《雅》　　　　　　C. 《颂》
2. "关关雎鸠"中的"关关"指的是（　　）。
   A. 大风　　　　　　B. 关门　　　　　　C. 鸟鸣声
3. 《关雎》是一首（　　）诗。

A. 爱情 B. 政治 C. 山水
4. "左右采之"中的"之"指代的是（　　）。
A. 淑女 B. 君子 C. 荇菜
5. 下列说法有误的是（　　）。
A.《关雎》是一首优美的爱情诗
B.《关雎》中的"悠哉悠哉"形容男子喜悦的心情
C.《关雎》是《诗经》中的第一首诗

三、填空题

1.《关雎》开篇"关关雎鸠，在河之洲"使用的表现手法是_____。
2.《关雎》形容姑娘美丽的成语是_____。
3. 统领《关雎》全篇的诗句是_____，_____。

四、判断对错

1.《关雎》表达的是一种真挚而热烈的美好情感。（　　）
2. "关关雎鸠，在河之洲"这一句形容的是姑娘的美丽。（　　）
3.《关雎》是一部诗歌总集。（　　）

五、简答题

1.《关雎》中哪些句子是重章叠句？它们有什么作用？
2.《关雎》主要表达了青年男子怎样的情感？

二 汉乐府民歌专题

知 识 窗

　　乐府是西汉武帝时期设立的一个专门掌管音乐的机构，主要负责采集各地民间歌谣并配乐演唱，以备朝廷祭祀或宴会时演奏之用。后来，乐府从音乐管理机构变为一种带有音乐性质的诗体名称——"乐府诗"。

　　汉乐府诗的精华是民间歌谣，它多出自社会下层人民之口，"感于哀乐，缘事而发"。它继承了《诗经》的现实主义传统，长于叙事，具有反映民间疾苦、表现家庭生活、批判战争罪恶等广泛而深刻的思想内容。

　　艺术上，汉乐府诗的主要艺术特色是它的叙事性，出现了鲜明的人物形象和比较完整的情节，对话描写生动，语言质朴自然，推动了传统诗歌叙事成分的发展。此外，汉乐府诗形式丰富多样，句式灵活自由，长短随意，整散不拘。它突破了《诗经》的四言句式，实现了由四言诗向杂言诗和五言诗的过渡，对中国古代诗歌样式的变革起到了积极的推动作用。

上 邪

shàng yé

上邪[1],　　　　　　　　　　shàng yé,
我欲与君相知[2],　　　　　　wǒ yù yǔ jūn xiāng zhī,
长命无绝衰[3]。　　　　　　cháng mìng wú jué shuāi.
山无陵[4],　　　　　　　　　shān wú líng,
江水为竭[5],　　　　　　　　jiāng shuǐ wéi jié,
冬雷震震[6],　　　　　　　　dōng léi zhèn zhèn,
夏雨雪[7],　　　　　　　　　xià yù xuě,
天地合[8],　　　　　　　　　tiān dì hé,
乃敢与君绝[9]。　　　　　　nǎi gǎn yǔ jūn jué.

【注释】

[1] 上：指天。
　　邪：同"耶"，语气助词，表示感叹。
[2] 欲：想要。
　　相知：相爱。
[3] 长：永远。
　　命：使。
　　衰：衰减、断绝。
[4] 陵：山峰。
[5] 竭：干涸。
[6] 震震：指雷声。
[7] 雨：动词，降下。
[8] 合：合二为一。
[9] 乃：才。

【译文】

上天呀！我想与心上人永远相爱，我们的爱情永不衰绝。

除非高山没有山峰，江河全都干涸，冬天雷声阵阵，夏天大雪纷飞，天与地合二为一，我才敢与你断绝情意。

【简析】

这是一首爱情诗，是女子向天发誓要永远与心上人相爱的誓词，表达了她对心上人的忠贞不渝之情。

此诗开篇先指天发誓来表白内心，接着连用五个夸张的假设，以高山变为平地、江河枯竭、冬天打雷、夏天降雪、天地合二为一这五件自然界绝不可能发生的现象作为与心上人断绝的条件，反证出"与君绝"是绝对不可能的，以此表现女子对爱情的坚贞执着。从女子坚决的语气和态度中,我们可以看出她热烈、大胆追求爱情的勇敢精神和刚烈的性格。

这首诗用语朴实,口语化色彩浓厚,感情强烈,气势奔放,诗短情长,被誉为"短章中的神品"。

【思考与练习】

一、解释下列画线的字词

1. 长<u>命</u>无绝衰
2. 山无<u>陵</u>
3. 江水为<u>竭</u>
4. 夏<u>雨</u>雪

二、选择题

1. 《上邪》属于乐府诗歌中的(　　　)。
   A. 贵族创作　　　　B. 文人创作　　　　C. 民歌
2. 《上邪》是一首(　　　)诗。
   A. 送别　　　　　　B. 爱情　　　　　　C. 写景
3. 《上邪》中,下列(　　　)现象没有提到过。
   A. 冬天打雷　　　　B. 夏季结冰　　　　C. 江河枯竭

三、填空题

冬雷震震,_____,天地合,_____。

四、判断对错

1. 《上邪》是一首女子发誓要与心上人永远相爱的乐府民歌。(　　)
2. 《上邪》中,"夏雨雪"是指夏天下大雨和大雪。(　　)
3. 《上邪》用五种自然界反常的现象来表达主人公对爱情的忠贞。(　　)

五、简答题

1. 《上邪》中写了几种自然现象?这些现象有什么特点?
2. 请你谈一谈《上邪》中的主人公是一个怎样的人物。

长 歌 行[1]

cháng gē xíng

青青园中葵[2],
朝露待日晞[3]。
阳春布德泽[4],
万物生光辉。
常恐秋节至[5],
焜黄华叶衰[6]。
百川东到海[7],
何时复西归[8]?
少壮不努力[9],
老大徒伤悲[10]。

qīng qīng yuán zhōng kuí,
zhāo lù dài rì xī.
yáng chūn bù dé zé,
wàn wù shēng guāng huī.
cháng kǒng qiū jié zhì,
kūn huáng huā yè shuāi.
bǎi chuān dōng dào hǎi,
hé shí fù xī guī?
shào zhuàng bù nǔ lì,
lǎo dà tú shāng bēi.

【注释】

[1] 长歌行：汉乐府曲题。
[2] 葵：蔬菜名，可食用。
[3] 朝露：清晨的露水。
　　待：等待。
　　晞：晒干。
[4] 阳春：温暖的春天。
　　布：给予。
　　德泽：恩惠。
[5] 常：时常。
　　恐：担心。
　　秋节至：秋天到来。
[6] 焜黄：枯黄。
　　华：同"花"。
　　衰：衰败。现代汉语读 shuāi，古音读 cuī。
[7] 百川：无数条江河。川：河流。
[8] 何时：什么时候。
　　复：再。
[9] 少壮：年轻。
[10] 老大：老年。
　　徒：白白地。

【译文】

园中的葵菜茂盛碧绿，葵叶上的露水等待阳光照耀。
春天给大地普施阳光雨露，万物都呈现出一片生机。

常常担心秋天一来到，美丽的花叶就会枯黄、衰败。
千万条江河奔腾着向东流入大海，什么时候才能重新返回西方？
年轻时如果不珍惜时间努力向上，到老只能白白地悔恨与悲伤。

【简析】

这首诗借物言理，通过写露珠、花草由盛到衰，河流一去不返，道出人生苦短的感悟，最后劝导人们珍惜青春年华，发愤努力。

诗歌开头两句写朝露易逝，暗指生命短暂。第三至第六句写花草由春到秋的荣枯，表明万物虽美好，其生命却很短暂。第七、第八句写百川归海，警示人们时光如流水，一去不复返。最后两句"少壮不努力，老大徒伤悲"是全诗的主旨句，也是流传千古的名句，劝诫人们珍惜时光，有所作为。

全诗以青葵起兴，以花草、江河为喻，最后以警句作结，出言警策，催人奋起。

【思考与练习】

一、解释下列画线字词

1. 常<u>恐</u>秋节至
2. 朝露待日<u>晞</u>
3. 老大<u>徒</u>伤悲
4. 阳春<u>布</u>德泽

二、填空题

1.《长歌行》中劝人们珍惜时间的句子是_____，_____。
2.《长歌行》前八句分别从植物春天茂盛而_____、河川东流入海一去不复返的现象来说明_____、_____、_____的道理，最后点明主题。
3.《长歌行》运用了_____的修辞手法。

三、简答题

1.《长歌行》写了哪些景物和现象？这样写的目的是什么？
2. 请你介绍一首你们国家表达珍惜时间主题的诗歌。

三 魏晋诗歌专题

知 识 窗

魏晋时期（220—420）指三国到两晋时期。其中，"魏"指的是三国北方政权——曹魏政权，"晋"指的是司马氏建立的晋朝，包括西晋与东晋。

魏晋时期是中国历史上一个动荡分裂的时代，也是思想文化大放异彩的时代。得益于思想的自由开放，诗歌也得到了巨大的发展并呈现出独特的风貌，表现为建安诗的风骨、玄言诗的理趣、田园诗的自然。

1. **建安风骨**

汉末社会的动乱和思想的活跃促使建安诗坛大放异彩，形成建安文学的繁荣局面。这一时期的诗人以"三曹"（曹操与其子曹丕、曹植）为核心，以"建安七子"（孔融、王粲、陈琳、徐干、阮瑀、应玚、刘桢）为辅翼，作品真实地反映了现实的动乱和人民的苦难，抒发了诗人建功立业的理想和积极进取的精神，同时也流露出人生短暂、壮志难酬的哀叹。其"慷慨沉雄，古直悲凉"的艺术风格，被后世称为"建安风骨"。

2. **"竹林七贤"**

魏末晋初，司马氏和曹氏争夺政权的斗争异常残酷，文士们时常有性命之忧，因此崇尚老庄哲学，从虚无的神仙境界中去寻找精神寄托，用清谈、饮酒、佯狂等形式来排遣苦闷的心情，"竹林七贤"（嵇康、阮籍、山涛、向秀、刘伶、王戎、阮咸）成了这个时期的文人代表。他们在生活上不拘礼法，清静无为，常聚集于竹林之下饮酒纵歌，对司马氏朝廷持不合作的态度。他们的诗歌多以比兴、寄托、象征等手法，隐晦曲折地表达诗人的思想感情，揭露司马朝廷的罪恶，讽刺虚伪的礼法之士，表现诗人在政治恐怖下的苦闷情绪，风格沉郁悲凉。

3. **陶渊明的田园诗**

在中国文学史上，陶渊明是第一个以田园为题材进行大量诗歌创作的诗人，是田园诗派的开创者。他的田园诗描绘了美丽平和的田园风光，表现出对恬静的田园生活的热爱和对黑暗的现实官场的厌弃，展现了诗人守志不阿的高远志趣和对理想世界的追求。他的田园诗语言纯朴自然，内容清新自然，风格恬淡朴实，意境高远拔俗，情、景、理浑融一体，平淡中见警策，朴素中见绮丽，为中国诗坛开辟了新天地。陶渊明开创的田园诗为后代许多诗人所继承和发扬。

曹操

曹操（155—220），字孟德，东汉末年杰出的政治家、军事家、文学家。他的诗歌大多反映社会现实、民生疾苦以及自己的政治抱负，感情深挚，朴实无华，以气韵沉雄取胜。

龟虽寿

guī suī shòu

曹操

神龟虽寿[1]，犹有竟时[2]。
腾蛇乘雾[3]，终为土灰。
老骥伏枥[4]，志在千里。
烈士暮年[5]，壮心不已[6]。
盈缩之期[7]，不但在天[8]。
养怡之福[9]，可得永年[10]。
幸甚至哉，歌以咏志[11]。

shén guī suī shòu, yóu yǒu jìng shí.
téng shé chéng wù, zhōng wéi tǔ huī.
lǎo jì fú lì, zhì zài qiān lǐ.
liè shì mù nián, zhuàng xīn bù yǐ.
yíng suō zhī qī, bù dàn zài tiān.
yǎng yí zhī fú, kě dé yǒng nián.
xìng shèn zhì zāi, gē yǐ yǒng zhì.

【注释】

[1] 寿：长寿。
[2] 竟：结束，这里指死亡。
[3] 腾蛇：传说中能腾云驾雾的神蛇。
[4] 骥：千里马。
　　枥：马槽。
[5] 烈士：有远大理想抱负的人。
　　暮年：晚年。
[6] 已：停止。
[7] 盈缩：指寿命的长短。盈：长。缩：短。
[8] 但：只。
[9] 养怡：保持身心健康、心情愉快。
[10] 永年：长寿。
[11] 幸甚至哉，歌以咏志：乐府诗合乐时附加的与正文无关的形式性结尾。

【译文】

神龟寿命虽然长，但也有结束的时候。
腾蛇尽管能够腾云驾雾，但终究会死亡并化为土灰。
年老的千里马伏在马槽边，它的志向仍是驰骋千里。
英雄志士即使到了晚年，奋发向上的壮心也不会停止。
人寿命的长短不仅是由上天决定的，只要自己善于调养身心，就可以延年益寿。

我多么高兴啊，就用诗歌来表达我的志向吧。

【简析】

《龟虽寿》是一首富于哲理的四言乐府诗，是曹操创作的组诗《步出夏门行》中的第四首，是曹操晚年有感而发。诗歌阐述了诗人的人生态度，告诉人们要充分利用有限的生命去建功立业。

开篇用乌龟和腾蛇两个表示长寿的动物形象道出一切生命终究都会老死，生老病死的自然规律不可违背的道理。接着诗人以年老的千里马自比，表达人在有生之年应当珍惜时光，奋发向上，锐意进取，不应因年老而消沉，始终要有永不停止的理想追求和积极进取的精神，老当益壮，自强不息。诗歌最后表达了诗人的人生态度，那就是人寿命的长短不完全取决于天意，只要保持身心健康，就能延年益寿，显示出诗人不甘衰老、不信天命、奋斗不息的乐观精神。

全诗诗情与哲理交融，语言清峻刚健，笔调酣畅淋漓，情感真挚浓烈，述理、明志、抒情在具体的艺术形象中实现了完美的结合。

【思考与练习】

一、解释下列画线字词

1. 犹有<u>竟</u>时
2. 烈<u>士</u>暮年
3. <u>盈缩</u>之期
4. 壮心<u>不已</u>
5. 可得<u>永年</u>

二、填空题

1. 《龟虽寿》是一首_____诗。
2. 《龟虽寿》中表现诗人人老雄心未老的诗句是_____，_____。
3. 《龟虽寿》中，诗人认为只要人保持精神愉快，调养好身体就能长寿的诗句是_____，_____。

三、判断对错

1. 曹操是我国伟大的文学家、思想家、教育家。　　　　　　　　　　　　（　　）
2. 曹操的诗歌风格慷慨沉雄、苍凉悲壮。　　　　　　　　　　　　　　　（　　）
3. 《龟虽寿》是一首比较励志的诗歌，对人有一定的激励作用。　　　　　（　　）

四、简答题

《龟虽寿》中,"盈缩之期,不但在天"体现了曹操怎样的思想?

短 歌 行　　　　　　　　duǎn gē xíng

曹操

对酒当歌[1]，人生几何[2]！	duì jiǔ dāng gē, rén shēng jǐ hé!
譬如朝露[3]，去日苦多[4]。	pì rú zhāo lù, qù rì kǔ duō.
慨当以慷[5]，忧思难忘。	kǎi dāng yǐ kāng, yōu sī nán wàng.
何以解忧？唯有杜康[6]。	hé yǐ jiě yōu? wéi yǒu dù kāng.
青青子衿[7]，悠悠我心[8]。	qīng qīng zǐ jīn, yōu yōu wǒ xīn.
但为君故，沉吟至今[9]。	dàn wèi jūn gù, chén yín zhì jīn.
呦呦鹿鸣[10]，食野之苹[11]。	yōu yōu lù míng, shí yě zhī píng.
我有嘉宾，鼓瑟吹笙[12]。	wǒ yǒu jiā bīn, gǔ sè chuī shēng.
明明如月，何时可掇[13]？	míng míng rú yuè, hé shí kě duō?
忧从中来，不可断绝。	yōu cóng zhōng lái, bù kě duàn jué.
越陌度阡[14]，枉用相存[15]。	yuè mò dù qiān, wǎng yòng xiāng cún.
契阔谈䜩[16]，心念旧恩。	qì kuò tán yàn, xīn niàn jiù ēn.
月明星稀，乌鹊南飞。	yuè míng xīng xī, wū què nán fēi.
绕树三匝[17]，何枝可依？	rào shù sān zā, hé zhī kě yī?
山不厌高，海不厌深[18]。	shān bú yàn gāo, hǎi bú yàn shēn.
周公吐哺[19]，天下归心。	zhōu gōng tǔ bǔ, tiān xià guī xīn.

【注释】

［1］当：对着。

［2］几何：多少。

［3］譬如：好像。

［4］去日：逝去的日子。

　　苦：恨，患。

［5］慨当以慷：慷慨的意思，指宴会上歌声激昂。

［6］杜康：相传是最早造酒的人，这里代指酒。

［7］衿：衣领。青衿是周代读书人的服装，这里指人才。

［8］悠悠：长久的样子，形容思虑连绵不断。

［9］沉吟：低声念叨和沉思，这里指对有才能的贤士的思念和倾慕。

［10］呦呦：鹿叫的声音。

［11］苹：艾蒿，一种野草。

［12］鼓：弹。

　　　瑟、笙：乐器名。

［13］掇：摘取。

［14］陌：东西向的田间小路。

　　　阡：南北向的田间小路。

[15] 枉：屈尊。
　　 用：来。
　　 存：问候。
[16] 契阔：聚散，这里指久别重逢。
　　 讌：通"宴"，宴饮。
[17] 匝：周。
[18] 厌：嫌弃。
[19] 周公：西周有名的政治家，这里诗人用周公自比。
　　 吐哺：吐出口中的食物。传说周公因忙于接待天下英才，连吃饭的时间都没有。
　　 归心：民心归附。

【译文】

饮酒时应当高歌，人生能有多少岁月？
就像那早晨的露水转瞬即逝，逝去的时光可惜太多！
慷慨激昂地大声歌唱，心中的忧虑却难以忘怀。
靠什么来排解苦闷？只有借助美酒才能忘记忧愁。
有学识的人才，你们令我长久地渴望、思慕。
只是因为你们，我才低声吟诵直到今天。
鹿儿呦呦鸣叫，正悠然自得地吃着艾蒿。
一旦四方人才聚集光临，我将奏瑟吹笙来宴请嘉宾。
皎洁的月亮，什么时候才能摘取呢？
我心中深深的忧愁绵绵不断，无法停止。
宾客踏着田间小路，屈驾前来探望我。
我们久别重逢，谈心宴饮，诉说着往日的情谊。
月光明亮，星光稀疏，乌鹊向南飞去。
绕树三圈，哪里是它们的栖身之地？
高山不辞土石才能雄伟，大海不弃涓涓细流才能壮阔。
我愿像周公一样礼贤下士，愿天下贤才都归顺我。

【简析】

《短歌行》是曹操在赤壁之战前夕宴请文武宾客时所作。全诗通过对时光易逝、贤才难得的反复咏叹，抒发了自己求贤若渴的急切心情，表现出统一天下的雄心壮志和自强不息的进取精神。

诗的前两章感叹时光流逝、人生短暂；中间四章引用《诗经》中的诗句，比喻贤才无明主依托，表现诗人对贤才的殷切渴求以及唯恐贤才不来归附的忧虑；最后两章诗人以周公自比，展现自己虚心招纳和礼遇贤才以图大业的愿望。

全诗通篇为四言，多用比喻，诗歌古雅而意气激昂，慷慨悲壮。

【思考与练习】

一、解释下列画线字词

1. <u>唯</u>有杜康
2. 去日<u>苦</u>多
3. 周公<u>吐哺</u>
4. <u>譬</u>如朝露
5. 人生<u>几何</u>

二、选择题

1. "青青子衿，悠悠我心"表达了作者（　　）。
   A. 对女子的思念　　　　B. 对贤才的思慕　　　　C. 对理想的追求
2. 曹操《短歌行》的主题是感慨时光易逝，（　　）。
   A. 渴慕贤才　　　　　　B. 及时行乐　　　　　　C. 对女子的追求

三、填空题

1. ＿＿＿＿＿＿＿＿，＿＿＿＿＿＿＿。绕树三匝，何枝可依？
2. 曹操《短歌行》中的"＿＿＿＿＿＿，＿＿＿＿＿＿"两句借用典故，表达了诗人礼贤下士、统一大业的雄心壮志。
3. 曹操《短歌行》中的"＿＿＿＿＿＿，＿＿＿＿＿＿"两句用比喻的手法，以明月可望而不可得，比喻求人才而不得，点明了忧愁不断的原因。
4. 曹操《短歌行》中的"＿＿＿＿＿＿，＿＿＿＿＿＿"两句借用《诗经》中的诗句，表达了自己对贤才的渴求。

四、判断对错

1. "青青子衿"引用《诗经》的句子表达了作者求贤若渴之情。（　　）
2. "月明星稀，乌鹊南飞"用了对偶的修辞手法。（　　）
3. 曹操《短歌行》的总体风格是慷慨悲壮。（　　）

五、简答题

对酒当歌，人生几何！譬如朝露，去日苦多。慨当以慷，忧思难忘。何以解忧？唯有杜康。

1. 这段诗中，诗人"忧"的是什么？
2. 指出这段诗中的比喻句及其比喻义。

曹植

曹植（192—232），字子建，是建安文学的代表人物之一，与其父曹操、其兄曹丕并称"三曹"。曹植的诗歌分前后两期：前期诗歌主要抒发诗人政治上的远大抱负，洋溢着乐观、浪漫的情调；后期诗歌则多以寄托之辞，表现诗人在理想与现实的矛盾中怀才不遇的悲愤之情与不平之感。他的诗笔力雄健，辞采华美，骨气奇高。

七步诗

qī bù shī

曹植

煮豆持作羹[1]，　　　　　　　　zhǔ dòu chí zuò gēng,
漉菽以为汁[2]。　　　　　　　　lù shū yǐ wéi zhī.
萁在釜下燃[3]，　　　　　　　　qí zài fǔ xià rán,
豆在釜中泣[4]。　　　　　　　　dòu zài fǔ zhōng qì.
本自同根生[5]，　　　　　　　　běn zì tóng gēn shēng,
相煎何太急[6]？　　　　　　　　xiāng jiān hé tài jí?

【注释】

[1] 持：用来。
　　羹：菜汤。
[2] 漉：过滤。
　　菽：豆子。
[3] 萁：豆秸，晒干后可当柴烧。
　　釜：锅。
　　燃：燃烧。
[4] 泣：小声哭。
[5] 本：本来。
　　自：从。
[6] 煎：煎熬，这里指迫害。
　　何：为什么。

【译文】

煮豆来做豆羹，过滤的豆子做成豆汁。
豆秸在锅下燃烧，豆子在锅里哭泣。
（豆秸和豆子）本来生长在同一条根上，豆秸为什么要这么急切地煎熬豆子呢？

【简析】

　　曹植因才华横溢而备受曹操宠爱，一度动摇其兄曹丕的太子地位，遭到曹丕的忌恨。曹丕称帝后，想找借口除掉曹植，于是命他在七步内作出一首诗，否则就将他处死。曹植在极度悲愤中作了这首《七步诗》。诗歌以同根而生的萁和豆来比喻同父共母的兄弟，用燃萁煎豆来比喻兄残害弟，反映了统治集团内部斗争的残酷，表现了诗人自身的艰难处境和沉郁愤激的思想感情。

　　诗人在诗歌的前四句以豆自喻，选用了燃萁煮豆这一日常生活现象来表现诗人内心的丰富情感。萁晒干后用于烧火，煮熟的正是与自己同根而生的豆子，这暗示曹丕不顾念兄弟之情而对曹植进行迫害、压制。后两句笔锋一转，抒发了曹植对其兄残害手足的悲愤之情。

　　全诗用比兴的手法写兄弟的自相残害，比喻贴切而生动，寓意明白而深刻，口吻委婉而深沉，情感真挚而动人。

【思考与练习】

一、解释下列画线字词

1. 漉菽以为汁
2. 相煎何太急
3. 豆在釜中泣

二、填空题

1. 《七步诗》的作者是＿＿＿＿，他与父亲曹操、兄长曹丕并称"＿＿＿＿"。
2. 《七步诗》巧妙运用比喻，用同根而生的豆和豆秸来比喻＿＿＿＿之情，其中用"萁"比喻＿＿＿＿，用"豆"比喻＿＿＿＿。
3. 本自同根生，＿＿＿＿＿＿＿＿？

三、判断对错

1. 《七步诗》借煮豆燃豆萁抒发了曹植受到兄长迫害的悲愤之情。　　　　（　　）
2. "豆在釜中泣"中的"泣"运用了拟人的修辞手法。　　　　　　　　　　（　　）
3. 《七步诗》表现的是父子之情。　　　　　　　　　　　　　　　　　　（　　）

四、简答题

　　"本自同根生，相煎何太急"两句蕴含了诗人怎样的思想感情？

阮籍

阮籍（210—263），字嗣宗，三国时期魏国诗人，是"竹林七贤"之一，与嵇康齐名，是"正始之音"的代表。他的诗多用比兴、象征等手法，表现诗人对生命短促、人生无常的感伤和无法忘怀现实的孤独苦闷情怀，充满着浓郁的哀伤情调和生命意识，诗风悲愤哀怨、隐晦曲折。

咏怀（其一）

yǒng huái（qí yī）

阮籍

夜中不能寐[1]，
起坐弹鸣琴。
薄帷鉴明月[2]，
清风吹我襟[3]。
孤鸿号外野[4]，
翔鸟鸣北林[5]。
徘徊将何见[6]？
忧思独伤心[7]。

yè zhōng bù néng mèi,
qǐ zuò tán míng qín.
bó wéi jiàn míng yuè,
qīng fēng chuī wǒ jīn.
gū hóng háo wài yě,
xiáng niǎo míng běi lín.
pái huái jiāng hé jiàn?
yōu sī dú shāng xīn.

【注释】

[1] 寐：睡觉。
[2] 帷：帐幔。
　　鉴：照。
[3] 襟：衣服的胸前部分。
[4] 孤鸿：失群的大雁。
　　号：鸣叫。
　　外野：野外。
[5] 翔鸟：飞翔盘旋着的鸟。
[6] 徘徊：在一个地方来回走。
[7] 忧思：忧愁的思绪。

【译文】

深夜里我思绪烦乱，难以入睡，坐起来弹琴以排解忧愁。
月光透过薄薄的帷帐照了进来，清风轻轻吹动着我的衣襟。
失群的大雁在野外哀伤地号叫，飞翔盘旋的鸟儿在北林长鸣。
这时徘徊能看到什么呢？不过是忧愁烦恼、独自伤心罢了。

【简析】

这首诗是阮籍《咏怀》八十二首中的第一首,主要描写了诗人在险恶、黑暗的政治环境中内心的苦闷,反映了诗人看不见希望和出路的忧思。

诗的首联点明时间,并通过"不能寐""起坐""弹鸣琴"的动作描写暗示诗人在孤寂凄清的夜中因忧思而难以入眠,暗示其苦闷忧思无法排遣。颔联写诗人夜中所见的幽寂之景,景中之人是月光照耀、清风吹拂下徘徊的诗人自己,给人以清冷孤寂之感。颈联写诗人夜中所闻,野外孤鸿、翔鸟的哀鸣渲染了一种表面平静而暗藏险恶的政治形势,进一步衬托诗人孤独苦闷的心情。尾联写鸟与人一样,夜中所见只有一片茫茫的黑夜,诗人心中的感慨无处诉说,只有无限的愁苦和悲哀萦绕心头。

这首诗以动衬静,情景交融,营造出长夜漫漫的死寂氛围,表达了诗人内心的落寞与忧愤之情。

【思考与练习】

一、解释下列画线字词

1. 夜中不能<u>寐</u>
2. 薄帷<u>鉴</u>明月
3. <u>徘徊</u>将何见
4. 清风吹我<u>襟</u>

二、填空题

1. 阮籍的《咏怀》共_____首,本篇课文中的诗是第_____首。
2. 《咏怀》(其一)中的"_____,_____"两句运用了设问的修辞手法。
3. "薄帷鉴明月,清风吹我襟。孤鸿号外野,翔鸟鸣北林"四句用了_____的写作手法。

三、判断对错

1. 诗人将内心忧愤、悲凉的感情寄托在自然景物之中。( )
2. 《咏怀》(其一)写出了诗人看不见希望的忧愤、苦闷的心情。( )
3. 《咏怀》(其一)中的景物都是诗人想象出来的。( )

四、简答题

《咏怀》(其一)这首诗塑造了一个怎样的人物形象?

陶渊明

陶渊明（365—427），字元亮，又名潜，东晋诗人。陶渊明是田园诗的开创者，对山水田园诗的兴盛起着重要的推动作用。他的诗主要用白描手法描绘田园风光和自己闲适的隐居生活，寄寓他高洁的志趣。他的诗诗风平淡自然、清新隽永，意境浑融高远，富含理趣，语言本真而意蕴深厚。

饮酒（其五）

陶渊明

结庐在人境[1]，
而无车马喧[2]。
问君何能尔[3]？
心远地自偏[4]。
采菊东篱下，
悠然见南山[5]。
山气日夕佳[6]，
飞鸟相与还[7]。
此中有真意[8]，
欲辨已忘言[9]。

yǐn jiǔ（qí wǔ）

jié lú zài rén jìng,
ér wú chē mǎ xuān.
wèn jūn hé néng ěr?
xīn yuǎn dì zì piān.
cǎi jú dōng lí xià,
yōu rán jiàn nán shān.
shān qì rì xī jiā,
fēi niǎo xiāng yǔ huán.
cǐ zhōng yǒu zhēn yì,
yù biàn yǐ wàng yán.

【注释】

[1] 结庐：建造房屋。
　　人境：世俗人间。
[2] 喧：喧扰。
[3] 君：指诗人自己。
　　何：为什么。
　　尔：这样。
[4] 偏：僻静。
[5] 悠然：悠闲自得的样子。
　　南山：庐山。
[6] 山气：山中的景象。
　　日夕：傍晚。
[7] 相与还：结伴归来。
[8] 真意：人生真正的意义与乐趣。
[9] 辨：辨识。

【译文】

在人群聚居的地方修建住宅,却没有世俗交往的喧扰。

问我为什么能达到这种境界?只要心远离世俗,自然就会觉得居住的地方僻静了。

我在那东边的篱笆下采摘菊花,悠然自得时无意中看见了南山。

庐山傍晚的景致十分美好,鸟儿也结伴归巢。

这其中蕴含着人生真正的意义,我想要辨识,却不知道该怎样用语言来表达。

【简析】

这首诗是陶渊明创作的组诗《饮酒》(二十首)中的第五首,诗歌主要表现了陶渊明归隐田园后怡然淡泊的生活态度与情趣。

诗的前四句写诗人远离尘世喧嚣的超然心态,表现了诗人对官场、名利的厌弃,以"心远地自偏"彰显自己精神上的超越和自由。后六句写诗人悠然自得的隐居生活,表现了他与世无争、洁身自好的生活态度。其中"采菊"两句描绘了诗人与自然合二为一的状态,情景交融,物我两忘,表现了诗人归隐之后悠然自得的心境,为千古传诵的名句。最后两句则为全诗的总结句,意思是语言根本不足以表现自然的美妙与神奇,只能用心去感受。

全诗写景、抒情、说理融为一体。

【思考与练习】

一、解释下列画线字词

1. 结庐在人境
2. 悠然见南山
3. 飞鸟相与还
4. 欲辨已忘言

二、选择题

1. 《饮酒》(其五)这首诗的诗眼是(   )。
   A. 问君何能尔?心远地自偏
   B. 采菊东篱下,悠然见南山
   C. 此中有真意,欲辨已忘言

2. "心远地自偏"中"远"的对象是(   )。
   A. 自然　　　　　　　　B. 田园　　　　　　　　C. 官场

3. 对《饮酒》(其五)简析有误的一项是(   )。
   A. 这首诗赋予菊以特殊的意蕴,以"采菊"表现诗人热爱自然的情趣
   B. "欲辨已忘言"表明诗人隐居生活的迷茫状态
   C. 这首诗情、景、理浑然一体

三、填空题

1. 《饮酒》（其五）中描绘傍晚山中美丽景色的是＿＿＿＿＿＿，＿＿＿＿＿＿。
2. 《饮酒》（其五）中，诗人在亲近大自然的过程中获得了＿＿＿＿＿＿的心境。
3. 《饮酒》（其五）中形容事物有真意妙趣，只能意会、不能言传的诗句是＿＿＿＿＿＿，＿＿＿＿＿＿。
4. 采菊＿＿＿＿＿＿下，＿＿＿＿＿＿见南山。

四、判断对错

1. 《饮酒》（其五）的首联写诗人虽居闹市而门庭冷落，表现了诗人的孤独与寂寞。（   ）
2. "悠然见南山"中的"见"字写出了诗人看到南山时的随意与自然。（   ）
3. 陶渊明与阮籍都是"竹林七贤"之一，他们都喜爱大自然。（   ）

五、简答题

1. "悠然见南山"中的"见"字能否改为"望"字？为什么？
2. "此中有真意"中的"真意"指的是什么？

归园田居（其一）

guī yuán tián jū（qí yī）

陶渊明

少无适俗韵[1]，性本爱丘山。 shào wú shì sú yùn, xìng běn ài qiū shān.
误落尘网中[2]，一去三十年[3]。 wù luò chén wǎng zhōng, yí qù sān shí nián.
羁鸟恋旧林[4]，池鱼思故渊[5]。 jī niǎo liàn jiù lín, chí yú sī gù yuān.
开荒南野际[6]，守拙归园田[7]。 kāi huāng nán yě jì, shǒu zhuō guī yuán tián.
方宅十余亩[8]，草屋八九间。 fāng zhái shí yú mǔ, cǎo wū bā jiǔ jiān.
榆柳荫后檐，桃李罗堂前[9]。 yú liǔ yìn hòu yán, táo lǐ luó táng qián.
暧暧远人村[10]，依依墟里烟[11]。 ài ài yuǎn rén cūn, yī yī xū lǐ yān.
狗吠深巷中[12]，鸡鸣桑树颠[13]。 gǒu fèi shēn xiàng zhōng, jī míng sāng shù diān.
户庭无尘杂[14]，虚室有余闲[15]。 hù tíng wú chén zá, xū shì yǒu yú xián.
久在樊笼里[16]，复得返自然[17]。 jiǔ zài fán lóng lǐ, fù dé fǎn zì rán.

【注释】

[1] 适俗韵：适应世俗的情趣。
[2] 尘网：指官场。
[3] 去：离开。
　　三十年：应该是"十三年"之误。
[4] 羁鸟：关在笼子里的鸟。
[5] 池鱼：池子里的鱼。
　　渊：水潭。
[6] 南野：一作南亩。
　　际：间。
[7] 守拙：固守节操，坚持自己为人处世的原则而不随波逐流。
[8] 方：四周。
[9] 罗：罗列。
[10] 暧暧：隐约，依稀。
[11] 依依：轻柔的样子。
　　 墟里：村落。
[12] 吠：叫。
[13] 颠：同"巅"，顶部。
[14] 户庭：门庭。
　　 尘杂：尘世的琐碎杂事。
[15] 虚室：简朴安静的居室。
[16] 樊笼：蓄鸟的工具，这里比喻官场生活。
[17] 自然：指田园生活。

【译文】

年少时就没有适应世俗的性格气质，生来就喜爱田园山林。
错误地落入官场的罗网里，转眼间离开故园已经三十年。
笼中鸟留念原来飞翔、栖息的树林，池中鱼思念以往自由生活过的深潭。
我愿在南边原野开垦荒地，保持拙朴本性，回家耕种田园。
住宅边有方圆十多亩土地，还有八九间简陋的茅草屋舍。
榆树、柳树成荫，遮盖住了草屋的后檐，桃树、李树整齐地排列在堂屋前。
远处的邻村屋舍依稀可见，村落上方升起袅袅炊烟。
深巷中传来了狗的叫声，桑树顶上传来了雄鸡的啼鸣声。
庭院里没有世俗的杂事烦扰，宁静的居所里的生活安适又悠闲。
我长久困在笼子里没有丝毫自由，如今终于重新回到大自然的怀抱。

【简析】

本诗是陶渊明《归园田居》组诗中的第一首。诗歌生动地描写了诗人辞官归隐后的愉快心情和乡居乐趣，表现了他对田园生活的热爱，同时隐含他对官场黑暗腐败的生活的厌恶之感，表明诗人为保持高尚的人格情操，不愿同流合污而甘受田间生活的艰辛。"返自然"既是这首诗的中心题旨，也是诗人的人生理想。

这首诗在内容上主要分为两层：第一层，诗人以"尘网""樊笼"作比，追悔自己之前误入官场的压抑与痛苦；第二层，诗人运用白描手法，刻画自己归隐田园之后居住环境的恬淡朴素、生活的安静闲适，以及诗人重返自然的欢欣与轻松。诗歌开头两句表露了诗人清高孤傲、与世不合的性格，以及对官场黑暗的不满和绝望，为全诗定下一个基调。"误落"四句集中描写诗人做官时对官场生活的厌倦之情，表现了其对田园生活的向往之情。接着运用白描手法描写了宁静美好的田园风光，远近相交，有声有色，动静结合，诗人对田园生活的喜爱之情寄寓其中。最后两句既是点题之笔，又与开头两句相呼应。

全诗将田园自然的美好与官场的黑暗进行鲜明的对比，运用白描手法，表达了诗人对自然和自由的热爱。全诗情景交融，语言清新质朴。

【思考与练习】

一、解释下列画线字词

1. 榆柳<u>荫</u>后檐
2. 桃李<u>罗</u>堂前
3. 鸡鸣桑树<u>颠</u>
4. <u>暧暧</u>远人村
5. <u>依依</u>墟里烟

二、选择题

1. 《归园田居》（其一）是一首（　　）诗。
   A. 田园　　　　　　B. 送别　　　　　　C. 咏史
2. 下列诗句中运用了托物喻人的表现手法的是（　　）。
   A. 暧暧远人村，依依墟里烟
   B. 狗吠深巷中，鸡鸣桑树颠
   C. 羁鸟恋旧林，池鱼思故渊
3. 关于《归园田居》（其一），下列分析有误的一项是（　　）。
   A. "误落尘网中，一去三十年"中的"三十年"是夸张的说法
   B. "樊笼"比喻约束人的尘世，反衬出诗人对大自然的热爱
   C. "暧暧"两句中的"暧暧"与"依依"在诗中是近义词，因此可以互换

三、填空题

1. 《归园田居》的作者是东晋的＿＿＿＿＿＿。
2. 《归园田居》（其一）中表现诗人劳作艰辛的诗句是＿＿＿＿＿＿，＿＿＿＿＿＿。
3. 《归园田居》（其一）中点题的诗句是＿＿＿＿＿＿，＿＿＿＿＿＿。
4. "羁鸟恋旧林，池鱼思故渊"使用的修辞手法是＿＿＿、＿＿＿。

四、判断对错

1. 《归园田居》（其一）中，"方宅"两句的意思是说围绕住宅的土地有十来亩。（　　）

2. 《归园田居》（其一）中描绘的画面质朴、幽静，表现出一种平和、淡远的意境。（　　）

3. "暧暧远人村，依依墟里烟"构成了一幅近景图。（　　）

五、简答题

《归园田居》（其一）这首诗表达了诗人怎样的志向与情感？

四 南北朝诗歌专题

知识窗

　　南北朝时期（420—589）指从东晋灭亡到隋朝统一的这段时期。这一时期是中国历史上一段政治大分裂、民族大融合的时期。

　　南北朝时期是中国诗歌史上一个重要的发展阶段，是唐诗全面发展繁荣的过渡阶段。北朝文人诗重政治伦理，重写实。南朝诗歌主要以山水、离别、纪事为主，注重诗歌创作的艺术技巧，辞采华美工巧，重抒情，重娱乐，出现了山水诗、永明体诗、宫体诗等。其中，谢灵运是第一个大力创作山水诗的诗人。谢朓丰富了山水诗的内容和表现技巧，体现了永明体诗注重声韵、格律等特点。鲍照继承发扬了汉乐府诗的传统精神，广泛反映现实生活，是南朝乐府诗的集大成者。此外，这一时期的代表诗人还有沈约、江淹、吴均、庾信等。

　　相比较而言，南朝诗歌的成就远远超过了北朝诗歌。就北朝诗歌来说，北朝民歌的成就比文人诗更为突出，主要以《敕勒歌》《木兰诗》为代表。

鲍照

鲍照（414？—466），字明远，南朝宋诗人，与颜延之、谢灵运并称"元嘉三大家"。他因任前军参军而被称为"鲍参军"。鲍照因出身寒微，在士族门阀的社会中备受压制。他的诗歌主要抒发自己对社会现实不平的忧愤之情，讲究对仗与辞藻。他长于乐府诗，其七言诗对唐诗的发展起到了重要的作用。

拟行路难（其六）　　nǐ xíng lù nán（qí liù）

鲍照

对案不能食[1]，　　　　　　　duì àn bù néng shí,
拔剑击柱长叹息。　　　　　　bá jiàn jī zhù cháng tàn xī.
丈夫生世会几时[2]？　　　　　zhàng fu shēng shì huì jǐ shí?
安能蹀躞垂羽翼[3]！　　　　　ān néng dié xiè chuí yǔ yì!
弃置罢官去[4]，　　　　　　　qì zhì bà guān qù,
还家自休息。　　　　　　　　huán jiā zì xiū xi.
朝出与亲辞[5]，　　　　　　　zhāo chū yǔ qīn cí,
暮还在亲侧[6]。　　　　　　　mù huán zài qīn cè.
弄儿床前戏[7]，　　　　　　　nòng ér chuáng qián xì,
看妇机中织[8]。　　　　　　　kàn fù jī zhōng zhī.
自古圣贤尽贫贱[9]，　　　　　zì gǔ shèng xián jìn pín jiàn,
何况我辈孤且直[10]！　　　　　hé kuàng wǒ bèi gū qiě zhí!

【注释】

[1] 案：一种放食器的小几。
　　食：吃。
[2] 会：能。
　　几时：多久。
[3] 安能：怎能。
　　蹀躞：小步行走的样子。
　　垂羽翼：失意的样子。羽翼：翅膀。
[4] 弃置：抛弃。
[5] 朝：早晨。
　　辞：告别。
[6] 暮：晚上。
　　还：回。
[7] 弄儿：逗小孩。
　　戏：玩耍。

[8] 妇：妻子。
[9] 圣贤：圣人、贤者。
　　尽：都。
[10] 孤且直：孤高并且耿直。

【译文】
对着案上的美食却难以下咽，拔出宝剑对着柱子挥舞，发出长长的叹息。
大丈夫一辈子有多长时间，怎么能因为失意而垂头丧气？
放弃官衔，辞职离开，回到家中休养生息。
早上出家门与家人道别，傍晚回家依然在亲人身边。
在床前与孩子玩耍，看妻子在织布机前织布。
自古以来，圣贤之士都贫困而不得志，更何况像我这样清高、耿直的人。

【简析】
　　这首诗歌刻画出一个满怀哀愁、备受压抑而又无处宣泄的诗人形象，抒发了作者对社会黑暗现实愤慨不平的思想感情。
　　全诗分三层，前四句为第一层，起句高亢，直抒胸臆，写诗人备受压抑的精神痛苦与内心反抗。诗篇一开头用"不能食""拔剑击柱""长叹息"三个动作，表现了诗人内心的愤懑不平。接着写愤激的内容，通过"蹀躞""垂羽翼"的形象化比喻，表明诗人在种种束缚下志向难以实现的处境。中间六句是第二层，诗意发生转折，语气转向平和。既然在政治上不能有所作为，不如丢掉志向，罢官休息，与亲人朝夕团聚。家庭日常生活幸福闲适的场景与上文中官场生活的不自由形成强烈的反差。但逃避现实、回归家庭生活并非诗人本意，也不能真正解决他思想上的矛盾，因此第三层——结尾两句又转向愁怨的抒发，将自己被埋没、遭贫贱的际遇与古代圣贤相提并论以进行自我解嘲，说明个人的怀才不遇并非个别与偶然的现象，而是自古以来都如此，结语峭拔。
　　全诗奇思焕发，笔力健劲，律动紧促，文气朴拙，句式和节奏的张弛顿挫与情感旋律的变化相谐调。

【思考与练习】

一、解释下列画线字词

1. 丈夫生世<u>会</u>几时
2. 安能<u>蹀躞</u>垂羽翼
3. <u>弄儿</u>床前戏

二、选择题

1. "安能蹀躞垂羽翼"使用的修辞手法是（　　　）。
　　A. 比喻、反问

B. 拟人、设问

C. 比喻、设问

2. 下列对这首诗的赏析，不正确的一项是（　　　）。

   A. 诗的开头两句通过动作描写，精确传神地刻画出主人公内心的惆怅

   B. 诗的第三、第四句运用借代和反问，表现诗人辞官前的生存状态和感受

   C. 第五至第十句描绘了家庭日常生活的场景，与之前的诗句内容构成反差

三、填空题

1. 《拟行路难》（其六）的作者是_____。
2. 对案不能食，_____。
3. 《拟行路难》（其六）这首诗寄寓了诗人的_____之情。

四、简答题

1. 请你概括《拟行路难》（其六）这首诗的主旨。
2. 《拟行路难》（其六）塑造了一个怎样的诗人形象？

陆凯

陆凯，身世不详，南北朝时诗人，因其《赠范晔》一诗而知名于世。

赠范晔[1]

zèng fàn yè

陆凯

折花逢驿使[2]，　　　　　　　　zhé huā féng yì shǐ,
寄与陇头人[3]。　　　　　　　　jì yǔ lǒng tóu rén.
江南无所有，　　　　　　　　　jiāng nán wú suǒ yǒu,
聊赠一枝春[4]。　　　　　　　　liáo zèng yì zhī chūn.

【注释】

[1] 范晔：人名，南朝宋史学家、文学家。
[2] 逢：遇到。
　　驿使：古代驿站传递官府公文或书信的人。
[3] 陇头人：即陇山人，这里指在北方的朋友范晔。
[4] 聊：姑且。
　　一枝春：这里代指一枝梅花。

【译文】

折取梅花时恰好遇到北去的信使，托他把花带给你这个身在陇头的好友。
江南没有什么可贵的东西可以表达我的情感，姑且送给你一枝报春的梅花来传达我的情谊吧。

【简析】

这首诗是陆凯率兵南征度梅岭时所作。他在南征期间回首北望，想起远在陇头的好友范晔，于是折花赋诗托驿使赠送给友人。

开头两句写诗人与友人远隔千里，难以相聚，偶遇驿站的使者，于是折下盛开的一枝梅花，并附上这首诗，托驿使互递问候。"逢"字说明是偶遇，寄梅问候则体现了诗人对朋友的深深挂念。后两句写明赠花的原因，淡淡致意中透出深深的祝福。"一枝春"是借代手法，借指高洁的梅花，象征春天的到来，也隐含着对相聚的期待。

这首诗构思精巧，清新自然，富有情趣。

【思考与练习】

一、填空题

折花逢驿使，_____。
江南无所有，_____。

二、简答题

1. 《赠范晔》中，诗人为什么说"江南无所有"？
2. "聊赠一枝春"表达了诗人怎样的思想感情？

北朝民歌

敕　勒　歌[1]

chì lè gē

北朝民歌

敕勒川[2]，　　　　　　　　　　chì lè chuān,
阴山下[3]。　　　　　　　　　　yīn shān xià.
天似穹庐[4]，　　　　　　　　　tiān sì qióng lú,
笼盖四野[5]。　　　　　　　　　lǒng gài sì yǎ.
天苍苍[6]，　　　　　　　　　　tiān cāng cāng,
野茫茫[7]，　　　　　　　　　　yě máng máng,
风吹草低见牛羊[8]。　　　　　　fēng chuī cǎo dī xiàn niú yáng.

【注释】

[1]《敕勒歌》是敕勒川地区的民歌。
[2] 敕勒：又称铁勒，是北朝时的少数民族。
　　 川：平原。
[3] 阴山：山脉名，在今内蒙古自治区。
[4] 穹庐：圆顶帐篷，俗称蒙古包。
[5] 笼盖：笼罩。
　　 四野：草原的四面八方。
[6] 天苍苍：天蓝蓝的。苍苍：深青色。
[7] 茫茫：无边无际的样子。
[8] 见：同"现"，显现。

【译文】

敕勒平原在连绵的阴山脚下。天空像一个圆顶帐篷，笼盖着辽阔的原野。
天色苍苍，绿野茫茫，风吹草低，隐没于草丛中的牛羊便显现出来了。

【简析】

《敕勒歌》生动地描绘了故乡阴山下草原的辽阔、牧草的丰茂和牛羊的肥壮，表现了草原雄伟壮丽的风光和北方游牧民族的生活风貌。

诗歌的前两句点明了敕勒川的地理位置，将草原的背景置于雄伟的阴山下。接着以敕勒族人生活中的"穹庐"做比喻，说天空好像毡帐一样笼罩住了草原的四面八方，以此来形容极目远望时所见的天地与平野相接的无比壮阔的景象。最后三句动静结合，描绘出苍茫辽阔、生机勃勃的草原全景图，形象生动地写出了这里水草丰茂、牛羊肥壮的景象，抒发了敕勒人对家乡的无限热爱之情。

这首诗风格雄浑奔放，境界开阔，语言简洁质朴，明白如话。

【思考与练习】

一、解释下列画线字词

1. 天<u>似</u>穹庐　　　　　　　　　　　　　　　　　　　　　　（　　）
2. 天<u>苍苍</u>　　　　　　　　　　　　　　　　　　　　　　　（　　）
3. 风吹草低<u>见</u>牛羊　　　　　　　　　　　　　　　　　　　（　　）

二、填空题

1. 《敕勒歌》是_____朝_____族的一首民歌，表达了草原牧民_____的_____情感。
2. "天似穹庐"一句使用的修辞手法是_____。
3. "风吹草低见牛羊"一句"见"的读音是_____。

三、翻译下列诗句

1. 天似穹庐，笼盖四野
   _____
2. 风吹草低见牛羊
   _____

四、简答题

1. 《敕勒歌》为什么选用穹庐表现天高地阔？其中包含了草原人民的什么情感？
2. 《敕勒歌》中有动静结合之美，试举例分析。

五 唐代诗歌——初唐诗歌专题

知 识 窗

唐代诗歌数量庞大、名篇层出，诗人众多、大家林立，诗体大备、流派多样，题材开阔、流传广泛，构成中国诗歌灿烂繁荣、百花齐放的盛况。

初唐指唐代开国至唐玄宗开元元年（618—713）之间近百年的历史时期。这一时期是唐代诗歌走向兴盛的准备阶段和奠基阶段。

初唐诗坛涌现了一大批诗人：唐太宗及其宫廷诗人、"文章四友"、"沈宋"、王绩、"初唐四杰"、陈子昂、张若虚等。

初唐诗歌大致有两大创作取向：一类是宫廷诗人的诗歌，另一类是王绩、"初唐四杰"、陈子昂等人的诗歌。前者受六朝宫廷诗风的影响较大，创作宫廷化、贵族化，多奉和、应制之作，辞藻华丽、技巧雕琢，代表诗人有上官仪、杜审言、沈佺期、宋之问等。并称为"沈宋"的沈佺期、宋之问在律诗最后定型方面的贡献深为后人所称道。他们在诗律上"约句准篇"，使律诗最后定型，为唐代诗歌的发展创造了有利的条件。

初唐诗人王绩的诗歌多反映隐逸的田园生活，创造出一种质朴清新、宁静淡泊的境界。真正扭转初唐诗歌风气的是"初唐四杰"以及其后的陈子昂。

"初唐四杰"指唐高宗、武后年间的王勃、杨炯、卢照邻、骆宾王四位诗人。他们提倡刚健骨气，并将诗歌的题材由宫廷台阁转向江山塞漠等更广阔的社会现实，开始表现出积极进取的精神、抑郁不平的感慨，出现了一种昂扬壮大的感情基调，风格清新明快，格调充实刚健，开创了不同于宫廷形式主义的新诗风。

陈子昂是继"初唐四杰"后的又一杰出诗人，他力反齐梁的形式主义的诗风，主张继承汉魏风骨，在理论和实践上转变了唐代的诗风。张若虚的《春江花月夜》融诗情、画意、哲理为一体，风格明丽纯美。

总体来说，初唐诗歌的成就主要表现在三个方面：一是表现领域的扩大，二是律诗的定型，三是一种昂扬壮大、情思浓烈的风貌和形象玲珑的诗歌意境的出现。

虞世南

虞世南（558—638），字伯施。他的诗在隋唐之交已有明显的变化，开始由南朝的婉丽回归初唐诗歌的雅正。其诗多为应制、奉和之作，内容较为狭窄空泛，但也有一些刚健的边塞诗和有兴寄的作品，文辞典丽。

蝉[1]

虞世南

垂緌饮清露[2]，
流响出疏桐[3]。
居高声自远[4]，
非是藉秋风[5]。

chuí ruí yǐn qīng lù,
liú xiǎng chū shū tóng.
jū gāo shēng zì yuǎn,
fēi shì jiè qiū fēng.

【注释】

[1] 垂緌：原指古代官帽领下的帽带下垂的部分，这里指蝉的触须形状像下垂的冠缨，暗喻作者地位显贵。
[2] 清露：洁净的露水。古人认为蝉以吸食露水为生。
[3] 流响：连绵不断的蝉鸣声。
    疏：稀疏。
[4] 居高：在高处。
[5] 藉：借助。

【译文】

蝉垂下触角低头饮清澈的露水，清脆响亮的叫声不断从稀疏高大的梧桐树上传出。
蝉身居高枝上，声音自然能传向远方，并不是借助秋风的力量。

【简析】

《蝉》是虞世南创作的一首五言咏物诗，是唐人咏蝉诗中时代最早的一首。诗人托物寓意，写了蝉的形体、习性和声音三个方面的特点，以秋蝉高洁傲世的品格暗喻自己高洁的品行、志趣，认为只要立身高洁，不需要外在的凭借，就能声名远扬。诗人以蝉自比，表明了自己高洁的品格。

首句以比兴象征的手法，借对蝉的形体、栖高饮露的习性的褒扬，暗示诗人显要的身份和清高的品质。次句是对蝉声远播的生动描写，形象地写出了蝉声的悦耳长鸣，写出了蝉声的响度与力度。由"疏桐"可知枝干的高挺清拔，并与末句的"秋风"相呼应。第三、第四句借蝉抒怀，是全篇的点睛之笔，强调品格高洁的人具有人格魅力，不必借助外力，就能声名远播。"居高"实指蝉栖居的梧桐树高，暗指诗人品格之高。"自""非"两字一正一反，相互呼应，表达出诗人对自己品格的赞美和自信。

全诗运用比兴手法托物寓意，简练传神，表达含蓄，寓意深刻，理趣情致跃然纸上。

【思考与练习】

一、填空题

1.《蝉》这首诗从体裁来看是_____诗，从题材来看是_____诗。

2.《蝉》的作者是唐代诗人_____。

3.《蝉》中，作者以____自比，表明自己确实有出众的才华，并表现出自己的清高、自信。

4.《蝉》这首诗主要运用了_____的表现手法。

5.《蝉》这首诗生动形象地表现了蝉的_____、_____、_____，引出立身尊贵而品格高洁的人不需要_____，就能_____的道理。

6. 居高_____，非是藉_____。

二、简答题

1. "居高"在《蝉》中有哪两层含义？
2.《蝉》这首诗说明了怎样的人生道理？

王勃

王勃（650—676），字子安，唐代著名诗人，"初唐四杰"之一。王勃擅长五律与五绝，其诗多抒发个人情志，风格雄放刚健。

送杜少府之任蜀州[1]

王勃

城阙辅三秦[2]，
风烟望五津[3]。
与君离别意[4]，
同是宦游人[5]。
海内存知己[6]，
天涯若比邻[7]。
无为在歧路[8]，
儿女共沾巾[9]。

sòng dù shào fǔ zhī rèn shǔ zhōu

chéng què fǔ sān qín,
fēng yān wàng wǔ jīn.
yǔ jūn lí bié yì,
tóng shì huàn yóu rén.
hǎi nèi cún zhī jǐ,
tiān yá ruò bǐ lín.
wú wéi zài qí lù,
ér nǚ gòng zhān jīn.

【注释】

[1] 少府：官名，指县尉。
之任：赴任。之：到。
蜀州：今四川崇州。
[2] 城阙：这里指京城长安。
辅：以……辅翼、护卫。
三秦：指长安城附近的关中之地。
[3] 五津：岷江的五个渡口（白华津、万里津、江首津、涉头津、江南津），这里指蜀地。
[4] 君：您，指杜少府。
[5] 同：都。
宦游人：在外做官的人。
[6] 海内：四海之内。
[7] 天涯：天边，形容极远的地方。
比邻：近邻。
[8] 无为：不要。
歧路：岔路，古人送行常在大路分岔处告别。
[9] 儿女：青年男女。
沾巾：沾湿衣巾，指挥泪告别。

【译文】

辽阔的三秦护卫着长安，透过那风云烟雾远望着五津。

和你离别，我心中怀着无限情意，因为我们都是宦游他乡的人。

四海之内只要有知己朋友存在，即使远在天边，也好像近邻一样。

不要在路口分别时，像青年男女那样泪湿衣巾。

【简析】

这是一首送别诗，是诗人在送别自己的好友时所作。

诗歌开篇意境开阔，开头两句远近对照，点出送别的地点与行人的去向，将相隔万里的长安与蜀地联系起来，表达出对友人的惜别之情。颔联写诗人以同在异地他乡做官、不必感伤难过来安慰朋友，表现出旷达的胸怀。颈联是传诵千古的名句，运用夸张、对偶的修辞手法，抒发了自己对友人真挚的情感和惜别之情，道出了真挚的友谊可以超越时空界限、缩短心灵的距离的哲理，摆脱了一般送别诗伤感低沉的情调，表现出昂扬乐观、积极向上的情调。结尾两句承接上联意绪，点出"送"的主题。诗人劝慰友人摆脱离愁，满怀信心地踏上新旅程。

这首诗惜别不怨别，意境旷达，音调爽朗，体现了诗人豁达的胸襟。

【思考与练习】

一、解释下列画线的字词

1. 城阙辅三秦
2. 同是宦游人
3. 无为在歧路
4. 儿女共沾巾

二、填空题

1. 《送杜少府之任蜀州》的作者是_____（时期）的诗人_____。
2. 《送杜少府之任蜀州》是一首送别诗，诗中交代送别地点的句子是_____。
3. "_____，天涯若比邻"成为千百年来脍炙人口的名句，将对朋友的真挚感情升华为哲理。
4. 《送杜少府之任蜀州》全诗既表达了诗人送别朋友时的_____之情，也表现了诗人_____的人生态度。

三、判断对错

1. 《送杜少府之任蜀州》是一首五言律诗。（　　）
2. 《送杜少府之任蜀州》这首诗的第三、第四两句是说诗人要跟朋友分别，去外地

做官。 （ ）

3.《送杜少府之任蜀州》的前两句点出了送别的地点和杜少府即将赴任之地。（ ）

四、简答题

《送杜少府之任蜀州》中的颈联是千百年来脍炙人口的名句，请你说说它好在哪里。

五、唐代诗歌——初唐诗歌专题

宋之问

宋之问（656？—712），字延清，初唐诗人，与沈佺期并称"沈宋"。他的诗多为应制之作，诗风华美，在唐诗律诗体制的定型方面贡献较大。

渡汉江[1]

dù hàn jiāng

宋之问

岭外音书断[2]，　　　　　　lǐng wài yīn shū duàn，
经冬复历春[3]。　　　　　　jīng dōng fù lì chūn.
近乡情更怯[4]，　　　　　　jìn xiāng qíng gèng qiè，
不敢问来人[5]。　　　　　　bù gǎn wèn lái rén.

【注释】

[1] 汉江：河名，是长江的最大支流。
[2] 岭外：指岭南。唐代罪臣常被流放于五岭以南一带。
　　音书：音信。
[3] 复：又。
　　历：经过。
[4] 怯：胆怯，畏缩。
[5] 来人：渡汉江后遇到的从家乡来的人。

【译文】

流放岭南后与家人音信断绝，经过了冬天，又到了春天。
离故乡越近，我心里就越胆怯，不敢向遇到的从家乡来的人询问、打听。

【简析】

这是706年诗人从被贬的泷州（广东罗定）逃归途中经汉江时写的一首诗。诗歌真切地表现了一个久居异乡、没有家中音信的人在临近家乡时所产生的一种矛盾的心理。

诗歌前两句分别从空间的隔离、联络的断绝和时间的久远三方面写出诗人贬居岭南的孤寂苦闷之情。

后两句写他快回到家乡时的心理感受。本来诗人长久被贬他乡，现在终于回来，应该是急切想知道家乡亲人的情况，但又因长久音信断绝而担心家人的命运，怕听到不好的消息，因此诗人由盼望与家人团聚的热切、激动变得忧虑而矛盾，从"情更切"到"情更怯"，从"急欲问"到"不敢问"，形象地道出了诗人此刻的心理感受。

这首诗语言浅近，意涵深邃，心理描写贴切细致，形象地写出了久别家乡之人归乡时的复杂心情，极具典型性。

【思考与练习】

一、填空题

1. 《渡汉江》的作者是唐朝诗人_____。
2. 《渡汉江》前两句的"外""断""复"从_____、_____、_____三个角度写出了诗人的贬居之苦。
3. 《渡汉江》中,"怯"的意思是_____,表达了诗人_____的心理。

二、讨论题

《渡汉江》这首诗的后两句若改成"近乡情更切,急欲问来人"是否恰当?请谈谈你的理解。

陈子昂

陈子昂（659—700），字伯玉，初唐诗人。陈子昂批判六朝绮靡的诗风，提出以复古为革新，主张恢复古诗比兴言志的风雅传统。他的诗多反映社会现实，感慨时事，风骨峥嵘，寓意深远，苍劲有力。

登幽州台歌[1]

dēng yōu zhōu tái gē

陈子昂

前不见古人[2]，　　　　　　　　qián bú jiàn gǔ rén,
后不见来者[3]。　　　　　　　　hòu bú jiàn lái zhě.
念天地之悠悠[4]，　　　　　　　niàn tiān dì zhī yōu yōu,
独怆然而涕下[5]！　　　　　　　dú chuàng rán ér tì xià!

【注释】

[1] 幽州台：又称蓟北楼、燕台，是燕昭王为招纳天下贤士而建的黄金台，在今北京西南。
[2] 前：过去。
　　古人：古代那些礼贤下士的圣君。
[3] 后：未来。
　　来者：后世那些重用人才的明君。
[4] 念：想到。
　　悠悠：形容时空的久远广大。
[5] 怆然：悲伤的样子。
　　涕：眼泪。

【译文】

回望历史，不见前代招贤纳士的圣君；远望未来，不见后代求才、惜才的明君。
想到苍茫天地，悠悠无限，我独自登上高台，忍不住满怀悲伤，流下热泪。

【简析】

这是一首感时咏怀诗。696年，陈子昂随军队征讨叛乱，多次向主将建言献策而不被采纳，反而被降职。陈子昂悲愤难抑，登上幽州台远眺，有感而发，联想到古代君臣的遇合和自己的不幸遭遇，感慨万千，故作此诗。

全诗通过描写登上幽州台后的所见所感，以苍茫广阔的北方原野为背景，抒发了岁月无情、时不我待的无限感慨，表现了诗人生不逢时、怀才不遇、欲报国而无门的孤寂、郁闷、悲愤之情。

全诗感伤时事，吊古伤今，直抒胸臆，格调苍凉悲壮，意境苍茫壮阔，语言苍劲而富有感染力。

【思考与练习】

一、解释下列画线字词

1. 前不见<u>古人</u>
2. 念天地之<u>悠悠</u>
3. 独怆然而<u>涕</u>下

二、用"/"画出下列诗句的朗读节拍

前不见古人，后不见来者。念天地之悠悠，独怆然而涕下！

三、填空题

1. 《登幽州台歌》的作者是＿＿＿＿，这首诗的体裁是＿＿＿＿＿。
2. 《登幽州台歌》中抚今追昔，暗示自己怀才不遇的两句诗是＿＿＿＿，＿＿＿＿＿。
3. 《登幽州台歌》中表现诗人独立于天地之间的孤独落寞情怀的诗句是＿＿＿＿，＿＿＿＿＿。
4. "前不见古人，后不见来者"中的"古人"指的是＿＿＿＿，"来者"指的是＿＿＿＿＿。

四、简答题

1. 《登幽州台歌》中，作者登楼远眺，吊古伤今，抒发了怎样的思想感情？
2. 请你谈一谈《登幽州台歌》描绘了一个怎样的诗人形象。

六 唐代诗歌——盛唐诗歌专题

知 识 窗

文学上的盛唐时期指从开元元年到大历元年（713—766）的历史时期。这一时期是唐王朝的鼎盛时期，涌现出一大批优秀的诗人，他们共同开创了诗歌的黄金时代，其中，浪漫主义诗人李白与现实主义诗人杜甫代表了盛唐诗歌的最高成就。此外，边塞诗派高适、岑参等，山水田园诗派王维、孟浩然等，他们的诗歌共同构建了"盛唐气象"。

盛唐诗歌最突出的特点是境界阔大、笔力雄健、气象雄浑，代表了盛唐文人昂扬奋发、积极进取的人生态度。

1. **边塞诗派**

它是盛唐兴起的一个主要诗歌流派，内容多描写边塞的自然风光和守边将士的生活，表现征人思妇的思想感情，寄寓诗人对战争的态度，具有爱国感情和进取精神。边塞诗意象宏阔，于大处落笔写奇情壮景；气势雄健豪放，情词昂扬慷慨，意境雄浑，意味深长；体裁上多用七言歌行或七绝，风格慷慨悲壮。边塞诗人有王昌龄、李颀等，而以高适、岑参为代表，故边塞诗派又被称为"高岑诗派"。

2. **山水田园诗派**

它继承和发展了陶渊明以来的田园诗和谢灵运以来的山水诗，内容偏重写自然的山水风光和农村的田园生活，多表现自然之美和闲适心情，以及对宁静、平和生活的向往。所作以五言为主，对仗工整，色彩淡雅，韵律优美，意境幽深，风格多清淡恬静，表现闲适退隐的思想，具有较高的艺术技巧和审美价值。山水田园诗人有储光羲、裴迪、祖咏、常建等，而以王维、孟浩然为代表，故山水田园诗派又被称为"王孟诗派"。

3. **"李杜"**

"李杜"特指"诗仙"李白和"诗圣"杜甫。他们是唐代最伟大的诗人，成就最高且生当同时，故有此并称。

李白的作品内容丰富，以描写山水风光和抒发内心情感为主。他的诗想象丰富，意境奇妙，语言轻快，自然天成，风格既气势雄放，又清新飘逸，反映了盛唐时期的时代心理特征。他的诗从形象塑造、素材摄取到体裁选择和各种艺术手法的运用，具有典型的浪漫主义的艺术特征。

杜甫的诗具体生动地记录了唐王朝由盛转衰过程中国家的动乱和人民的苦难，具有历史的认识价值，又被称为"诗史"。杜诗的主要艺术风格是沉郁顿挫。"沉郁"指诗的思想感情博大深厚、深沉苍凉，"顿挫"指表现手法不是感情奔放、一泻无余，而是沉着蕴藉、曲折有力。

总之，盛唐时期是唐诗发展达到繁荣的一个顶峰时期，诗坛名家辈出，创作了大量脍炙人口的优秀诗篇，在文学史上留下了一抹亮丽的色彩。

贺知章

贺知章（659—744），字季真，自号"四明狂客"。贺知章与张旭、包融、张若虚并称为"吴中四士"。他的诗以绝句见长，风格明快，清新质朴。

回乡偶书（其一）[1]

huí xiāng ǒu shū（qí yī）

贺知章

少小离家老大回[2]，
乡音无改鬓毛衰[3]。
儿童相见不相识[4]，
笑问客从何处来[5]。

shào xiǎo lí jiā lǎo dà huí,
xiāng yīn wú gǎi bìn máo shuāi.
ér tóng xiāng jiàn bù xiāng shí,
xiào wèn kè cóng hé chù lái.

【注释】

[1] 偶：偶然、随意。
　　书：写。
[2] 老大：年纪大了。贺知章回乡时已86岁。
[3] 乡音：家乡的口音。
　　无改：没有变化。改：改变。
　　鬓毛：脸两边靠近耳朵的头发。
　　衰：减少，稀疏。现代汉语中读 shuāi，古音读 cuī。
[4] 相见：看见。
　　相识：认识。
[5] 何处：什么地方。

【译文】

我年少时就离开家乡，到老了才回来。我的乡音虽没有改变，但两鬓的头发已经花白。儿童看见我后都不认识我，笑着问我是哪里的远方来客。

【简析】

这是一首回乡感怀诗。诗人在京城做官，久居他乡五十年，年老才辞官返回故里，这首诗便作于此时。全诗表现了久居他乡后回归故乡的喜悦，同时也隐含久客伤老的感伤之情。

前两句巧妙运用对比的手法，将"少小离家""乡音无改"与"老大回""鬓毛衰"进行对比，抒发了久客返乡、物是人非的今昔之感，同时为下文儿童相见不相识而发问做铺垫。最后两句写儿童天真可爱的问话，既让诗人感到惊讶、有趣，同时也激起他的迟暮之悲。

全诗构思巧妙，感情自然真实，语言明白晓畅。

六、唐代诗歌——盛唐诗歌专题

【思考与练习】

一、判断对错

1.《回乡偶书》（其一）的最后两句借用儿童的问话来表现儿童天真可爱的一面。
（　　）

2.《回乡偶书》（其一）的第一句通过诗人自己的人生经历，写出其几十年客居他乡的事实。
（　　）

二、填空题

1.《回乡偶书》（其一）的作者是____朝诗人_____。

2.《回乡偶书》（其一）中的_____，_____两句描写诗人回到家乡时的场景。

3.《回乡偶书》（其一）是一首久客异乡、返回故里的感怀诗，抒发了诗人_____的情感。

三、填空题

1."乡音无改鬓毛衰"中的"衰"的意思是（　　）。
　　A. 衰老　　　　　　B. 减少　　　　　　C. 衰弱

2.《回乡偶书》（其一）表达了诗人（　　）的情感。
　　A. 回到家乡的兴奋与喜悦
　　B. 思念家乡
　　C. 无尽的感慨，自己的老迈衰颓和反主为宾的悲哀

3.《回乡偶书》（其一）中的（　　）字不仅说明诗作得偶然，还流露出诗情来自生活的意思。
　　A. 回　　　　　　　B. 偶　　　　　　　C. 衰

四、简答题

《回乡偶书》（其一）的第一、第二句是如何表现诗人久客他乡的事实的？

张九龄

张九龄（678—740），字子寿，唐代开元政坛和文坛领袖，著名诗人，其创作成就主要体现在山水诗和感遇诗中，诗歌语言朴素遒劲，诗风清淡。

望月怀远[1]

wàng yuè huái yuǎn

张九龄

海上生明月， hǎi shàng shēng míng yuè,
天涯共此时。 tiān yá gòng cǐ shí.
情人怨遥夜[2]， qíng rén yuàn yáo yè,
竟夕起相思[3]。 jìng xī qǐ xiāng sī.
灭烛怜光满[4]， miè zhú lián guāng mǎn,
披衣觉露滋[5]。 pī yī jué lù zī.
不堪盈手赠[6]， bù kān yíng shǒu zèng,
还寝梦佳期[7]。 huán qǐn mèng jiā qī.

【注释】

[1] 怀远：怀念远方的亲人。
[2] 情人：多情的人，指诗人自己，一说指亲人。
    遥夜：长夜。
[3] 竟夕：整夜。
[4] 怜：爱惜。
    光满：满屋的月光。
[5] 披衣：指出户。
    露滋：露水打湿。
[6] 盈手：双手捧满。盈：满。
[7] 还寝：回屋再睡。

【译文】

辽阔的大海上升起一轮明月，此时远在天边的亲人与我共赏明月并思念对方。

多情的人因离别而失眠，抱怨月夜漫长难挨，整夜不眠，想念亲人。

熄灭蜡烛，怜爱这满屋的月光，我起身披上衣服，徘徊于庭院，感受到夜晚露水的寒凉。

不能将美好的月色捧在手中送给远方的你，我还是回屋睡觉吧，只希望能在梦中与你团聚。

六、唐代诗歌——盛唐诗歌专题

【简析】

这首五言律诗是736年诗人被贬荆州长史期间望月思念远方亲人时所作,诗歌表达了主人公对远方亲人的深切思念和期盼团圆的真挚情感。

开头两句照应诗题,写望月而生思念亲人的情思。前一句写"望月",后一句写"怀远",两句一实写,一虚写,设想远在天边的人也对着明月思念自己。这两句的炼字为人所称道。如果用明月随潮水而升起的"升"字,则较为平淡;用明月好像伴随潮水一起生长的"生"字,则把诗句写活了,明月和潮水都拥有了生命和活力。此联因自然浑成、意境雄浑阔大而成为千古佳句。颔联直接抒写对远方亲人的思念之情,因思亲而无眠,埋怨长夜漫漫,"遥夜""竟夕"指通宵都在思念,说明思念之强烈和绵绵不断。颈联通过动作和细节描写,具体描绘了彻夜难眠的情形:因夜不能寐,诗人吹灭蜡烛,在室外皎洁的月光下徘徊,不觉寒露已打湿了衣服。结尾两句进一步抒写了对远方亲人的深情,因无法赠予亲人满手月光而想在梦中与亲人相聚。

全诗语言自然浑成,感情真挚深切,表达曲折有致,意境雄浑而幽清,令人回味无穷。

【思考与练习】

一、选择题

1. "海上生明月,(　　)共此时"是张九龄的名句。
   A. 天地　　　　　　　　B. 天下　　　　　　　　C. 天涯

2. 《望月怀远》中,诗人通过(　　)这一意象来寄托思念之情。
   A. 烛　　　　　　　　　B. 露　　　　　　　　　C. 月

3. 下列对《望月怀远》理解不恰当的一项是(　　)。
   A. 首联紧扣诗题,前一句写"望月",后一句写"怀远"
   B. 颔联因思念产生怨恨,埋怨远方之人不常回家看看
   C. 颈联写诗人整夜难眠的情形

二、讨论题

《望月怀远》开头两句为"海上生明月,天涯共此时",诗人写月亮不用"升"而用"生",请你谈一谈这样写好在哪里。

王湾

王湾,唐代诗人,洛阳人。玄宗先天年间进士,任洛阳尉,曾往来于吴、楚间,开元中卒。

次北固山下[1]

王湾

客路青山外[2],   kè lù qīng shān wài,
行舟绿水前。   xíng zhōu lǜ shuǐ qián.
潮平两岸阔[3],   cháo píng liǎng àn kuò,
风正一帆悬[4]。   fēng zhèng yī fān xuán.
海日生残夜[5],   hǎi rì shēng cán yè,
江春入旧年[6]。   jiāng chūn rù jiù nián.
乡书何处达[7]?   xiāng shū hé chù dá?
归雁洛阳边[8]。   guī yàn luò yáng biān.

【注释】

[1] 次:停泊。
　　北固山:山名,在今江苏镇江。
[2] 客路:旅途。
　　青山:北固山。
[3] 潮平:潮水上涨,与两岸齐平。
[4] 风正:顺风。
　　悬:挂。
[5] 海日:海上的旭日。
　　生:升起。
　　残夜:夜将过去、天快亮的时候。
[6] 入:到。
[7] 乡书:家信。
[8] 归雁:北飞的大雁。古代有大雁传递书信,而大雁每年春天会飞往北方。

【译文】

旅途经过苍翠的北固山下,船行在碧波之上。
春潮涌涨,江水与两岸齐平,显得十分开阔,顺风行船使白帆高高挂起。
残夜还没消退,一轮红日已从海上升起;江南春早,旧年还没过去,新春已悄然而至。
寄给家人的书信该送到什么地方?希望北飞的大雁能把它捎到洛阳。

【简析】

这首五言律诗描写了冬末春初诗人在北固山下停泊时所见到的青山绿水、潮平岸阔的景色,抒发了诗人思念家乡、思念亲人的感情。

开头以对偶句发端,以互文的手法写漂泊的情怀,"青山"呼应诗题中的北固山。次联写江上行船所见,景色恢宏阔大。第三联写天快亮时的情景,这一联以拟人化的手法写时序的更替,象征美好的新生事物必将到来,写景中隐含着哲理,流露出积极向上的感情,成为传诵的名句。尾联写见鸿雁而生思乡之情,与首联的"客路"相呼应,表达了诗人思乡的愁绪。

全诗对仗精工,写景生动,写景、抒情巧妙地结合在一起,富有韵味,历来广为传诵。

【思考与练习】

一、填空题

1. 《次北固山下》这首诗的作者是_____,它是一首_____(诗体)诗。
2. "乡书何处达?归雁洛阳边"这两句表达了诗人_____的情感。
3. "海日生残夜,江春入旧年"使用的修辞手法是_____、_____。
4. 《次北固山下》中描写大江行船的壮阔景象的诗句是_____,_____。

二、用"/"画出下列诗句的朗读节拍

客路青山外,行舟绿水前。潮平两岸阔,风正一帆悬。
海日生残夜,江春入旧年。乡书何处达?归雁洛阳边。

三、简答题

1. 《次北固山下》这首诗描绘的是哪个季节的景色?这从诗句中的哪些词中可以看出?
2. "海日生残夜,江春入旧年"一联历来为人所称道,请你试做简要分析。

孟浩然

孟浩然（689—740），襄阳（今湖北襄阳）人，世称"孟襄阳"，唐代著名山水田园派诗人，与王维并称"王孟"。他的诗以五言为主，主要描写山水行旅与田园生活的隐逸情趣，擅长用白描手法，风格清幽孤远、恬淡朴实。

春　晓[1]

chūn xiǎo

孟浩然

春眠不觉晓[2]，
处处闻啼鸟[3]。
夜来风雨声，
花落知多少。

chūn mián bù jué xiǎo,
chù chù wén tí niǎo.
yè lái fēng yǔ shēng,
huā luò zhī duō shǎo.

【注释】

[1] 春晓：春天的早晨。
[2] 不觉晓：不知不觉天亮了。
[3] 闻：听到。
　　啼鸟：鸟叫声。

【译文】

春日里香甜酣睡，一觉醒来天已大亮，到处可以听见小鸟清脆的叫声。
回想起昨夜风雨声不断，那春花不知被吹落了多少。

【简析】

这首五言绝句是孟浩然隐居在鹿门山时所作。诗人抓住春天早晨刚醒来时的一瞬间展开联想，抒发了诗人对春天的喜爱和赞美之情。

诗歌首句点题，写春日酣睡的香甜，也流露出诗人对春日清晨的喜爱。次句写悦耳的鸟叫声此起彼伏，交代了困睡中的诗人被唤醒的原因；同时，鸟儿的欢鸣声表现出春光的明媚和生机。第三、第四句由听觉写到内心的感受，由喜春转向惜春。

全诗言浅意浓，自然浑成。

【思考与练习】

一、填空题

1.《春晓》描写了＿＿＿＿＿＿＿季的美好景象。
2. 从体裁上看，《春晓》是一首＿＿＿＿＿＿＿言绝句。

3. 《春晓》这首诗表现了诗人_____的思想感情。
4. 夜来_____声，花落_____。

二、选择题

1. "春眠不觉晓"中"晓"的意思是（　　　）。
    A. 早晨　　　　　　　B. 中午　　　　　　　C. 晚上
2. "处处闻啼鸟"是从（　　）角度来写春天的。
    A. 视觉　　　　　　　B. 听觉　　　　　　　C. 触觉
3. "夜来风雨声"属于（　　）描写。
    A. 倒叙　　　　　　　B. 顺叙　　　　　　　C. 插叙

三、改写

请结合《春晓》中的情景写一则50字左右的短文。

过 故 人 庄[1]

guò gù rén zhuāng

孟浩然

故人具鸡黍[2]，	gù rén jù jī shǔ，
邀我至田家[3]。	yāo wǒ zhì tián jiā.
绿树村边合[4]，	lǜ shù cūn biān hé，
青山郭外斜[5]。	qīng shān guō wài xié.
开轩面场圃[6]，	kāi xuān miàn cháng pǔ，
把酒话桑麻[7]。	bǎ jiǔ huà sāng má.
待到重阳日[8]，	dài dào chóng yáng rì，
还来就菊花[9]。	huán lái jiù jú huā.

【注释】

[1] 过：拜访。
　　故人庄：老朋友的农庄。
[2] 具：准备。
　　鸡黍：农家招待客人的丰盛饭食。
　　黍：黄米。
[3] 邀：邀请。
　　至：到。
　　田家：农家。
[4] 合：环绕。
[5] 郭：古代城墙有两重，内为城，外为郭，这里指村庄。
　　斜：倾斜。古音读 xiá。
[6] 开轩：打开窗户。
　　面：面对。
　　场圃：打谷场和菜园。
[7] 把酒：端着酒杯。
　　话桑麻：闲谈农事。话：谈论。桑麻：这里指庄稼。
[8] 重阳日：指农历九月初九，在这一天，古人有登高、饮酒、赏菊的习俗。
[9] 还：再。
　　就菊花：赏菊。

【译文】

老友备好了丰盛的饭菜，邀请我到他乡村田家做客。
村边绿树环绕，连成一片，村庄外青山连绵起伏。
推开窗户，面对打谷场和菜园，我和友人一边喝酒，一边闲聊着农事。
等到九月重阳节那一天，我会再来观赏菊花。

六、唐代诗歌——盛唐诗歌专题

【简析】

这是一首典型的田园诗，是诗人隐居鹿门山期间到一位山村友人家做客时所写。诗歌以时间先后为顺序，由"邀"到"至"，到"望"，再到"约"，记述了诗人从应邀拜访友人到与其分别的全过程，既描绘了田园清新宁静的风光和农家恬静闲适的生活情趣，也表现了诗人与朋友之间真挚的友情，流露出诗人对田园生活的向往之情。

诗歌首联开门见山，交代了拜访友人的缘由，由一"邀"一"至"可见诗人与友人间的情分。颔联由近及远，写拜访路途中所见到的山村优美景色：村边绿树环绕，村外青山相伴，山村幽静而不荒僻，仿佛一幅山水画卷。颈联写主客欢聚，主客一边畅饮，一边闲谈农事，表现出诗人对农家生活的喜爱，主客间亲切融洽的气氛跃然纸上。尾联写诗人与友人道别，相约重阳节再次来访，透露出这次访客的愉快和二人友情的深厚。

全诗用家常语写眼前景与平凡事，景、情、事巧妙融合，用语平淡质朴，叙事自然流畅，平淡中蕴藏着深厚的情味。

【思考与练习】

一、解释下列画线字词

1. 故人<u>具</u>鸡黍
2. 绿树村边<u>合</u>
3. 把酒<u>话</u>桑麻
4. 还来<u>就</u>菊花

二、翻译下列诗句

绿树村边合，青山郭外斜。

_____

三、填空题

1. 孟浩然是著名的_____诗人，他与_____齐名，并称"_____"。
2. "_____，青山郭外斜"这两句使用的修辞手法是_____。
3. 《过故人庄》中，首联一个"邀"字，尽显老友的热情，尾联一个"_____"字，表明诗人深为田园生活所吸引，率真地表示重阳节再来相聚。
4. 《过故人庄》这首诗的语言风格是_____。
5. 《过故人庄》中的"_____"一句将室内与室外的景色联系了起来。

四、简答题

《过故人庄》这首诗表达了诗人什么样的感情？

王维

王维（701—761），字摩诘，唐代山水田园派诗人，与孟浩然齐名，并称"王孟"。王维因曾任尚书右丞而被称为"王右丞"。他虔信佛教，精通禅理，其诗有浓厚的佛教意蕴，故又被称为"诗佛"。王维的作品以山水田园诗为主，体物精细，状写传神，意境清雅淡远，宋人苏轼称赞他的诗"诗中有画"。

九月九日忆山东兄弟[1]

jiǔ yuè jiǔ rì yì shān dōng xiōng dì

王维

独在异乡为异客[2]，
每逢佳节倍思亲[3]。
遥知兄弟登高处[4]，
遍插茱萸少一人[5]。

dú zài yì xiāng wéi yì kè,
měi féng jiā jié bèi sī qīn.
yáo zhī xiōng dì dēng gāo chù,
biàn chā zhū yú shǎo yì rén.

【注释】

[1] 九月九日：重阳节。
　　忆：想念。
　　山东：指华山以东。
[2] 异乡：他乡。
　　为：作。
　　异客：背井离乡的游子。
[3] 佳节：美好的节日。
[4] 登高：古代有重阳节登高的风俗。
[5] 茱萸：一种香草，古人认为重阳节插戴茱萸可以辟邪。

【译文】

一个人独自在他乡做客，每次遇到节日就会更加思念亲人。
遥想兄弟们登高望远时插戴茱萸，却唯独少了我一个人。

【简析】

这首诗是思乡怀亲之作。王维17岁时离开家乡，独居京城，以求取功名，在重阳佳节时创作了这首诗。

诗人在开篇便用一个"独"字、两个"异"字，道出了远离家乡、漂泊异地、举目无亲的孤独感与陌生感。遇到亲人团聚的节日，这种思念家乡、思念亲人的情绪便更难以抑止。"每逢佳节倍思亲"一句因高度概括出漂泊异地他乡的游子共有的思乡之情而成为经典名句。后两句写出新意，诗人不是直接描写自己如何思念家乡的亲人，而是想象兄弟们头插茱萸登高望远时发现少了一人——诗人自己，从而有了无限的缺憾。

全诗情感真实自然,笔法曲折有致。

【思考与练习】

一、解释下列画线字词

1. 每逢佳节<u>倍</u>思亲
2. <u>独</u>在异乡为异客
3. <u>遍</u>插茱萸少一人

二、选择题

1. 农历九月九日是中国的（　　）节。
   A. 中秋　　　　　　　　B. 清明　　　　　　　　C. 重阳
2. 《九月九日忆山东兄弟》中的"山东"是指（　　）。
   A. 山东省　　　　　　　B. 华山以东　　　　　　C. 山的东面
3. 下列对《九月九日忆山东兄弟》的理解和分析不正确的一项是（　　）。
   A. "每逢佳节倍思亲"是说诗人只有在节日的时候才会思念亲人
   B. "遥知兄弟登高处"是诗人想象出来的画面
   C. "遍插茱萸少一人"中的"一人"说的是诗人自己

三、填空题

1. 王维笃信佛教,他的诗富于禅理,因此被人称为"_____"。
2. 《九月九日忆山东兄弟》中,"_____,_____"两句写的是诗人想象家乡亲人登高望远的情景。
3. 如果你在外地独自过节,你会引用《九月九日忆山东兄弟》中的"_____,_____"两句来表达自己对家乡亲人的思念。

四、简答题

1. 你还知道中国的哪些传统节日?这些节日有哪些习俗?
2. 请你介绍一下你们国家独特的节日。

送元二使安西[1]

王维

sòng yuán èr shǐ ān xī

渭城朝雨浥轻尘[2]，
客舍青青柳色新[3]。
劝君更尽一杯酒[4]，
西出阳关无故人[5]。

wèi chéng zhāo yǔ yì qīng chén,
kè shè qīng qīng liǔ sè xīn.
quàn jūn gèng jìn yì bēi jiǔ,
xī chū yáng guān wú gù rén.

【注释】

[1] 元二：原名元常，是诗人的朋友。
　　使：出使。
　　安西：指唐代安西都护府，在新疆南部。
[2] 渭城：秦时的咸阳城，汉时改名为渭城。
　　朝雨：早晨下的雨。
　　浥：湿润。
[3] 客舍：旅店，是诗人设宴送别友人的地方。
[4] 君：你，这里指友人元二。
　　更尽：再喝完。
[5] 阳关：关名，在甘肃敦煌西南，是古代通往西域的要道。
　　故人：老朋友。

【译文】

早晨的细雨打湿了渭城道路上的浮尘，旅店周围青青的柳枝翠嫩一新。
请你再干一杯美酒吧，因为向西出了阳关，就很难见到老朋友了。

【简析】

这首七言绝句是一首送别诗，是王维送别将要去西北边疆的朋友时所作。诗歌通过描写细雨中设宴为朋友送行时劝酒的情景，表达了诗人对朋友的恋恋不舍之情。

诗歌前两句情景交融，紧扣主题，写出了雨后渭城的洁净清新的景象，点出了送别的时间（早上）、地点（渭城客舍）、天气（雨天）和环境（杨柳新绿）。古代有折杨柳送别的习俗，"柳"有挽留和惜别的意思。第三、第四句写诗人在送行宴席上再三殷勤地劝酒，表达了诗人依依惜别的心情。诗人与即将远行的朋友深厚的友谊、不舍的话别和对友人前路珍重的祝愿都在酒里了。

这首诗语言简洁，感情真挚，情景交融，是唐人送别时传唱的名作。

六、唐代诗歌——盛唐诗歌专题

【思考与练习】

一、用"/"画出下列诗句的朗读节拍

渭城朝雨浥轻尘，客舍青青柳色新。
劝君更尽一杯酒，西出阳关无故人。

二、选择题

1. 《送元二使安西》中，从"柳色新"中可知描写的季节是（　　）季。
   A．春　　　　　　　B．夏　　　　　　　C．秋
2. 《送元二使安西》这首诗是一首（　　）诗。
   A．劝酒　　　　　　B．写景　　　　　　C．送别
3. 《送元二使安西》后两句中的（　　）字表明酒已劝了多次，喝了多杯。
   A．劝　　　　　　　B．更　　　　　　　C．尽
4. "西出阳关无故人"中的"故人"指的是（　　）。
   A．死去的人　　　　B．老朋友　　　　　C．故事中的人

三、填空题

1. 《送元二使安西》是唐代诗人_____创作的一首_____诗。
2. 《送元二使安西》中，王维送别元二的时间是_____，地点是_____。
3. 劝君更尽一杯酒，_____。
4. "渭城朝雨浥轻尘"中"朝"的读音是_____，意思是_____。

四、简答题

《送元二使安西》表达了诗人对友人元二怎样的感情？

山居秋暝[1]

王维

空山新雨后[2]，　　　　　　　　kōng shān xīn yǔ hòu,
天气晚来秋。　　　　　　　　　tiān qì wǎn lái qiū.
明月松间照，　　　　　　　　　míng yuè sōng jiān zhào,
清泉石上流。　　　　　　　　　qīng quán shí shàng liú.
竹喧归浣女[3]，　　　　　　　　zhú xuān guī huàn nǚ,
莲动下渔舟。　　　　　　　　　lián dòng xià yú zhōu.
随意春芳歇[4]，　　　　　　　　suí yì chūn fāng xiē,
王孙自可留[5]。　　　　　　　　wáng sūn zì kě liú.

【注释】

[1] 暝：日落时分，傍晚。
[2] 空山：空旷、空寂的山野。
　　新：刚刚。
[3] 竹喧：竹林中笑语喧哗。喧：喧哗，这里指竹叶沙沙的响声。
　　归：回来。
　　浣女：洗衣女。浣：洗。
[4] 随意：任凭。
　　春芳：春天的花草。
　　歇：消失，这里指凋谢。
[5] 王孙：原指贵族子弟，这里指诗人自己。
　　留：停留。

【译文】

空旷的山野刚下过一场雨，秋天傍晚的天气格外凉爽。
明月在松林间洒下斑驳的清辉，清清的泉水在山石上叮咚流淌。
竹林里传来归家的洗衣姑娘的笑声，莲叶摇动应是渔船从上游荡下。
任凭春天的花草随时节枯萎、凋谢，我自可在秋天的山中流连徜徉。

【简析】

这是一首五言律诗，是诗人隐居辋川别墅时所写的山水诗。诗歌描绘了初秋傍晚雨后山村的自然美和淳朴的山村百姓的人情美，表现了诗人寄情山水的高洁淡泊的情怀和隐居山中的悠然自得之情。

诗的首联点题，交代了时间（傍晚）、地点（空山）、季节（秋天）、天气（雨后），表现了山间清新寂静的环境和诗人悠闲自在的心境。颔联中，月照松林是静态，清泉流泻是动态，以动衬静，用明月、松林、清泉、山石等构成了一幅寂静清幽的秋夜山景图，表现了山村的自然美。颈联通过视觉与听觉描写，用"喧"来衬托静，以浣衣女的笑声、渔舟穿过荷丛的动态体现一片宁静中的活泼与生机，表现了山村淳朴美好的人情美。尾联反用《楚辞·招隐士》的句意，告诉人们不必为春花的凋谢而感到遗憾，这里朴素、纯洁、快乐的山居生活才是诗人所追求的理想生活，诗人愿意继续隐居山中，表达了他厌倦黑暗官场而洁身自好的人生态度。全诗前六句借景抒情，后两句直抒胸臆。

诗歌托物言志，情景交融，动静结合，极具诗情画意。

【思考与练习】

一、解释下列画线字词

1. 山居秋<u>暝</u>
2. 随意春芳<u>歇</u>
3. 竹喧<u>归</u>浣女

二、选择题

1. 《山居秋暝》的诗体是（　　　）。
   A. 五言绝句　　　　　B. 乐府诗　　　　　C. 五言律诗
2. 《山居秋暝》中以动衬静的诗句是（　　　）。
   A. 空山新雨后　　　　B. 竹喧归浣女　　　C. 明月松间照
3. "竹喧归浣女，莲动下渔舟"使用的修辞手法是（　　　）。
   A. 对偶　　　　　　　B. 排比　　　　　　C. 拟人

三、简答题

1. 《山居秋暝》开篇说"空山"，后面写的却是人的活动，你认为"空山"一词用得是否准确？请说明理由。
2. 《山居秋暝》这首诗的主旨句是哪一句？它表达了诗人怎样的愿望？

使至塞上[1]

王维

单车欲问边[2]，　　　　　　　　dān chē yù wèn biān,
属国过居延[3]。　　　　　　　　shǔ guó guò jū yán.
征蓬出汉塞[4]，　　　　　　　　zhēng péng chū hàn sài,
归雁入胡天[5]。　　　　　　　　guī yàn rù hú tiān.
大漠孤烟直[6]，　　　　　　　　dà mò gū yān zhí,
长河落日圆。　　　　　　　　　cháng hé luò rì yuán.
萧关逢候骑[7]，　　　　　　　　xiāo guān féng hòu jì,
都护在燕然[8]。　　　　　　　　dū hù zài yān rán.

【注释】

[1] 使至塞上：奉命出使塞上。
[2] 单车：轻车。
　　问边：慰问边关将士。
[3] 属国过居延："过居延属国"的倒装。
　　属国：秦汉时的官职名，代指使臣，这里是指王维自己。
　　居延：地名，在今内蒙古自治区。
[4] 征蓬：飘飞的蓬草，这里是诗人自喻。
[5] 归雁：北飞的大雁，这里是诗人自喻。
[6] 烟：一指边防传递军情时所燃烧的狼粪，一指大漠旋风所卷风沙形成的自然现象。
[7] 萧关：关名，在宁夏固原东南。
　　候骑：侦察骑兵。
[8] 都护：官职名，这里指前线统帅。
　　燕然：山名，蒙古国的杭爱山，这里指最前线。

【译文】

轻车简从想去遥远的边关慰问将士，以典属国的使臣身份路过居延。
我像翻飞的蓬草一样，随风飘出汉家的要塞；又像北归的大雁，飞入北国的上空。
浩瀚沙漠中一股狼烟笔直升起，悠长黄河边落日浑圆。
我在萧关碰到侦察的骑兵，才知道都护正在前线。

【简析】

737年春，王维奉命到边境慰劳战胜吐蕃的将士，实际上王维是被排挤出朝廷的。这首诗写的就是他这次出使途中的经历。诗歌通过写出使塞上的旅途中所见到的奇特、壮丽的塞外风光，赞美了不畏艰苦、以身许国的守边战士的爱国精神，同时也流露出诗人被排挤而受命赴边的孤寂落寞的心情。

诗歌首联直接点题，交代出使缘由、出行路线和经过的地点，以山高路远、轻车简从暗寓这次奉命出使的孤寂心境。颔联点明了出行时间，即景生情，诗人以征蓬、归雁自比，表达他被排挤出朝廷的那种漂泊不定的内心感受，暗写诗人的惆怅与忧愤。颈联传神地描写了塞外孤烟直上、落日浑圆的奇特、壮丽的景观，这两句因笔力苍劲、意境雄浑壮美、气势恢宏而成为千古名句，其所写景观被王国维赞为"千古壮观"。尾联继续写出使一事，与首联相呼应，并暗示将士们战斗生活紧张、战事频繁。

全诗情景交融，写景状物逼真传神，语言精练简洁，画面奇丽壮美，情感深沉饱满。

【思考与练习】

一、解释下列画线字词

1. 单车欲问边
2. 萧关逢候骑
3. 征蓬出汉塞

二、填空题

1. "征蓬出汉塞，归雁入胡天"运用了_____、_____等修辞手法。
2. 《使至塞上》中叙述出使目的和到达地点的诗句是_____，_____。
3. 《使至塞上》中的"_____，_____"两句雄浑壮观、诗中有画。

三、判断对错

1. 《使至塞上》写的是塞外秋天的景色。（ ）
2. 《使至塞上》这首诗以传神的笔墨刻画出秀丽的塞外风光。（ ）
3. 从《使至塞上》中的"单车""征蓬"等可以看出诗人出使时轻松愉快的心情。
（ ）

四、简答题

1. 请你说一说"征蓬出汉塞，归雁入胡天"两句的含义并说明其中蕴含了诗人怎样的情感。
2. 请你从色彩、构图、线条等方面，说一说"大漠孤烟直，长河落日圆"一联如何体现王维诗歌"诗中有画"的特点。

王之涣

王之涣（688—742），字季凌，盛唐时期著名诗人。王之涣擅长五言诗，其诗以描写边塞风光为主，绝句的成就较高。

登鹳雀楼[1]

dēng guàn què lóu

王之涣

白日依山尽[2]，　　　　　　　bái rì yī shān jìn,
黄河入海流[3]。　　　　　　　huáng hé rù hǎi liú.
欲穷千里目[4]，　　　　　　　yù qióng qiān lǐ mù,
更上一层楼[5]。　　　　　　　gèng shàng yì céng lóu.

【注释】

[1] 鹳雀楼：楼名，在山西永济城西南。楼高三层，下临黄河，是当时的游赏胜地。
[2] 白日：太阳。
　　依：依傍。
　　尽：消失。
[3] 入：流入。
　　流：奔流。
[4] 欲：想要。
　　穷：穷尽。
　　千里目：远望之目。
[5] 更：再。

【译文】

夕阳依着远山缓缓西沉，黄河滚滚向东奔流入海。
如果想要看尽千里的风光景物，就要再登上更高的一层楼。

【简析】

这是一首登高望远的咏怀诗，描绘了雄伟壮阔的图景，其中寄寓了为实现远大目标而不断进取的志向，表现了诗人开阔的胸襟、远大的抱负，反映出盛唐积极向上的昂扬进取精神。这首诗因言简义丰、富含哲理而传诵千古。

这首诗前两句运用了对偶的修辞手法，描绘了诗人登楼所见到的壮观景色，将上（天空中的夕阳）与下（流经楼下的、滚滚奔腾的黄河）、远（连绵起伏的群山）与近（黄河）的景物尽收眼底，使眼前实景与心中图景融合为一，视野开阔，气势壮观雄伟。最后两句为流水对，由写景转为说理，表现诗人登高望远后的感慨。诗人由景物联想到人生，认识到人生就如登楼一样，站得高才能看得远，要想取得更大的成就、实现理想抱负，就需要不断努力攀登。这两句因包含朴素的哲理而成为千古传诵的名句。

这首诗写作上的特点是情、景、理巧妙融合,全篇对仗。

【思考与练习】

一、解释下列画线字词

1. 欲<u>穷</u>千里目
2. 白日依山<u>尽</u>
3. <u>更</u>上一层楼

二、填空题

1. _____,黄河入海流。
2. 《登鹳雀楼》中表示数量的词有_____、_____。
3. 《登鹳雀楼》的作者是_____朝著名诗人_____。诗的前两句写诗人登楼所看到的_____。
4. 《登鹳雀楼》中表达"站得高,看得远"的哲理的诗句是_____,_____。
5. 《登鹳雀楼》这首诗运用了_____的修辞手法。

三、简答题

《登鹳雀楼》这首诗告诉我们什么道理?你们国家有类似的诗歌吗?试举例说明。

王翰

王翰（687？—726？），字子羽，唐代边塞诗人。王翰以写边塞诗见长，其诗多为古体诗，情调豪迈慷慨，语壮气豪。

凉　州　词
liáng zhōu cí

王翰

葡萄美酒夜光杯[1]，
欲饮琵琶马上催[2]。
醉卧沙场君莫笑[3]，
古来征战几人回[4]？

pú táo měi jiǔ yè guāng bēi,
yù yǐn pí pa mǎ shàng cuī.
zuì wò shā chǎng jūn mò xiào,
gǔ lái zhēng zhàn jǐ rén huí?

【注释】

[1] 夜光杯：这里指精美的酒杯。
[2] 欲：将要。
　　催：催人出征。
[3] 沙场：指战场。
　　君：你。
[4] 征战：打仗。

【译文】

精美的酒杯中盛满了葡萄美酒，将士们正要举杯畅饮，忽然琵琶声从马上传来，催促他们出征。

如果将士们醉倒在战场上，请你不要见笑，自古以来打仗的人有几个能活着平安回来？

【简析】

这是一首典型的边塞诗。诗歌选取边塞战斗间隙欢聚的盛宴时刻，渲染了战士们开怀畅饮、尽情酣醉的场面，表现了守边战士视死如归的旷达精神和壮烈情怀，表现了盛唐昂扬向上的进取精神。

诗歌豪迈刚健，感情激越奔放，极具浪漫主义情调。

【思考与练习】

一、填空题

_____，欲饮琵琶马上催。

_____，古来征战几人回？

二、判断对错

1. 王翰的《凉州词》是一首边塞诗。（   ）
2. 《凉州词》这首诗描写了战士们出征后的场面。（   ）
3. 《凉州词》中，诗人对战士们出征前的豪饮持批评的态度。（   ）

三、简答题

《凉州词》这首诗主要表达了诗人怎样的情感？

王昌龄

王昌龄（698？—756？），字少伯，盛唐著名边塞诗人，多写边塞、闺怨、送别题材，尤其擅长七言绝句，故被称为"七绝圣手"。在艺术风格上，王昌龄的边塞诗气势雄浑，格调高昂；其宫怨诗委婉含蓄，表现曲折，意境深远。

出 塞

chū sài

王昌龄

秦时明月汉时关[1]，
万里长征人未还。
但使龙城飞将在[2]，
不教胡马度阴山[3]。

qín shí míng yuè hàn shí guān,
wàn lǐ cháng zhēng rén wèi huán.
dàn shǐ lóng chéng fēi jiàng zài,
bú jiào hú mǎ dù yīn shān.

【注释】

[1] 这一句为互文，意思是秦汉时的明月和边关，暗指边疆战争不断。
[2] 但使：只要。
    飞将：指西汉名将李广，匈奴畏惧他的神勇，称他为"飞将军"。
[3] 教：让。
    度：越过。
    阴山：山名，汉时匈奴常从这里南下袭击中原。

【译文】

依旧是秦汉时的明月和边关，战争长久持续，征战保边的将士还没有返回。
只要龙城飞将李广如今还在边关驻守，就绝不会让匈奴从阴山南下进犯中原。

【简析】

这是一首边塞诗。诗歌慨叹边塞战争不断，讽刺当今将领无能，表达了对为守卫边关而久征未归的战士的同情，最后诗人希望朝廷能起用良将，早日平息战争，让人民过上安定的生活。

诗歌首句从时间的角度，以互文见义的手法描绘了边关月夜的景色，"秦""汉"二字赋予了边关悠久的历史感，气氛孤寂苍凉。次句从空间的角度点明边塞的遥远，感叹战火不熄给人民带来的生离死别的痛苦。"人未还"既说明长久以来边关战争不断，表达出诗人对守边战士的同情，也说明朝廷用人不当，将领无能。在第三、第四句中，诗人借古讽今，将历史与现实、汉代将领与唐代将领、有用与无能做对比，既赞颂了古代英勇的守边英雄，也讽刺了当今将领守边不力，呼唤像李广这样的将军来保卫国家安宁。

全诗以汉寓唐，用历史典故形成对比，以历史上守边得力的汉将反衬现实中守边无能的唐将，风格悲壮而不凄凉，慷慨而不浅露，意境雄浑深远，语言简洁凝练，明代诗人李攀龙将其誉为唐人七言绝句的压卷之作。

【思考与练习】

一、解释下列画线字词

1. <u>但使</u>龙城<u>飞将</u>在
2. 不<u>教</u>胡马<u>度</u>阴山

二、填空题

1.《出塞》的作者是唐朝著名诗人_____，诗中的"飞将"是_____，"胡马"是_____。
2. _____，不教胡马度阴山。
3.《出塞》中的"秦时明月汉时关"使用的修辞手法是_____。

三、简答题

1.《出塞》这首诗的主题是什么？
2. 你们国家有类似《出塞》这样的诗歌吗？试举例说明。

闺 怨[1]

gūi yuàn

王昌龄

闺中少妇不知愁[2]，　　　　　　　gūi zhōng shào fù bù zhī chóu,
春日凝妆上翠楼[3]。　　　　　　　chūn rì níng zhuāng shàng cuì lóu.
忽见陌头杨柳色[4]，　　　　　　　hū jiàn mò tóu yáng liǔ sè,
悔教夫婿觅封侯[5]。　　　　　　　huǐ jiào fū xù mì fēng hóu.

【注释】

[1] 闺怨：一般是写少女或少妇的相思愁怨。
　　闺：闺房，指女子卧室。
[2] 少妇：年轻的已婚女子。
[3] 凝妆：精心地盛装打扮。
　　翠楼：本义指青绿色的楼，这里指少妇居所。
[4] 陌头：大路边。
[5] 悔教：后悔让。
　　夫婿：丈夫。
　　觅封侯：为立战功封侯而从军。

【译文】

闺中少妇不知道忧愁的滋味，在明媚的春日里，她精心打扮登上高楼。
忽然看到路边的杨柳长出新绿，后悔当初让丈夫从军去求取功名。

【简析】

这是一首构思巧妙、新奇的闺怨诗，诗人用细腻的笔触，生动地刻画出一位天真烂漫的闺中少妇登楼赏春后忽见柳色而发生的微妙含蓄的心理变化。

本诗的首句先写闺中少妇的天真无忧，次句紧接着写她梳妆打扮，兴高采烈地登楼赏春，为下文她心情的突变蓄势。"忽见"句是全诗的转折句，翠绿的杨柳和美好的春光既预示着新的一年的到来，也唤起了闺中少妇因年华易逝而产生的孤独寂寞之感。同时，唐代有折柳送别的习俗，这使少妇联想到当年折柳送别丈夫的情景并计算起两人离别的时长。这一景象使她产生强烈的后悔、懊恼和忧愁的情绪，显示了少妇的心理由"不知愁"到知愁的迅速变化。

本诗构思精巧，情感细腻隽永，写作上采取了先抑后扬的手法，耐人寻味。

六、唐代诗歌——盛唐诗歌专题

【思考与练习】

一、解释下列画线字词

1. <u>闺</u>中少妇不知愁
2. 春日<u>凝妆</u>上翠楼
3. 忽见<u>陌头</u>杨柳色
4. 悔教夫婿<u>觅</u>封侯

二、填空题

1. 王昌龄擅长写_____（诗体），故被称为"_____"。
2. _____，悔教夫婿觅封侯。

三、判断对错

1. 《闺怨》中，少妇春日登楼是为了表现她的愁怨苦闷。（   ）
2. 王昌龄以擅长写边塞诗著称。（   ）
3. 《闺怨》运用了直接抒情的写法，展现了少妇的心理变化。（   ）

四、简答题

《闺怨》中，为什么"陌头杨柳色"会勾起少妇的愁怨？

芙蓉楼送辛渐[1]

fú róng lóu sòng xīn jiàn

王昌龄

寒雨连江夜入吴[2],   hán yǔ lián jiāng yè rù wú,
平明送客楚山孤[3]。   píng míng sòng kè chǔ shān gū.
洛阳亲友如相问,   luò yáng qīn yǒu rú xiāng wèn,
一片冰心在玉壶[4]。   yí piàn bīng xīn zài yù hú.

【注释】

[1] 芙蓉楼：原名西北楼，在江苏镇江西北。
　　辛渐：王昌龄的朋友。
[2] 寒雨：秋冬时节的冷雨。
　　连江：雨水与江面连成一片，形容雨很大。
　　吴：这里指江苏镇江一带。
[3] 平明：早晨。
　　客：指王昌龄的朋友辛渐。
　　楚山：楚地的山。秦统一前江苏属于楚国，所以吴、楚可以通称。
　　孤：孤单。
[4] 冰心：比喻心的纯洁。
　　玉壶：冰在玉壶之中，进一步比喻人的清廉正直。

【译文】

连夜的迷蒙烟雨飘洒在吴地的江天，清晨送走好友，觉得楚山也像自己一样孤单。
洛阳亲友如果问起我来，请你转告他们，我的品格就像玉壶中的冰一样纯洁清白。

【简析】

这首送别诗是742年王昌龄被贬为江宁（今江苏南京）丞时所作。诗歌淡写朋友的离情别绪，重写自己的高风亮节。

首联借苍茫的江雨和孤峙的楚山烘托送别友人时诗人的孤寂之情。首句勾勒出吴江夜雨水天相连的迷茫景象，渲染了一种凄清、黯淡的送别气氛。次句融情入景，写远处楚山孤立的身影，这既是友人远去的方向，也衬托出诗人送别友人后孤独落寞的心情。后两句中，诗人嘱托辛渐转告洛阳的亲友，自己不会因遭贬而改变冰清玉洁的节操。这里诗人自比冰心玉壶，表现了诗人高洁的品格和为官的清廉。

全诗构思精巧，寓情于景，情意深婉含蓄，韵味无穷。

六、唐代诗歌——盛唐诗歌专题

【思考与练习】

一、根据句意写出诗句

1. 昨夜透着寒意的雨洒落大地，迷蒙的烟雨笼罩着吴地江天。
_____

2. 清晨我送别友人的时候，感到自己就像楚山一样孤独寂寞。
_____

二、填空题

1. 《芙蓉楼送辛渐》的作者是唐代的"七绝圣手"_____，他是盛唐著名的_____诗人。

2. 《芙蓉楼送辛渐》首句中的"寒雨"点明诗人送别友人的季节是_____。

3. 《芙蓉楼送辛渐》是一首_____诗，诗人与友人分别的时间是_____，地点是_____，友人要去的地方是_____。

4. 《芙蓉楼送辛渐》最后一句运用了_____修辞手法，诗人以"_____"自比，表现了他_____的品格。

5. 《芙蓉楼送辛渐》的诗眼是_____一句。

三、简答题

1. 请你说一说《芙蓉楼送辛渐》第二句中的"孤"字表达了诗人怎样的心情。
2. 联系"一片冰心在玉壶"一句，说一说洛阳亲友最有可能问的是什么。

高适

高适（700？—765），字达夫，一字仲武，唐代著名边塞诗人，与岑参并称"高岑"。他因曾任散骑常侍而被称为"高常侍"。他的边塞诗多夹叙夹议，直抒胸臆，气韵沉雄，笔力雄健，气势奔放，洋溢着盛唐奋发进取、蓬勃向上的时代精神。

别 董 大[1]

bié dǒng dà

高适

千里黄云白日曛[2]，　　　　qiān lǐ huáng yún bái rì xūn，
北风吹雁雪纷纷。　　　　　　běi fēng chuī yàn xuě fēn fēn.
莫愁前路无知己[3]，　　　　 mò chóu qián lù wú zhī jǐ，
天下谁人不识君[3]？　　　　 tiān xià shuí rén bù shí jūn？

【注释】

[1] 董大：唐玄宗时有名的琴师董庭兰，在兄弟中排行第一，故称"董大"。
[2] 黄云：阳光照耀下暗黄色的乌云。
　　白日曛：日光昏暗。
[3] 莫：不。
　　知己：了解自己的好朋友。
[4] 谁人：哪个人。
　　君：您，这里指董大。

【译文】

千里黄云遮天蔽日，天色昏暗，北风狂吹，大雪纷纷，北雁南飞。
你不要担心前路茫茫没有知己，天下还有谁不认识您呢？

【简析】

这是一首送别诗。诗歌勾勒出离别时晦暗阴冷的景色，暗示诗人困顿的境遇，但诗人没有沮丧消沉，而是在与远行友人依依惜别时展现出豪迈豁达的胸襟。

诗的前两句用白描手法写与友人董大分别时的环境和天气，形象地写出北方冬日傍晚黄云覆盖千里、风吹雁飞、大雪纷纷的景色。在这壮阔苍凉的环境中，诗人送别董大这位身怀绝技却又无人赏识的乐师。前两句景中寓情，暗淡的色彩透露出依依惜别的深沉凄凉情调。后两句扭转低沉愁苦的气氛，以豪壮而体贴的话语安慰即将远行的友人，鼓励他不要悲观消沉，告诉他在未来的道路上，他会前途光明，处处都是知心朋友。

全诗格调慷慨豪壮，气势不凡，充分表现了诗人的开朗乐观。

【思考与练习】

一、填空题

1. 《别董大》是一首_____诗,作者是唐代_____诗派的诗人_____。
2. 《别董大》的前两句运用了_____手法,描写的意象有_____、_____、_____、_____、_____。
3. 《别董大》中以豪放乐观的态度劝慰即将离别的朋友的诗句是_____,_____。

二、简答题

1. 《别董大》的后两句表现了诗人对友人怎样的情谊?
2. 请你给同学介绍一首你们国家有名的送别诗。

岑参

岑参（715？—770），唐代著名边塞诗人，与高适并称"高岑"。他因曾任嘉州刺史而被称为"岑嘉州"。他的边塞诗风格雄奇壮丽，长于描写，寓情于景，构思、用语奇特警拔。在盛唐时代，他创作的边塞诗数量最多、成就最高。

逢入京使[1]

féng rù jīng shǐ

岑参

故园东望路漫漫[2]，
双袖龙钟泪不干[3]。
马上相逢无纸笔，
凭君传语报平安[4]。

gù yuán dōng wàng lù màn màn,
shuāng xiù lóng zhōng lèi bù gān.
mǎ shàng xiāng féng wú zhǐ bǐ,
píng jūn chuán yǔ bào píng ān.

【注释】

[1] 入京使：进京的使者。
[2] 故园：家园，这里指诗人在长安的家。
漫漫：形容路途十分遥远。
[3] 龙钟：涕泪淋漓的样子，这里指沾湿。
[4] 凭：托。
传语：捎口信。

【译文】

向东回望长安，路途又远又长，思乡的热泪不停地流淌，沾湿了双袖。
马背之上匆匆相遇，因为没有纸和笔，只能托你给我的家人报个平安。

【简析】

749年，32岁的诗人因仕途失意，告别长安的家人，远赴西域安西（新疆库车一带）任职。这首诗便是岑参上任途中偶遇要返回京城长安的使者时所作。这首七言绝句既表现了诗人渴望建功立业的豪情，也表现了他强烈的思乡之情。

诗歌首句通过向东回望故园的动作，表明诗人在西行路上，与长安家园渐行渐远，而乡愁也更加强烈。次句用夸张的手法，以止不住的热泪沾湿双袖来表现诗人无限的思乡怀亲之情。第三、第四句呼应诗题，写特定环境下的典型情节——诗人与入京使者走马相逢，彼此行色匆匆，一个要西行塞外，一个要东归长安，诗人没有纸和笔，只能托入京使者向家人报个平安。

这首诗语言朴实，不假雕琢，信口而成，情感真挚动人，韵味丰富悠长。

六、唐代诗歌——盛唐诗歌专题

【思考与练习】

一、解释下列画线的字词

1. 故园东望路<u>漫漫</u>
2. 双袖<u>龙钟</u>泪不干
3. 凭君<u>传语</u>报平安

二、填空题

1.《逢入京使》一诗中，表达诗人对家乡、亲人无限眷念的深情的两句是：_____，_____。

2.《逢入京使》一诗中，写诗人由于行色匆匆，只能用捎口信的方式表达怀亲之情的两句是：_____，_____。

3. "双袖龙钟泪不干"一句运用了_____的修辞手法来表现思乡之情。

三、简答题

1.《逢入京使》表达了诗人怎样的情感？
2. "马上相逢无纸笔，凭君传语报平安"这两句好在哪里？

崔颢

崔颢（704？—754），唐代诗人。其前期诗作多写闺情，流于浮艳轻薄。后来的边塞生活使他的诗风大振，其边塞诗写得激昂豪迈、雄浑刚健，名著当时。

黄鹤楼[1]

huáng hè lóu

崔颢

昔人已乘黄鹤去[2]， xī rén yǐ chéng huáng hè qù,
此地空余黄鹤楼。 cǐ dì kōng yú huáng hè lóu.
黄鹤一去不复返[3]， huáng hè yī qù bù fù fǎn,
白云千载空悠悠[4]。 bái yún qiān zǎi kōng yōu yōu.
晴川历历汉阳树[5]， qíng chuān lì lì hàn yáng shù,
芳草萋萋鹦鹉洲[6]。 fāng cǎo qī qī yīng wǔ zhōu.
日暮乡关何处是[7]？ rì mù xiāng guān hé chù shì?
烟波江上使人愁[8]。 yān bō jiāng shàng shǐ rén chóu.

【注释】

[1] 黄鹤楼：江南三大名楼之一，因传说中的仙人王子安驾鹤路经此地而得名，在湖北武昌黄鹤矶上。
[2] 昔人：传说中的仙人王子安。
[3] 不复返：不再回来。
[4] 千载：千年。
    悠悠：飘荡的样子。
[5] 晴川：阳光照耀下的平野。川：平野。
    历历：清楚分明。
[6] 萋萋：草木茂盛的样子。
[7] 乡关：故乡。
[8] 烟波：烟雾笼罩的江面。

【译文】

传说中的仙人已乘黄鹤飞去，这里只留下空荡荡的黄鹤楼。
黄鹤飞走后再也没有回来，千百年来只有白云在悠悠飘荡。
在晴朗的日子里，汉阳的绿树清晰可见，鹦鹉洲上花草一片繁茂。
黄昏时放眼望去，何处是我的故乡？江上烟波渺渺，使人生出无限的忧愁。

【简析】

这是一首吊古怀乡的七言律诗，描写了诗人登上黄鹤楼后所看到的美好景色，抒发了诗人的思乡之愁。

诗歌前四句以散文化的笔法，借用仙人乘鹤的典故引出黄鹤楼，抒写人去楼空、世事苍茫的感慨。后四句由仰视天空转向俯视大地，由亘古的时间转向开阔的空间，写登楼远望之所见、所感，抒发了怀乡思归之情。

全诗气韵流转自如，意境开阔，虚实相映，情景交融，意境深远。严羽在《沧浪诗话》中品评道："唐人七言律诗，当以崔颢《黄鹤楼》为第一。"

【思考与练习】

一、解释下列画线的字词

1. 晴川<u>历历</u>汉阳树
2. 日暮<u>乡关</u>何处是
3. 芳草<u>萋萋</u>鹦鹉洲

二、填空题

1. 《黄鹤楼》中以写景出名的句子是＿＿＿＿＿＿，＿＿＿＿＿＿。这两句使用了＿＿＿＿＿＿的修辞手法。
2. 《黄鹤楼》中表现远离家乡的游子的思乡之情的句子是＿＿＿＿＿＿，＿＿＿＿＿＿。
3. 《黄鹤楼》中涉及神话传说的诗句是＿＿＿＿＿＿，＿＿＿＿＿＿。
4. 《黄鹤楼》是一首表现＿＿＿＿＿＿主题的诗歌作品。

三、简答题

1. 《黄鹤楼》表达了诗人怎样的情感？
2. 请你向大家介绍一首你们国家表现思乡主题的诗歌。

李白

李白（701—762），字太白，号青莲居士，是继屈原之后中国最杰出的浪漫主义诗人，被后世尊称为"诗仙"。他与杜甫齐名，并称"李杜"。他的诗歌众体兼备，各色兼长，风格豪放飘逸，想象丰富，夸张奇特，色彩绚丽，语言清新，在中国古代诗歌史上占有重要地位。

静 夜 思[1]

jìng yè sī

李白

床前明月光，　　　　　　　　　chuáng qián míng yuè guāng,
疑是地上霜[2]。　　　　　　　　yí shì dì shàng shuāng.
举头望明月[3]，　　　　　　　　jǔ tóu wàng míng yuè,
低头思故乡[4]。　　　　　　　　dī tóu sī gù xiāng.

【注释】

[1] 思：思绪。
[2] 疑：好像。
[3] 举头：抬头。
[4] 思：思念。

【译文】

明亮的月光静静地洒在床前，地上好像泛起一层洁白的秋霜。
我抬头凝望空中的一轮明月，不觉低下头来思念千里之外的故乡。

【简析】

《静夜思》是726年李白26岁时望月思乡之作，表达了他在宁静的月夜中的思乡之情。诗的前两句写诗人作客他乡，在夜深人静时睡梦初醒，迷离恍惚中误把床前清冷的月光看成白霜，以"霜"字突出了月光的皎洁和秋夜的寒冷，烘托出诗人漂泊他乡的孤寂与凄凉。后两句通过诗人从抬头凝望到低头沉思这一细微的动作、神态描写，表现了诗人在孤寂清冷的月夜中无比思念故乡的心理感受。

全诗以白描手法写出游子的思乡之情，诗歌清新朴素，语短情长。

【思考与练习】

一、填空题

1. 李白字_____，号_____，被后世尊称为"_____"。

2. "静夜思"中的"思"是＿＿＿＿＿的意思。
3. 举头＿＿＿＿＿＿，低头＿＿＿＿＿＿。

二、判断对错

1. 《静夜思》的前两句写诗人在作客他乡的特定环境下所产生的一个错觉。（　　）
2. 《静夜思》的后两句通过心理描写，深化了诗人的思乡之情。（　　）
3. 《静夜思》这首小诗没有华丽的辞藻，却意味深长、耐人寻味。（　　）

三、简答题

王维的《九月九日忆山东兄弟》与李白的《静夜思》都写思乡之情，你更喜欢哪一首？说说你的理由。

黄鹤楼送孟浩然之广陵[1]

李白

huáng hè lóu sòng mèng hào rán zhī guǎng líng

故人西辞黄鹤楼[2]，
烟花三月下扬州[3]。
孤帆远影碧空尽[4]，
唯见长江天际流[5]。

gù rén xī cí huáng hè lóu,
yān huā sān yuè xià yáng zhōu.
gū fān yuǎn yǐng bì kōng jìn,
wéi jiàn cháng jiāng tiān jì liú.

【注释】

[1] 之：到。
   广陵：扬州。
[2] 故人：老朋友，这里指孟浩然。
   辞：告别。
[3] 烟花：形容柳絮如烟、繁花似锦的春景。
   下：顺流向下。
[4] 碧空尽：消失在碧蓝的天边。尽：尽头。
[5] 唯：只。
   天际：天边。

【译文】

老朋友在黄鹤楼与我辞别，在柳絮如烟、繁花似锦的春天去扬州远游。
友人乘坐的孤船的帆影渐渐远去，消失在碧空尽头，只看见浩荡的长江向天边流去。

【简析】

这首送别诗是李白出蜀壮游期间的作品。

诗歌首句点题，说明送别的地点是黄鹤楼。黄鹤楼在扬州之西，"西辞"暗指友人东行。次句叙事中兼写景，交代了友人出行的时节（绚丽的春色）和行程去向（扬州），形象地写出了繁华之地扬州春天时节的迷人景色。这两句写得轻快流畅，意境优美。第三、第四句写送别的场景：诗人目送友人乘船远去，只见浩瀚无边的长江向天边流去。这两句情景交融，通过孤帆远去、江流天际的景象和诗人目送的细节，暗指诗人站立在江边的时间之久，传神地写出了诗人对友人的深情厚谊。

全诗寓离情于优美的景物中，文字绮丽，意境优美，情深而不悲。

【思考与练习】

一、填空题

1.《黄鹤楼送孟浩然之广陵》是一首_____诗，前两句轻快流畅，意境优美，后两句情景交融，表现了诗人对友人的_____。

2.《黄鹤楼送孟浩然之广陵》首句点明送别的时间是_____，送别的地点是_____，被送别的人要去的地点是_____。

3. 从"_____"一句中能看出来，《黄鹤楼送孟浩然之广陵》是在阳光明媚、百花盛开的春天写的。

4.《黄鹤楼送孟浩然之广陵》中只字未提送别，诗中最能表现诗人对朋友的深情厚谊、依依不舍之情的句子是：_____，_____。

二、判断对错

1.《黄鹤楼送孟浩然之广陵》是唐朝诗人李白写的，他被后世誉为"诗仙"。（　　）
2. 广陵指的是现在的江苏南京。（　　）
3.《黄鹤楼送孟浩然之广陵》中，诗人送别友人的地点是广陵的黄鹤楼。（　　）
4.《黄鹤楼送孟浩然之广陵》中，"故人"指已经去世的人。（　　）
5.《黄鹤楼送孟浩然之广陵》中，诗人送别友人的时间是阳春三月。（　　）

三、简答题

"孤帆远影碧空尽，唯见长江天际流"表达了诗人怎样的思想感情？

望庐山瀑布

wàng lú shān pù bù

李白

日照香炉生紫烟[1]，
遥看瀑布挂前川[2]。
飞流直下三千尺[3]，
疑是银河落九天[4]。

rì zhào xiāng lú shēng zǐ yān,
yáo kàn pù bù guà qián chuān.
fēi liú zhí xià sān qiān chǐ,
yí shì yín hé luò jiǔ tiān.

【注释】

[1] 香炉：指庐山香炉峰。
　　紫烟：指阳光照射山顶云雾，远望好像紫色的烟云。
[2] 遥看：从远处看。
　　挂：悬挂。
　　川：河。
[3] 直：笔直。
　　三千尺：形容山高，这里是夸张的说法，不是实指。
[4] 疑：怀疑。
　　九天：九重天。古人认为天有九重，九天是天的最高层。

【译文】

在阳光照射下，香炉峰升起紫色的云雾；从远处望去，瀑布像一条巨大的白练高挂在山前。

从高崖上飞腾直落的瀑布好像有几千尺那么长，让人以为那是银河从天上泻落到人间。

【简析】

这首七言绝句是725年前后李白初游庐山时所作。诗歌形象地描绘了庐山瀑布雄奇壮丽的景色，反映了诗人对祖国大好河山的无限热爱。

诗的前两句从大处着笔，概括描写诗人远望庐山瀑布时所见到的奇丽的景象。首句写瀑布飞泻，水汽升腾而上，在阳光照射下，仿佛有座香炉升起了紫烟，为下文直接描写瀑布渲染了气氛。"生"字把烟云冉冉上升的景象写活了。次句写从远处看庐山瀑布，"遥看瀑布"照应了诗歌题目，"挂"字化动为静，形象地写出了远望中的瀑布。

后两句运用夸张和比喻的修辞手法，充满浪漫的想象，淋漓尽致地描绘了瀑布雄奇的景象和恢宏的气势。第三句从近处描写瀑布的动态美。"飞流"描绘出瀑布高空直落、飞流而下的景象。"直下"既写出了岩壁的陡峭，又写出了水流迅猛。"三千尺"用夸张的手法写出了庐山的高峻。最后，诗人运用想象，把飞流直下的瀑布比喻为银河，一个"疑"字写出了瀑布高接云天和诗人仰观飞瀑的感受。

这首诗成功地运用了比喻、夸张的手法，想象丰富，构思奇特，语言生动形象、洗练明快。

【思考与练习】

一、用"/"画出下列诗句的朗读节拍

日照香炉生紫烟，遥看瀑布挂前川。
飞流直下三千尺，疑是银河落九天。

二、填空题

1. 《望庐山瀑布》的作者是唐代伟大的诗人_____。
2. 《望庐山瀑布》描绘了_____的景色，并借景表达了诗人_____的心情。
3. 《望庐山瀑布》的首句巧妙地运用_____的名字，将水汽迷蒙的_____比作从香炉中升起的_____。
4. "飞流直下三千尺，疑是银河落九天"运用了_____和_____的修辞手法，表达了诗人对庐山瀑布雄奇壮丽之美的惊叹。

三、判断对错

1. 《望庐山瀑布》是一首七言绝句。（　　）
2. "飞流直下三千尺"中的"三千尺"指庐山瀑布长一千米。（　　）
3. "疑是银河落九天"是诗人想象的内容。（　　）

四、简答题

《望庐山瀑布》语言形象生动，请你说一说诗中"生"和"挂"字的妙处。

行路难（其一）[1]

李白

金樽清酒斗十千[2]，
玉盘珍羞直万钱[3]。
停杯投箸不能食[4]，
拔剑四顾心茫然[5]。
欲渡黄河冰塞川，
将登太行雪满山[6]。
闲来垂钓碧溪上[7]，
忽复乘舟梦日边[8]。
行路难，行路难，
多歧路，今安在[9]？
长风破浪会有时[10]，
直挂云帆济沧海[11]。

xíng lù nán（qí yī）

jīn zūn qīng jiǔ dǒu shí qiān，
yù pán zhēn xiū zhí wàn qián。
tíng bēi tóu zhù bù néng shí，
bá jiàn sì gù xīn máng rán。
yù dù huáng hé bīng sè chuān，
jiāng dēng tài háng xuě mǎn shān。
xián lái chuí diào bì xī shàng，
hū fù chéng zhōu mèng rì biān。
xíng lù nán，xíng lù nán，
duō qí lù，jīn ān zài？
cháng fēng pò làng huì yǒu shí，
zhí guà yún fān jì cāng hǎi。

【注释】

[1] 行路难：乐府旧题，内容多写世路艰难。
[2] 金樽：精美的酒具。
　　清酒：美酒。
　　斗十千：形容酒价昂贵。
[3] 珍羞：珍贵的菜肴。羞：同"馐"，美食。
　　直：通"值"，价值。
[4] 投箸：丢下筷子。
[5] 顾：望。
[6] 太行：太行山。
[7] "闲来"句暗用姜太公的典故。姜太公曾在渭河磻溪上钓鱼，遇到周文王后被赏识重用。
[8] "忽复"句暗用伊尹的典故。伊尹曾梦见自己乘船经过日月边，后被商汤征聘。
[9] 歧路：岔路。
　　安：哪里。
[10] 长风破浪：比喻实现政治理想。《宋书·宗悫传》载，宗悫年少时，叔父宗炳问他的志向，他说："愿乘长风破万里浪。"表示自信有远大的前程。
　　会：应当。
[11] 直：就。
　　云帆：高高的船帆。
　　济：渡。
　　沧海：大海。

【译文】

金杯中的美酒一斗价值十千,玉盘里的菜肴珍贵值万钱。

我放下杯筷,不愿进食;拔出宝剑,环顾四周,心里一片茫然。

想渡过黄河,坚冰却堵塞了河道;我想登上太行山,大雪却遍布高山。

闲来无事在碧溪上垂钓,忽然又梦见乘舟从日边经过。

人生的道路多么艰难,多么艰难。岔路纷杂,我的道路在哪里?

相信我乘风破浪的日子一定会到来,到那时,我将扬起风帆,渡过苍茫的大海。

【简析】

这是一首乐府体诗,是744年李白受权臣谗毁排挤而离开长安时所作。原诗有三首,这是第一首。这首诗抒写了诗人在政治上遭受打击后怀才不遇的苦闷与愤慨,同时也表达了他对前途充满信心的积极乐观精神。

诗的前四句写诗人面对美酒佳肴却心绪茫然,以停、投、拔、顾四个连续性的动作,形象展示出他内心的苦闷和压抑。接着紧承"心茫然"正面写"行路难"。诗人用冰塞黄河、雪满太行象征人生道路上的艰难险阻。诗人在茫然时,想到吕尚、伊尹这两位历史人物的经历,含蓄地表达了诗人盼望得到朝廷重用的心理,这使诗人对未来有了信心。当思绪回到现实中,诗人再次陷入复杂的矛盾中,感到人生道路艰难崎岖,歧途太多,不知路在何方。结尾处诗人借南朝宗悫的话表达希冀,再次摆脱了歧路彷徨的苦闷,表达了积极用世、希望实现理想抱负的愿望。

全诗感情跌宕起伏,想象丰富,善用典故和象征,使作品具有独特的艺术魅力。

【思考与练习】

一、解释下列画线字词

1. 停杯投<u>箸</u>不能食
2. 玉盘<u>珍羞</u>直万钱
3. 拔剑四<u>顾</u>心茫然
4. 直挂云帆<u>济</u>沧海

二、填空题

1.《行路难》(其一)中表现诗人内心烦忧、借酒浇愁的句子是_____,_____。其中,"停杯投箸""拔剑四顾"运用了_____描写,展示了诗人茫然苦闷的心情。

2.《行路难》(其一)中用_____和_____(人名)终遇圣明君主的典故委婉含蓄地表达诗人盼望得到朝廷重用的心理。

3."欲渡黄河冰塞川,将登太行雪满山"形容个人仕途艰险难行,使用的修辞手法是_____。

4. 《行路难》（其一）中写出了诗人坚信远大的抱负必能实现的豪迈气概的句子是_____
_____，_____。

三、简答题

《行路难》（其一）反映出诗人怎样的矛盾心理？

将 进 酒[1]

李白

qiāng jìn jiǔ

君不见黄河之水天上来[2], jūn bú jiàn huáng hé zhī shuǐ tiān shàng lái,
奔流到海不复回[3]。 bēn liú dào hǎi bú fù huí.
君不见高堂明镜悲白发[4], jūn bù jiàn gāo táng míng jìng bēi bái fà,
朝如青丝暮成雪[5]。 zhāo rú qīng sī mù chéng xuě.
人生得意须尽欢[6], rén shēng dé yì xū jìn huān,
莫使金樽空对月[7]。 mò shǐ jīn zūn kōng duì yuè.
天生我材必有用, tiān shēng wǒ cái bì yǒu yòng,
千金散尽还复来。 qiān jīn sàn jìn huán fù lái.
烹羊宰牛且为乐[8], pēng yáng zǎi niú qiě wéi lè,
会须一饮三百杯[9]。 huì xū yì yǐn sān bǎi bēi.
岑夫子,丹丘生[10], cén fū zǐ, dān qiū shēng,
将进酒,杯莫停。 qiāng jìn jiǔ, bēi mò tíng.
与君歌一曲[11], yǔ jūn gē yì qǔ,
请君为我倾耳听[12]。 qǐng jūn wèi wǒ qīng ěr tīng.
钟鼓馔玉不足贵[13], zhōng gǔ zhuàn yù bù zú guì,
但愿长醉不复醒。 dàn yuàn cháng zuì bú fù xǐng.
古来圣贤皆寂寞[14], gǔ lái shèng xián jiē jì mò,
惟有饮者留其名[15]。 wéi yǒu yǐn zhě liú qí míng.
陈王昔时宴平乐[16], chén wáng xī shí yàn píng lè,
斗酒十千恣欢谑[17]。 dǒu jiǔ shí qiān zì huān xuè.
主人何为言少钱[18], zhǔ rén hé wèi yán shǎo qián,
径须沽取对君酌[19]。 jìng xū gū qǔ duì jūn zhuó.
五花马、千金裘[20], wǔ huā mǎ、qiān jīn qiú,
呼儿将出换美酒[21], hū ér qiāng chū huàn měi jiǔ,
与尔同销万古愁[22]。 yǔ ěr tóng xiāo wàn gǔ chóu.

【注释】

[1] 将进酒:汉乐府旧题,内容多写饮酒放歌时的情感。将:发语词,请。
[2] 天上来:因黄河发源于地势极高的青海,故称如从天上流下来。
[3] 不复:不再。
[4] 高堂:厅堂。
[5] 朝:早晨。
　　青丝:黑发。
　　暮:晚上。
　　雪:形容头发变白。

[6] 得意：高兴的时候。
　　尽欢：尽情欢乐。
[7] 莫：不。
　　金樽：精美的酒杯。
[8] 且：姑且、暂且。
[9] 会须：应当。
[10] 岑夫子：岑勋。
　　丹丘生：元丹丘，当时的隐士。
[11] 与君：给你们。
[12] 倾耳听：侧耳认真倾听。
[13] 钟鼓馔玉：形容富贵豪华的生活。钟鼓：鸣钟击鼓作乐。馔玉：精美的饮食。
　　不足贵：不值得看重。
[14] 寂寞：默默无闻。
[15] 惟有：只有。
[16] 陈王：曹操第三子陈思王曹植。
　　平乐：指平乐观，在洛阳。
[17] 恣：尽情。
　　欢谑：欢笑戏谑。
[18] 何为：指为何、为什么。
　　言少钱：指说钱少。
[19] 径须：只管。
　　沽取：买来。
　　酌：饮酒。
[20] 五花马：指名贵的马。
　　千金裘：价值千金的皮衣。
[21] 将出：拿出。
[22] 尔：你。
　　销：消除。

【译文】

你可见黄河之水从天上倾泻而来，奔向大海，不会回还。
你可见在高堂对着明镜悲叹白发，早上还满头黑发，晚上就便成了一片雪白。
人生得意时要尽情享受欢乐，不要让酒杯空对明月。
上天赋予我才干就一定有发挥的时候，金钱即使用尽也会重新获得。
煮羊宰牛姑且尽情享受欢乐，一次痛饮三百杯也不嫌多。
岑夫子、丹丘生，快喝酒啊，不要停。
让我为你们高歌一曲，请你们侧耳细细倾听。
钟乐美食的富贵生活不值得看重，我只希望永远沉醉不再清醒。
自古以来圣贤无不是默默无闻，只有那寄情美酒的人才能流传美名。
当年陈王曹植在平乐观摆设酒宴，畅饮美酒，尽情欢乐谈笑以忘忧。

主人你为什么说钱已经不多?尽管买酒来让我们一起痛饮。

什么名贵的五花马、狐皮裘,都让侍儿拿去换美酒来,我与你们一起痛饮来消除这无尽的忧愁。

【简析】

这是一首使用乐府旧题的七言歌行,是诗人被排挤出京城,至嵩山与友人宴饮时所作。诗歌抒发了诗人政治失意的愤激和怀才不遇的苦闷,同时也展现出他豪迈洒脱的情怀和自信乐观的人生态度。

全诗共分三部分。第一部分是从开篇至"会须一饮三百杯",写的是岁月流逝、功业未成的感叹,强调要及时行乐,并对自己的未来充满信心。第二部分从"岑夫子"到"惟有饮者留其名",表现了诗人对富贵生活的蔑视鄙弃和对统治者压制人才的愤激。第三部分从"陈王昔时宴平乐"至结尾,诗人将怀才不遇的愁闷寄寓于反客为主的纵情饮乐中。诗歌情感以悲愤为主,沉郁中有激昂,全篇大起大落,由悲转乐,由狂放转愤激,再转狂放。最后以"万古愁"作结,感情起伏跌宕,气韵贯通。

全诗结构大开大合,情感曲折变化,句式参差错落,七言中杂以三言、五言、十言,散行中夹以整齐的对仗,手法上多用夸张,有力地表现了诗人丰富深沉的情感和狂放不羁的傲岸精神。

【思考与练习】

一、解释下列画线字词

1. 烹羊宰牛<u>且</u>为乐
2. <u>会须</u>一饮三百杯
3. 古来圣贤皆<u>寂寞</u>
4. 斗酒十千<u>恣</u>欢谑
5. <u>径须</u>沽取对君酌
6. 与尔同<u>销</u>万古愁

二、填空题

1. ＿＿＿＿＿＿＿＿＿＿＿＿＿＿,千金散尽还复来。
2. 君不见黄河之水天上来,＿＿＿＿＿＿＿＿＿＿。
3. ＿＿＿＿＿＿＿＿＿＿＿＿＿＿,莫使金樽空对月。

三、选择题

1. 《将进酒》中使用了典故的两句诗是(　　)。
   A. 烹羊宰牛且为乐,会须一饮三百杯
   B. 陈王昔时宴平乐,斗酒十千恣欢谑

C. 岑夫子，丹丘生，将进酒，杯莫停

2. "君不见黄河之水天上来，奔流到海不复回。君不见高堂明镜悲白发，朝如青丝暮成雪"使用的修辞手法是（　　）。

　　A. 对偶　　　　　　　B. 排比　　　　　　　C. 拟人

3. "君不见高堂明镜悲白发，朝如青丝暮成雪"将人生由青春至衰老的全过程说成早晚间的事，这种修辞手法是（　　）。

　　A. 比喻　　　　　　　B. 夸张　　　　　　　C. 反问

4. 下列节奏划分不正确的一项是（　　）。

　　A. 千金/散尽/还/复来

　　B. 奔流/到海/不复/回

　　C. 莫使/金樽/空对/月

5. "古来圣贤皆寂寞"说的其实是诗人自己，抒发的情感是（　　）的。

　　A. 无奈　　　　　　　B. 愤激　　　　　　　C. 欢乐

四、简答题

1. "君不见黄河之水天上来，奔流到海不复回"这两句比喻的是什么？

2. 诗人说到"古来圣贤皆寂寞，惟有饮者留其名"时，为什么以曹植为例？请你做简要分析。

宣州谢朓楼饯别校书叔云[1]

李白

弃我去者,
昨日之日不可留;
乱我心者,
今日之日多烦忧。
长风万里送秋雁[2],
对此可以酣高楼[3]。
蓬莱文章建安骨[4],
中间小谢又清发[5]。
俱怀逸兴壮思飞[6],
欲上青天览明月[7]。
抽刀断水水更流,
举杯消愁愁更愁。
人生在世不称意[8],
明朝散发弄扁舟[9]。

【注释】

[1] 宣州:今安徽宣城。
    谢朓楼:楼名,南朝齐诗人谢朓任宣城太守时所建。
    饯别:以酒食送行。
    校书:官职名,秘书省校书郎负责朝廷图书整理的工作。
    叔云:李白的族叔李云。
[2] 长风:大风。
[3] 此:指长风秋雁的景色。
    酣高楼:尽情在谢朓楼畅饮。
[4] 蓬莱文章:李云的文章。蓬莱:原是东汉官府藏书地东观,这里代指唐代秘书省,李云是秘书省校书郎,故有此称。
    建安骨:建安风骨,指建安时期以"三曹""建安七子"的诗文创作风格为代表的文学风格。
[5] 中间:指从建安时期到唐代。
    小谢:指南朝诗人谢朓,这里用以自比。
    清发:清新俊逸的诗风。
[6] 俱:都。
    逸兴:飘逸超俗的兴致。
    壮思:雄心壮志。

[7] 览：通"揽"，摘取。
[8] 称意：顺心如意。
[9] 明朝：明天。
　　散发：披发，表示闲适自由，不受礼法约束。
　　弄扁舟：指避世隐居。扁舟：小船。

【译文】

弃我而去的昨天，早已不可挽留；扰乱我心绪的今天，给我增添了忧愁。

遥望天空，长风不远万里吹送秋雁南飞，面对这样的情景，正可以登上高楼开怀畅饮。

你的文章具有建安时代刚健的风格，我的诗风像谢朓的那样清新俊逸。

我们都有超越凡俗的兴致，充满雄心壮志，想直上青天去摘取明月。

拔刀断水，水却更加汹涌奔流；想要举杯消愁，却愁上加愁。

人生在世不能称心如意，不如明天散开头发，驾着小船归隐江湖。

【简析】

这首诗是李白在宣城谢朓楼送别族叔李云时所作。诗歌抒发了诗人怀才不遇的苦闷与愤懑，表达了他对现实社会的强烈不满，并流露出消极避世的思想。

诗歌开头两句直抒胸臆，抒发岁月流逝而功业无成的忧愤和苦闷。第三、第四句呼应诗题，点明饯别的季节、地点和方式，借长风吹送鸿雁南飞的壮美景色，抒发了高楼上畅饮的豪情。第五到第八句写登楼引发的感慨。第五、第六句承高楼饯别，分写主客双方，赞美李云的文章并点评了自己的诗歌，暗合题目中的"谢朓楼"和"校书"。第七、第八句进一步渲染饯别时的豪情壮志，这不仅是诗人酒酣时兴之所至，更是诗人因对现实不满而对理想境界的向往和追求。末尾四句写壮志难酬的悲慨。诗人从幻想回到现实，强烈地感到理想与现实间的矛盾，愁苦日益加重。其中，"抽刀断水水更流，举杯消愁愁更愁"因比喻奇特且富有创造性而成为描写"愁"的名句。最后两句，诗人决心寻求解脱，退隐江湖。

全诗思想感情瞬息万变、断续无迹，结构跳跃跌宕、大开大合，情调激越高昂，沉郁中不失豪放。

【思考与练习】

一、填空题

1. _____，昨日之日不可留；_____，今日之日多烦忧。
2. 古人的愁绪常在诗中流露。李白在《宣州谢朓楼饯别校书叔云》中用"_____，_____"表现愁绪的难以排解。
3. "中间小谢又清发"中的"小谢"指_____。
4. 诗人在《宣州谢朓楼饯别校书叔云》中用来表达思想核心的一个字是_____。

二、判断对错

1. 《宣州谢朓楼饯别校书叔云》的第一、第二句表现了诗人因时光飞逝、功业无成而产生的精神苦闷。（   ）

2. "长风万里送秋雁"一句描写的是春天天高气爽，万里长风吹送雁群高飞的景象。（   ）

3. "中间小谢又清发"一句，诗人自比"小谢"，流露出他对自己才能的自信。（   ）

4. 《宣州谢朓楼饯别校书叔云》最后两句写诗人在精神上遭受重创之后，流露出逃避现实的消极情绪。（   ）

三、简答题

《宣州谢朓楼饯别校书叔云》中的名句是哪两句？这两句诗表达了诗人怎样的思想感情？

杜甫

杜甫（712—770），字子美，唐代伟大的现实主义诗人，被誉为"诗圣"，与李白并称"李杜"。杜甫是一个忧国忧民的诗人，他的诗歌具有丰富的思想内容，多反映社会现实和人民的苦难生活，表现出忧时伤世的思想，真实反映了唐代由盛转衰的社会面貌，因此他的诗被称为"诗史"。杜甫诗歌的主要风格特征是沉郁顿挫，感情基调以悲慨为主。

望　岳[1]

wàng yuè

杜甫

岱宗夫如何[2]？　　　　　　　dài zōng fú rú hé?
齐鲁青未了[3]。　　　　　　　qí lǔ qīng wèi liǎo.
造化钟神秀[4]，　　　　　　　zào huà zhōng shén xiù,
阴阳割昏晓[5]。　　　　　　　yīn yáng gē hūn xiǎo.
荡胸生曾云[6]，　　　　　　　dàng xiōng shēng céng yún,
决眦入归鸟[7]。　　　　　　　jué zì rù guī niǎo.
会当凌绝顶[8]，　　　　　　　huì dāng líng jué dǐng,
一览众山小[9]。　　　　　　　yī lǎn zhòng shān xiǎo.

【注释】

[1] 岳：这里指东岳泰山。
[2] 岱宗：泰山的尊称。泰山为五岳之首，故又称"岱宗"。
　　 夫：句首发语助词，无实在意义。
　　 如何：怎么样。
[3] 齐鲁：原指春秋时的两个诸侯国名，这里代指山东地区。
　　 青：指苍翠的山色。
　　 未了：无穷无尽。
[4] 造化：大自然。
　　 钟：聚集。
　　 神秀：神奇秀美。
[5] 阴阳：指泰山的南北，山北为阴，山南为阳。
　　 割：分。
　　 昏晓：黄昏和早晨。
[6] 荡胸：荡涤胸襟。
　　 曾：同"层"，重叠的。
[7] 决眦：睁大眼睛远望。决：裂开。眦：眼眶。
　　 入：尽收眼底，指看到。

[8] 会当：一定要。
　　凌：登上。
　　绝顶：最高峰。
[9] 小：形容词的意动用法，"以……为小"。

【译文】

五岳之首的泰山是怎样的呢？它横亘在齐鲁大地，青色的山峦连绵不断。

大自然把神奇秀丽的景象都聚集在这里，山南、山北一面明亮，一面昏暗，截然不同。

层层白云翻涌，激荡着我的心胸；极目远望，飞鸟归山的景象尽收眼底。

我一定要登上泰山的顶峰，俯瞰泰山周围矮小的群山。

【简析】

这首诗是736年杜甫漫游齐鲁时所作。诗歌描绘了泰山雄伟秀丽的景色，抒发了诗人攀登高峰的决心，反映了诗人乐观进取的精神。

这首诗以"望"字统领全诗。开头两句自问自答，以远景勾勒出泰山绵延于齐鲁大地的宏伟气势；第三、第四句以近景描写突出泰山的高耸挺拔和神奇秀丽；第五、第六句写诗人极目远望，见云气弥漫，飞鸟归山，"入"字突出了山的深远，为细望之景；最后两句写诗人触景生情，生发登临泰山的决心，表现了诗人的壮志豪情。"会当凌绝顶，一览众山小"两句因蕴含积极深刻的哲理而广为传诵。

【思考与练习】

一、解释下列画线字词

1. <u>岱宗</u>夫如何
2. 阴阳<u>割</u>昏晓
3. 会当<u>凌</u>绝顶
4. 造化<u>钟</u>神秀

二、填空题

1.《望岳》的作者杜甫是_____主义诗人，他的诗被称为"_____"。

2.《望岳》全诗紧扣诗题中的_____字展开，热情赞美了泰山_____的气势和秀丽的景色。

3.《望岳》中表达登上泰山最高峰的决心，同时寄寓诗人攀登人生顶峰的理想抱负的诗句是_____，_____。

三、选择题

1. 下列对《望岳》理解有误的一项是（　　）。

A. 这首诗字里行间洋溢着诗人蓬勃的朝气
　　B. 颔联写近望所见到的泰山神奇秀丽和巍峨的形象
　　C. "造化钟神秀"中的"造化"是运气的意思
2. 下列对《望岳》理解有误的一项是（　　）。
　　A. 诗的每一联都有"望"的意思，但"望"的角度不同
　　B. "造化钟神秀，阴阳割昏晓"，上句是实写，下句是虚写
　　C. "会当凌绝顶，一览众山小"化用了孔子的名言"登泰山而小天下"
3. 《望岳》从题材上看应该属于（　　）诗。
　　A. 咏史诗　　　　　　B. 边塞诗　　　　　　C. 写景抒情诗

四、简答题

"会当凌绝顶，一览众山小"已经成为流传千古的名句，试分析这两句诗表达了诗人怎样的思想感情，蕴含怎样深刻的道理。

春 夜 喜 雨

chūn yè xǐ yǔ

杜甫

好雨知时节[1]，　　　　　　　　hǎo yǔ zhī shí jié,
当春乃发生[2]。　　　　　　　　dāng chūn nǎi fā shēng.
随风潜入夜[3]，　　　　　　　　suí fēng qián rù yè,
润物细无声[4]。　　　　　　　　rùn wù xì wú shēng.
野径云俱黑[5]，　　　　　　　　yě jìng yún jù hēi,
江船火独明。　　　　　　　　　jiāng chuán huǒ dú míng.
晓看红湿处[6]，　　　　　　　　xiǎo kàn hóng shī chù,
花重锦官城[7]。　　　　　　　　huā zhòng jǐn guān chéng.

【注释】

[1] 好雨：指及时的春雨。
    知：明白，知道。
    时节：时令节气。
[2] 当：遇到。
    乃：就。
    发生：出现，降落。
[3] 潜：悄悄地。
[4] 润物：滋润万物。
[5] 野径：田野间的小路。
    俱：都。
[6] 晓：早晨。
    红湿处：被雨水湿润的花朵。红：花。
[7] 花重：花朵因饱含雨水而变得沉重。重：沉甸甸。
    锦官城：代指成都。

【译文】

春雨好像知晓时令节气，一到春天它就及时降落。
细雨随着春风在夜里悄然飘落，无声地滋润着大地万物。
田野间的小路和天空密布的乌云一样漆黑一片，只有江中渔船上的灯火独自闪烁。
第二天天亮时再看那被雨水滋润过的花丛，成都的鲜花万紫千红，因雨水而显得饱满沉重。

【简析】

这是一首咏雨诗，是761年杜甫在成都草堂居住时所作。诗人细致传神地刻画了入夜而至的春雨，抒发了诗人对春夜细雨的无私奉献品质的喜爱、赞美之情，反映出诗人关心百姓疾苦的崇高感情。

诗歌开头两句写出了春雨的特点。"好"字统领全篇，既是对春雨的赞美，也流露出诗人欣喜的心情。"知"字以拟人化手法传神地写出了春雨知时、体贴人的特点。第三、第四句从听觉的角度写春雨随风而至、滋润万物的情态，用拟人化手法将雨的连绵之态写得十分传神，把雨好、人喜写得含蓄而又生动。第五、第六句从视觉的角度写春雨中的夜色，以"黑"反衬"明"，"俱"与"独"形成对比，描绘出一幅色彩鲜明、形象生动的春江夜雨图。最后两句写的是诗人想象的景象，描绘了雨后春色满城、百花盛开的美景，表达了诗人对这场春雨的赞美。

全诗融情于景，情景交融。诗人企盼、喜爱春雨，虽然诗中没有出现题目中的"喜"字，但字字都在写喜雨。该诗布局谨严，由近及远，从夜晚写到早晨，从物写到花，从听觉写到视觉，从实景写到虚景，层层深入，充满诗情画意。

【思考与练习】

一、填空题

1. 从诗体上看，《春夜喜雨》是一首_____诗，描写的对象是_____。
2. 《春夜喜雨》表现了诗人对春雨的_____之情。
3. 《春夜喜雨》的第五、第六句运用_____的修辞手法，展现出一幅美妙的江村夜雨图。
4. 《春夜喜雨》中写春雨悄然滋润万物的一句是_____，该句后常用来比喻不知不觉地教育和感染人。
5. 《春夜喜雨》前四句中，"____"字与"乃"字相呼应，极为传神地写出了诗人对这场春雨的喜爱之情；"潜"字和"____"字用得准确贴切，写出了风轻雨绵的特点。
6. 《春夜喜雨》的第七、第八句写的是想象之景，其中的"____"字说明雨后花开得生机勃勃。

二、选择题

1. 《春夜喜雨》写的是（　　）的景象。
   A. 初夏　　　　　　B. 初春　　　　　　C. 初秋
2. 《春夜喜雨》诗题中的（　　）字是这首诗的诗眼。
   A. 春　　　　　　　B. 夜　　　　　　　C. 喜
3. 《春夜喜雨》前四句用了（　　）的修辞手法，写出了春雨细而轻柔的特点。
   A. 比喻　　　　　　B. 拟人　　　　　　C. 夸张

三、翻译下列诗句

1. 好雨知时节，当春乃发生。

2. 随风潜入夜，润物细无声。

四、简答题

1. 《春夜喜雨》的第二联、第三联分别从什么感官角度来写春雨？
2. 将"随风潜入夜"中的"潜"字换成"降"字或"落"字好不好？为什么？

登 高[1]

dēng gāo

杜甫

风急天高猿啸哀[2],　　　　　　　　fēng jí tiān gāo yuán xiào āi,
渚清沙白鸟飞回[3]。　　　　　　　　zhǔ qīng shā bái niǎo fēi huí.
无边落木萧萧下[4],　　　　　　　　wú biān luò mù xiāo xiāo xià,
不尽长江滚滚来。　　　　　　　　　bú jìn cháng jiāng gǔn gǔn lái.
万里悲秋常作客[5],　　　　　　　　wàn lǐ bēi qiū cháng zuò kè,
百年多病独登台[6]。　　　　　　　　bǎi nián duō bìng dú dēng tái.
艰难苦恨繁霜鬓[7],　　　　　　　　jiān nán kǔ hèn fán shuāng bìn,
潦倒新停浊酒杯[8]。　　　　　　　　liáo dǎo xīn tíng zhuó jiǔ bēi.

【注释】

[1] 登高：农历九月九日重阳节有登高的习俗。
[2] 猿啸哀：指巫峡猿啼悲凉。
[3] 渚：水中的小块陆地。
　　 回：回旋。
[4] 落木：落叶。
　　 萧萧：风吹落叶的声音。
[5] 万里：指远离故乡。
　　 常作客：长期客居他乡。
[6] 百年：这里指晚年。
[7] 艰难：兼指时世艰难和自己生活的艰辛。
　　 苦恨：极恨。
　　 繁霜鬓：白发增多。繁：增多。
[8] 潦倒：失意困顿。
　　 新停：近来停止，指杜甫晚年因肺病而戒酒。

【译文】

秋风呼啸，猿啼悲凉，水清沙白的河洲上鸟儿在飞舞盘旋。
无边无际的树叶在秋风中纷纷飘落，奔流不息的长江水滚滚而来。
长年客居在外，面对秋景，更添漂泊之感；晚年多病，我独自登上高台。
时世艰难，生活艰辛，长恨鬓发变白而功业未成；困顿潦倒之际，还因病而无法借酒浇愁。

【简析】

这是一首登高抒怀的七言律诗。767 年，杜甫在重阳节独自登上夔州白帝城外的高台。面对长江两岸凄清萧瑟的秋景，诗人有感于国家动荡、自己年老多病、身世飘零，百感交集中,写下了这首诗。诗歌借景抒情,抒发了诗人感时伤世的孤寂与悲愤之情,透露出他对国难家仇的深深忧虑。

此诗前四句写登高见闻,紧扣秋天的季节特色,描绘了长江两岸空旷寂寥的景致。首联动静结合,以景衬情,以风、天、猿、渚、沙、鸟的形、声、色、态,刻画了秋天的肃杀之气,透露出诗人愁苦的思绪。颔联描绘了秋天巫山落叶飘飞、峡中江水奔流不息的雄伟景象。由落叶联想到人,诗人感慨生命短暂;江水奔流不息,更显人之渺小、生命之短暂。写景中传达出诗人因时光易逝、壮志难酬而产生的无限感伤。"无边""不尽"二词使诗的意境广阔深远,气势雄浑。该联为千古传诵的经典名句。

后四句由写景转向抒情。颈联概括了诗人的毕生经历和现实处境,从"万里"的空间与"百年"的时间落笔,呼应上联的"无边""不尽"二词,写出了诗人长期客居他乡、年老多病的艰难处境和无限的悲愁,而个人的不幸遭遇又与危难的国运密不可分。尾联承接第五、第六句,国难家仇、饱尝忧患的经历使诗人两鬓斑白,因病戒酒使其悲愁无处排遣。

此诗通篇对仗,集自然景象、国家命运和个人情思于一体,句句写景,景景寓情,抒发了诗人长年漂泊、老病孤愁、壮志未酬的悲怆之情,体现了杜诗沉郁顿挫的诗风。诗歌境界雄浑阔大,情感深沉,寄寓遥深,对仗自然工整,语言凝练而意蕴丰厚,明人胡应麟推其为"古今七言律第一"。

【思考与练习】

一、解释下列画线字词

1. 渚清沙白鸟飞<u>回</u>
2. 艰难苦恨繁霜<u>鬓</u>
3. <u>潦倒</u>新停浊酒杯
4. 无边落木<u>萧萧</u>下

二、填空题

1. 风急天高猿啸哀,_____。
2. _____,不尽长江滚滚来。
3. _____,百年多病独登台。

三、选择题

1. 《登高》中最能体现这首诗主题的词是(   )。
   A. 悲秋   B. 登台   C. 落木
2. 《登高》前两句使用的修辞手法是(   )。
   A. 比喻   B. 对偶   C. 排比
3. 《登高》所表现的情感是(   )。
   A. 悲愁   B. 喜悦   C. 愤怒

4. 《登高》最能体现杜甫诗歌（　　）的风格。
   A. 清新　　　　　　　　B. 飘逸　　　　　　　　C. 沉郁

5. 《登高》诗句断句不正确的一项是（　　）。
   A. 风急/天高/猿/啸哀
   B. 无边/落木/萧萧/下
   C. 百年/多病/独登/台

6. 下列对加点字解释不正确的一项是（　　）。
   A. 无边落木萧萧下　　萧萧：风吹落叶的声音
   B. 渚清沙白鸟飞回　　渚：水中小洲
   C. 百年多病独登台　　百年：一百年

四、简答题

"无边落木萧萧下，不尽长江滚滚来"中的"无边""不尽"二词能否删去？为什么？

七 唐代诗歌——中唐诗歌专题

知　识　窗

　　安史之乱以后，唐朝进入中唐时期。中唐时期指代宗大历初至文宗大和末（766—835）共69年的历史时期。

　　盛唐时期诗歌创作达到高峰，中唐诗人追求个性化发展。中唐诗歌的总体特色是诗歌流派众多，追求新变，诗人的个性和艺术风格向多元化方向发展。严峻的社会现实使中唐诗歌主流转向现实主义，由幻想、虚构、夸饰转向严格的写实。中唐诗坛的审美风尚由盛唐时期的兴象玲珑、风骨雄健、意境浑厚转为清新淡远、奇崛险怪、平易通俗。

1. 大历诗歌

　　大历诗歌指大历至贞元年间活跃于诗坛上的一批诗人创作的诗歌。他们的诗歌题材狭窄，趋向收敛，偏重诗歌的形式、技巧，基本主题是歌颂升平、吟咏山水、称道隐逸，表现出一种孤独寂寞的冷落心境，追求清雅高逸的情调。

2. 韩孟诗派

　　以韩愈、孟郊为代表，包括贾岛、姚合、刘叉、卢仝、马异等诗人。韩孟诗派崇尚雄奇怪异。他们的诗歌以才学为本，以议论见长，作诗力避平俗而求生硬奇险，尚奇崛险怪。

3. 新乐府运动

　　新乐府运动是白居易、元稹等人所倡导的用自创新题乐府诗美刺现实的诗歌革新运动，是中唐革新思想在诗坛的反映。他们主张发扬《诗经》和汉乐府讽喻时事的传统，用自创的、新的乐府题目写时事，其特点有三：一是自创新题；二是写时事；三是不以入乐与否为衡量标准，内容上继承了汉乐府的现实主义精神。他们的诗歌多反映社会现实，发挥讽喻功能，语言浅近通俗。

4. "韦柳"

　　"韦柳"是中唐诗人韦应物、柳宗元的并称。他们皆长于山水田园诗，且诗风淡远。

韩翃

韩翃,字君平,是唐代"大历十才子"之一。韩翃的诗笔法轻巧,写景别致,在当时传诵很广。

寒 食[1]

hán shí

韩翃

春城无处不飞花[2],
寒食东风御柳斜[3]。
日暮汉宫传蜡烛[4],
轻烟散入五侯家[5]。

chūn chéng wú chù bù fēi huā,
hán shí dōng fēng yù liǔ xié.
rì mù hàn gōng chuán là zhú,
qīng yān sàn rù wǔ hóu jiā.

【注释】

[1] 寒食:节气名,在清明节前一两日,当天禁火,吃冷食。
[2] 春城:暮春时的长安城。
    飞花:指柳絮。
[3] 御柳:皇城里的柳树。
[4] 汉宫:这里指唐朝皇宫。
    传蜡烛:寒食节禁火,但权臣受赐可以燃烧蜡烛。
[5] 五侯:这里指天子宠幸的宦官。

【译文】

暮春时节,长安城到处飞舞着柳絮和落花,寒食节的东风吹拂着皇家花园的柳枝。
夜色降临,宫里忙着传送蜡烛,蜡烛的轻烟飘入天子宠臣的家里。

【简析】

《寒食》是唐代诗人韩翃创作的一首七言绝句,是一首政治讽刺诗。诗歌描写了暮春的景色,借蜡烛含蓄地表达了对中唐宦官专权的腐败现象的嘲讽。

此诗前两句写的是长安城和皇宫园林寒食节白天的风光。整个长安城充满春意,热闹繁华,诗句中充满着对皇都春色的陶醉。后两句由白昼写到夜晚,"日暮"二字是转折,"传"字写出了皇宫挨个赐烛的动态,飘散的轻烟则点明享受特权的是五侯之家,以夜晚走马传烛暗讽中唐擅权的宦官。

全诗用白描手法写实,不直接讽刺,而选取特权阶级寒食传烛的行为加以讽喻,含蓄巧妙,入木三分。

【思考与练习】

一、填空题

1. 《寒食》按时间推移进行描写，第一、第二句写_____，第三、第四句写_____，_____是转折。

2. 《寒食》前两句用"_____""_____"二字点明写的是春天的景色，后两句用_____和_____点明享受特权的对象。

3. _____，寒食东风御柳斜。

二、简答题

1. 《寒食》第一句中的"无处不"可不可以改为"处处都"？为什么？
2. 请你说一说寒食节有哪些习俗。

刘长卿

刘长卿(726？—786？)，字文房，因曾任随州刺史而被称为"刘随州"。他善于描绘自然景物，尤长于五言律诗，自称"五言长城"。他的诗内容较丰富，多写政治失意之感，也有反映离乱之作。诗风含蓄温和、清雅洗练。

逢雪宿芙蓉山主人[1]

刘长卿

日暮苍山远[2]，
天寒白屋贫[3]。
柴门闻犬吠[4]，
风雪夜归人[5]。

féng xuě sù fú róng shān zhǔ rén

rì mù cāng shān yuǎn,
tiān hán bái wū pín.
chái mén wén quǎn fèi,
fēng xuě yè guī rén.

【注释】

[1] 逢：遇上。
    宿：投宿，借宿。
    芙蓉山：山名。
    主人：留人借宿者。
[2] 日暮：傍晚。
    苍山：青山。
[3] 白屋：贫苦人家简陋的茅草房。
[4] 犬吠：狗叫。
[5] 夜归人：夜晚回家的人。

【译文】

夜色降临，更觉远处的山路苍茫遥远；天寒地冻，简陋的茅草屋更显得投宿的主人家贫困冷清。

深夜客眠，柴门外忽然传来狗叫声，原来是这家主人顶风冒雪从外面回来。

【简析】

这首五言绝句是诗人遭贬之后所写，描绘了一幅寒山夜宿图，通过雪夜借宿山村的情形，巧妙地写出山村景象与农家生活。

全诗按时间顺序来写。首句写傍晚诗人在崎岖的山路上行走时心中的感受。天气严寒，天色将晚，旅途劳累的诗人急于投宿，因而觉得青山和前路更为遥远了。次句写诗人到达投宿人家时所见。由于天寒地冻，这位人家的茅草屋就越发显得萧条贫寒。第三、第四句写入夜后诗人在投宿人家所闻。夜深人静之时，忽然柴门外的狗叫声打破了夜晚的宁静，借助听觉和想象，诗人猜测应是这家主人冒着风雪回来了。

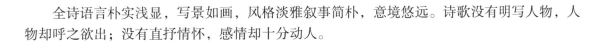

全诗语言朴实浅显,写景如画,风格淡雅叙事简朴,意境悠远。诗歌没有明写人物,人物却呼之欲出;没有直抒情怀,感情却十分动人。

【思考与练习】

一、填空题

1.《逢雪宿芙蓉山主人》的作者是＿＿＿＿＿＿＿＿。
2."日暮苍山远"中的"＿＿＿＿"点明时间是傍晚,"＿＿＿＿＿"是诗人在风雪途中所见。
3.《逢雪宿芙蓉山主人》在用字上互相呼应,如第三句中的"柴门"照应第二句中的"＿＿＿＿"两个字,第四句中的"＿＿＿＿"遥接第二句中的"天寒",最后一句中的"＿＿＿＿"字与首句的"日暮"呼应。

二、判断对错

1."芙蓉山主人"的意思是拥有芙蓉山的人。　　　　　　　　　　　(　　)
2."风雪夜归人"中的"夜归人"指茅屋的主人。　　　　　　　　　(　　)

张继

张继（？—779？），字懿孙，生平事迹不详。他的诗风格清远，爽朗激越，不事雕琢，寄兴遥深。

枫桥夜泊[1]

张继

月落乌啼霜满天[2]，
江枫渔火对愁眠[3]。
姑苏城外寒山寺[4]，
夜半钟声到客船[5]。

fēng qiáo yè bó

yuè luò wū tí shuāng mǎn tiān,
jiāng fēng yú huǒ duì chóu mián.
gū sū chéng wài hán shān sì,
yè bàn zhōng shēng dào kè chuán.

【注释】

[1] 枫桥：桥名，在今江苏苏州西郊。
　　夜泊：夜里停船靠岸。
[2] 乌啼：乌鸦啼鸣。
　　霜满天：形容天气严寒。
[3] 江枫：江边的枫树。
　　渔火：渔船上的灯火。
　　对愁眠：伴愁眠。
[4] 姑苏：指苏州。
　　寒山寺：寺名，因唐代僧人寒山曾住此而得名。
[5] 夜半钟声：当时有半夜敲钟的习惯，也叫"分夜钟"。

【译文】

月亮西下，乌鸦悲啼，寒气满天，对着江边的枫树和渔船上的灯火，我忧愁难眠。
姑苏城外的寒山古寺半夜敲响的钟声传到了我乘坐的客船。

【简析】

这首七言绝句是唐朝安史之乱后张继途经寒山寺夜泊枫桥时所作。诗歌借残月、栖鸦、秋霜、枫林、渔火、远寺、夜钟、客船等意象，描绘了一幅深秋江夜游子夜泊图，抒发了诗人在旅途中的惆怅之情。

这首诗以"愁"字领起全篇。前两句用白描的手法，以密集的意象，营造出孤寂、清冷的氛围，表达出羁旅者孤独寂寥的感受。这两句是诗人所闻、所见、所感，景物的静与动、明与暗与人物的心情高度交融，诗中有画，画中有声，声情并茂。后两句写失眠的游子卧听寒山寺悠长的夜半钟声，以此来反衬夜的寂静和诗人的愁情，以声衬静，意象疏朗，意境空灵。

全诗借景抒情,远近相接,动静相合,有声有色。

【思考与练习】

一、填空题

1. 从体裁上看,《枫桥夜泊》是一首_____诗,作者是_____。
2. 《枫桥夜泊》中直接表现作者孤独愁闷的诗句是_____。
3. 《枫桥夜泊》描写了_____、_____、_____、_____、_____等几种事物。

二、简答题

《枫桥夜泊》着重表现一个"愁"字,请你说一说这是一种怎样的"愁"。

颜真卿

颜真卿（709—784），字清臣，别号应方，唐朝名臣、书法家。他善诗文，其诗通达清雅、刚正健逸。

劝 学[1]

quàn xué

颜真卿

三更灯火五更鸡[2]，　　　　　　　　sān gēng dēng huǒ wǔ gēng jī,
正是男儿读书时。　　　　　　　　　zhèng shì nán ér dú shū shí.
黑发不知勤学早[3]，　　　　　　　　hēi fà bù zhī qín xué zǎo,
白首方悔读书迟[4]。　　　　　　　　bái shǒu fāng huǐ dú shū chí.

【注释】

[1] 劝：勉励。
[2] 三更：午夜11点到凌晨1点。
　　五更鸡：天快亮时，鸡啼叫。五更：凌晨3点至5点。
[3] 黑发：年轻的时候。
[4] 白首：指老年。
　　方：才。

【译文】

晚上在灯火下学习到三更，五更鸡叫时又早起学习，这一早一晚正是男儿读书的好时候。

少年时只知道玩，不知道勤奋学习，到老了才后悔读书少就太晚了。

【简析】

这首七言古诗劝勉世人珍惜青春年华，勤奋学习，否则到老一事无成，后悔已晚。

诗歌前两句通过对学习环境的描写来勉励青少年应该勤奋读书。晚上学习到三更，五更又早起读书，极言读书之刻苦勤奋。后两句通过头发颜色的变化来表明时间的流逝。"黑发""白首"两相对照，分别代指青年与老年，突出年少勤学的可贵。

这首诗平实质朴，深入浅出，自然流畅，富于哲理。

【思考与练习】

一、填空题

1.《劝学》是一首_____言古诗，它的作者是唐代诗人_____。

2.《劝学》中的"黑发"指的是_____,"白首"指的是_____,使用的修辞手法是_____。

3.《劝学》中与汉乐府《长歌行》中的"少壮不努力,老大徒伤悲"两句有异曲同工之妙的诗句是_____,_____。

二、简答题

《劝学》这首诗的主题是什么?

韦应物

韦应物（737？—792？），字义博，唐代山水田园派诗人，因曾任苏州刺史而被称为"韦苏州"。韦应物以善于描写山水田园清丽的景色和闲淡的隐逸生活而著称，其诗语言清丽，风俗恬淡高远，艺术成就较高。

滁州西涧[1]

韦应物

独怜幽草涧边生[2]，
上有黄鹂深树鸣[3]。
春潮带雨晚来急[4]，
野渡无人舟自横[5]。

chú zhōu xī jiàn

dú lián yōu cǎo jiàn biān shēng,
shàng yǒu huáng lí shēn shù míng.
chūn cháo dài yǔ wǎn lái jí,
yě dù wú rén zhōu zì héng.

【注释】

[1] 滁州：州名，在安徽。
    西涧：滁州城西的一条小河。
[2] 独怜：最爱。
[3] 黄鹂：黄莺。
    深树：茂盛的枝叶深处。
[4] 春潮：春天的潮水。
[5] 野渡：郊野的渡口。
    横：随波漂浮。

【译文】

我最喜爱那在河边生长的幽幽青草，还有那在树丛深处婉转地啼鸣的黄鹂。

傍晚时分的一场春雨使潮水上涨，西涧水势更加湍急；野外的渡口无人渡河，只有一只小船在随波漂浮。

【简析】

这首七言绝句是781年滁州刺史韦应物在郊外西涧游玩时所作。诗歌既表现了诗人对西涧清幽景色的喜爱，也表现出诗人恬淡的胸襟和怀才不遇的无奈与忧伤。

诗歌前两句有静有动，有声有色，描绘了春天晴日里的幽雅景致，以在下的"幽草"与居上的"黄鹂"对举，以"独怜"显出诗人孤芳自赏、不愿趋附媚时的品格。后两句写黄昏春雨中荒津野渡、轻舟自横的悠闲景象，表现出诗人在风雨中自甘寂寞、潇洒自在的心境，也流露出不得其用的忧伤。

全诗构思巧妙，以情写景，托物言志，寓意深远。

【思考与练习】

一、填空题

1. 《滁州西涧》是一首_____（体裁）诗，作者是_____。
2. 《滁州西涧》中直接表现诗人孤独愁闷的诗句是_____。
3. 《滁州西涧》描写了_____、_____、_____、_____、_____等事物。
4. _____，野渡无人舟自横。

二、简答题

1. 《滁州西涧》表达了诗人怎样的思想感情？
2. 《滁州西涧》中的"横"字用得好，请你说一说它好在哪里。

张谓

张谓（？—778?），字正言，唐代诗人。他的诗辞精意深，讲究格律，诗风清正，多宴饮送别之作。

早　梅

zǎo méi

张谓

一树寒梅白玉条，
迥临村路傍溪桥[1]。
不知近水花先发[2]，
疑是经冬雪未销[3]。

yí shù hán méi bái yù tiáo,
jiǒng lín cūn lù bàng xī qiáo.
bù zhī jìn shuǐ huā xiān fā,
yí shì jīng dōng xuě wèi xiāo.

【注释】

[1] 迥：远。
　　傍：靠近。
[2] 发：开放。
[3] 经冬：经过冬天。
　　销：通"消"，指冰雪融化。

【译文】

一树梅花凌寒早开，枝条洁白如玉条。它远离人来车往的村路，临近溪水桥边。人们不知寒梅因靠近溪水而先开放，以为那是经过冬天还没消融的白雪。

【简析】

这是一首咏梅诗。诗人从对现实生活的观察中捕捉到了早梅的颜色（洁白）、开放的地点（远离村路、临近水边）和季节（早春）、气质（耐寒）、姿态（俏丽）等特征，表达了诗人对梅早早开放的惊喜和赞叹，写得很有新意，趣味盎然。

诗的前两句写诗人的观察与发现，既凸现了诗人探索寻觅的惊喜，也烘托出早梅似玉如雪、凌寒独放的风姿。第三句写寒梅早发的原因是"近水"。第四句回应首句，写出"不知"的缘由。"疑"字传神地写出了诗人远望时的迷离恍惚，他误把寒梅当作经冬未消的白雪，表现出对梅花早开的惊喜之情。

全诗立意新颖，比喻生动形象，传神地描绘出早梅的品貌和气质。

【思考与练习】

一、填空题

1. 《早梅》这首诗的作者是唐代诗人_____。
2. 《早梅》首句中的"白玉条"所用的修辞手法是_____，意在表现梅花的_____，并与最后一句的"雪"字前后呼应。
3. 《早梅》是侧重从梅花开放的时间之早来写，这可以从"_____，_____"两句中看出。
4. 《早梅》第三句说明寒梅早发的原因是_____。

二、简答题

1. 有人认为"一树寒梅白玉条"中的"白玉条"三字用得不恰当，不符合梅花开放时朵状的形态特征，请谈谈你的看法。
2. 《早梅》最后一句中，诗人为什么会有"疑"呢？

孟郊

孟郊（751—814），字东野，唐代著名诗人。他仕途坎坷，终生穷困潦倒。其诗多为五言古诗，诗风奇崛寒僻。他因生活和作诗都很艰难而有"诗囚"之称，因其险怪诗风而与韩愈并称"韩孟"。孟郊和贾岛作诗讲究苦吟推敲且诗风孤峭，故有"郊寒岛瘦"之称。

游 子 吟[1]

孟郊

慈母手中线[2]，
游子身上衣。
临行密密缝[3]，
意恐迟迟归[4]。
谁言寸草心[5]，
报得三春晖[6]。

cí mǔ shǒu zhōng xiàn,
yóu zǐ shēn shàng yī.
lín xíng mì mì féng,
yì kǒng chí chí guī.
shuí yán cùn cǎo xīn,
bào dé sān chūn huī.

【注释】

[1] 游子：古代称远游旅居的人，这里指诗人自己。
　　吟：一种文体。
[2] 线：指用来缝补衣服的针线。
[3] 临：将要。
[4] 意恐：担心。
　　归：回来。
[5] 言：说。
　　寸草：小草，这里比喻子女。
[6] 报得：报答。
　　三春：春天的三个月。农历正月为孟春，二月为仲春，三月为季春，合称三春。
　　晖：阳光。

【译文】

慈祥的母亲手里拿着针线，为将要远行的游子缝制新衣。
临行前她将衣服缝制得细密结实，担心远行的孩子久久不归。
谁说像小草一样的子女的孝心能够报答母亲春日般普泽万物的恩情？

【简析】

这首《游子吟》是孟郊任溧阳县尉，迎接母亲来任职地时所作。诗歌描写了母亲为即将远行的游子缝制衣服的细节，赞美了平凡而伟大的母爱。

诗歌前两句点出母子相依为命的骨肉之情。第三、第四句集中写母亲为即将远行的游子赶缝衣服的动作和意态，通过"密密缝"这一细节，表现母亲对孩子的牵挂和担忧。后两句则由叙事转为抒情，以小草在春天的阳光下萌发象征子女在慈母的爱护下成长，以小草不能报答春日的恩德象征子女难以报答深厚博大的母爱。

这首诗以小见大，妙用叠字，形象鲜明，情意真切，意味深长，是传诵千古的名篇。

【思考与练习】

一、填空题

1. 《游子吟》的作者是唐代诗人_____。
2. 《游子吟》最后两句用_____代表子女的孝心，用_____代表伟大的母爱。
3. 谁言寸草心，_____。

二、简答题

1. "临行密密缝，意恐迟迟归"两句运用了什么描写手法？表现了母亲怎样的情感？
2. 请你介绍一首你们国家歌颂母爱的诗。

韩愈

韩愈（768—824），字退之，因其郡望而世称"韩昌黎"，因曾任吏部侍郎而世称"韩吏部"，他是唐代古文运动的倡导者和险怪诗风的代表人物。文与柳宗元并称"韩柳"，诗与孟郊并称"韩孟"。韩愈诗歌笔力雄健，奇崛雄伟，追求新奇，避熟就生，散文化与议论化明显，开"以文为诗"的风气，对宋诗影响很大。

春　雪

chūn xuě

韩愈

新年都未有芳华[1]，
二月初惊见草芽[2]。
白雪却嫌春色晚[3]，
故穿庭树作飞花[4]。

xīn nián dōu wèi yǒu fāng huá,
èr yuè chū jīng xiàn cǎo yá.
bái xuě què xián chūn sè wǎn,
gù chuān tíng shù zuò fēi huā.

【注释】

[1] 新年：农历正月初一。
　　芳华：指芬芳的花朵。
[2] 初：刚刚。
　　惊：惊奇。
[3] 嫌：怨。
[4] 故：故意。

【译文】

新年已经来到，却还没看到芬芳的鲜花。直到二月，才惊喜地发现有小草冒出绿芽。白雪似乎也嫌春天来得太晚，故意化作飞花，在庭院的树木间纷纷飘洒。

【简析】

这首咏雪诗是815年诗人在长安观赏春雪时所作。诗歌咏雪时切中"春"字，从春天的感受落笔，拟雪为花，又进一步拟雪为人，表达了诗人对春天来临的喜悦之情。

首句写新年看不到芬芳的鲜花的失落，表现诗人期盼春天的焦急心情。"未有"与下文"惊见"相呼应，先抑后扬，为下文做铺垫。次句"惊"字表现出诗人初见小草萌芽的惊喜之情。"初"字暗含春天来得太晚、花开得太迟的遗憾和不满的情绪。第三、第四句用拟人的修辞手法表现诗人期盼春天的心情。"嫌"字把春雪描绘得美好而有灵性，它颇解人意，嫌春色来得太迟，于是化成穿庭树的飞花，装点出一派春色，表现出诗人在春天看到白雪飘飞的欣喜之情。"作飞花"三字化静为动，把初春的冷寂变为仲春的热闹；"穿"字形象地写出了雪花飞舞的情景。

这首诗构思精巧，在平常之景中翻出新意，工巧奇警，别开生面。

【思考与练习】

一、填空题

1. 《春雪》的作者是唐代诗人_____。
2. 《春雪》最后两句用_____的修辞手法来表现诗人看到雪花飞舞的欣喜之情。

二、简答题

《春雪》第二句中的"惊"字表达了诗人怎样的心情？

崔护

崔护，生卒年不详，字殷功，唐代诗人。他的诗精练婉丽，语言清新。

题都城南庄[1]

tí dū chéng nán zhuāng

崔护

去年今日此门中，
人面桃花相映红[2]。
人面不知何处去，
桃花依旧笑春风[3]。

qù nián jīn rì cǐ mén zhōng,
rén miàn táo huā xiāng yìng hóng.
rén miàn bù zhī hé chù qù,
táo huā yī jiù xiào chūn fēng.

【注释】

[1] 题：写。
　　都城：唐时的京城长安。
[2] 人面：姑娘的脸。
[3] 笑：形容桃花盛开的样子。

【译文】

去年今天在长安城郊南庄，姑娘美丽的面容和盛开的桃花互相映衬，显得格外艳丽绯红。

如今那姑娘不知去了哪里，只有桃花依旧在春风里热烈地盛开。

【简析】

这首诗是唐朝诗人崔护所写。崔护参加进士考试未中，清明时独自游览长安城南庄，途中口渴，便到桃花盛开的农家门前叩门求饮。一位秀美的姑娘热情地接待了他，给他留下了难忘的印象。第二年清明，崔护旧地重游，风景依旧而农家大门紧闭，姑娘不知在何处，崔护感到无限惆怅，于是写了这首诗。

这首诗以"人面""桃花"为线索，通过"去年"与"今日"时间、地点、景物相同而人不同的对比，把诗人初遇时的欣喜和重访不遇的失望回环往复、曲折尽致地表达出来，表达了诗人对那位美貌多情的姑娘的深切思念。

开头两句追忆往事，展现了去年游春偶遇的情景。首句点出偶遇的时间和地点，表明动人的偶遇给诗人留下了深刻的印象。第二句写姑娘的青春美貌，用红艳美丽的桃花渲染女子的明艳动人之美，两者相互映衬，含蓄地写出男女双方脉脉含情、彼此心中欢喜兴奋的情境。第三、第四句承接第二句，表达了今年今日桃花依旧而人已不见的无限感慨。以乐情衬托第三句的愁情，反衬出故人不见的寂寞悲伤之情。

全诗用对比的手法表现诗人的感情变化。语言简洁明白、回环往复，抒情自然率真。

【思考与练习】

一、填空题

1. 《题都城南庄》的作者是_____。
2. 《题都城南庄》第三句中的"人面"指的是_____。
3. 《题都城南庄》第四句中的"笑"的意思是_____，这里运用了_____的修辞手法。

二、简答题

《题都城南庄》抒发了诗人怎样的思想感情？

张籍

张籍（766？—830？），字文昌，唐代诗人，世称"张水部""张司业"。张籍是新乐府运动的倡导者和参与者，其乐府诗与王建齐名，并称"张王乐府"，内容多反映社会矛盾和民生疾苦，语言平易朴实而又精警凝练。

秋　思

qiū sī

张籍

洛阳城里见秋风，
欲作家书意万重[1]。
复恐匆匆说不尽[2]，
行人临发又开封[3]。

luò yáng chéng lǐ xiàn qiū fēng,
yù zuò jiā shū yì wàn chóng.
fù kǒng cōng cōng shuō bú jìn,
xíng rén lín fā yòu kāi fēng.

【注释】

[1] 欲：想，要。
　　家书：家信。
　　意万重：形容思绪万千。
[2] 复恐：又担心。
　　尽：完。
[3] 行人：捎信的人。
　　临发：将要出发。
　　开封：打开已经封好的家信。

【译文】

客居在洛阳城里，萧瑟的秋风引起了我对家乡的思念。想写一封家信表达思乡怀亲之意，只是情意无限，竟不知从何写起。

信写好了又担心时间匆忙有什么遗漏之处，在送信人要出发之时，又再次打开信封查看。

【简析】

这首七言绝句是张籍早年离开家乡客居洛阳期间所作。客居在洛阳的诗人因秋风乍起而产生思乡之情。诗歌抓住给家人写书信时的行动细节及心理活动，细致入微地刻画了诗人强烈的思乡之情。

诗歌首句叙事，暗用晋代张翰见秋风而起乡思的典故。第二句写诗人本想写一封家信来寄托思乡怀亲之情，但一时间竟不知从何处说起，也不知如何表达，一个"欲"字写出了迟迟无法下笔的情态。第三句照应了"意万重"，刻画了心中有千言万语，唯恐言之不尽的复杂微妙的心理。最后一句捕捉到了生活中一个微小而真实、极富意蕴的细节，表现了诗人对这封家信的重视和对亲人的深切思念。

【思考与练习】

一、填空题

1. 从体裁上看,《秋思》是一首_____诗,它的作者是唐代诗人_____。
2. 《秋思》表达了诗人的_____之情。
3. 《秋思》第三、第四句运用了_____描写手法。
4. 复恐匆匆说不尽,_____。

二、简答题

秋风本无形,《秋思》中为什么用"见"字?请说一说你的理解。

李绅

李绅（772—846），字公垂，唐代诗人。他与元稹、白居易交游甚密，为新乐府运动的倡导者和参与者，代表作是《悯农二首》。

悯农（其二）[1]

mǐn nóng（qí èr）

李绅

锄禾日当午[2]， chú hé rì dāng wǔ,
汗滴禾下土。 hàn dī hé xià tǔ.
谁知盘中餐[3]， shuí zhī pán zhōng cān,
粒粒皆辛苦[4]。 lì lì jiē xīn kǔ.

【注释】

[1] 悯：怜悯，同情。
[2] 锄禾：锄去禾中的杂草并松土。
[3] 盘：盘子。
    餐：饭食。
[4] 皆：都。

【译文】

中午烈日当空，农民在田间给禾苗锄草松土，汗珠不停地滴到泥土上。
有谁知道盘中的饭食，每一粒都是农民用辛苦劳动换来的。

【简析】

这首诗写农民具体劳作的场景，表达了诗人对劳动人民深切的同情。
开头两句概括写出时间、天气和农民从事的辛苦劳动，以天气的炎热和汗如雨下的细节表现了农民劳作的辛苦。第三、第四句抒发感慨，奉劝世人珍惜粮食、尊重农民的劳动成果。
诗歌语言通俗明快，阐发的道理有力深刻，因此名传后世。

【思考与练习】

一、填空题

1. 《悯农》的作者是唐代诗人_____。
2. 锄禾_____，_____禾下土。
3. 《悯农》（其二）表达了诗人对劳动人民的_____之情。

二、简答题

《悯农》（其二）告诉我们一个什么道理？

刘禹锡

刘禹锡（772—842），字梦得，唐代文学家、哲学家。他的诗题材广泛，以律诗和绝句见长，诗风雄浑爽朗，语言简洁明快，节奏和谐响亮。他因豪气雄健的诗风而有"诗豪"之称。他与柳宗元并称"刘柳"，与白居易并称"刘白"。

乌 衣 巷[1]

wū yī xiàng

刘禹锡

朱雀桥边野草花[2]，　　　　　zhū què qiáo biān yě cǎo huā，
乌衣巷口夕阳斜。　　　　　　wū yī xiàng kǒu xī yáng xié。
旧时王谢堂前燕[3]，　　　　　jiù shí wáng xiè táng qián yàn，
飞入寻常百姓家[4]。　　　　　fēi rù xún cháng bǎi xìng jiā。

【注释】

[1] 乌衣巷：金陵城内的一条街道名。这里邻近朱雀桥，东晋时曾是王导、谢安等高门世族的居住地。到了唐代，这里已变得荒凉。
[2] 朱雀桥：桥名，是六朝时金陵朱雀门外横跨秦淮河的桥。
[3] 旧时：过去，从前。
　　王谢：王导、谢安，出自晋代有名的世家大族。
[4] 寻常：平常。

【译文】

如今朱雀桥边杂草丛生、野花烂漫，夕阳的余晖映照在荒凉残破的乌衣巷口。
过去曾经在王谢豪门栖息筑巢的燕子，如今却飞进普通百姓人家。

【简析】

这首怀古诗是826年刘禹锡由和州刺史任上返回洛阳，途经金陵（南京）时所作。诗人描绘了乌衣巷的残败景象，感慨历史兴衰变化，表达了社会在发展变化、豪门世家不能永享富贵的思想。

诗歌前两句描写了朱雀桥与乌衣巷的现况。以朱雀桥、乌衣巷这两个地名对举，既是偶句天成，也符合两地相邻的地理事实，同时暗寓过去这里的繁华鼎盛与风光热闹；以"野草花""夕阳斜"点出季节与具体时间，渲染了如今朱雀桥与乌衣巷的荒凉破败，暗寓世事沧桑的兴衰感慨。后两句突出此地的今昔差异，抓住燕子作为候鸟栖息旧巢的特点，以燕子作为历史的见证，写出历史的变迁、岁月的无情，形成强烈的对比与反差；不说旧宅易主，而说燕子改换门庭，反映出世事变化无常。

全诗构思巧妙，借景抒情，托物寓意，全无议论，小中见大，今昔对比，富有含蓄蕴藉之美。

【思考与练习】

一、填空题

1. 朱雀桥边_____，乌衣巷口_____。
2. 旧时王谢_____，飞入_____百姓家。

二、简答题

1. "野草花""夕阳斜"描写的是怎样的景象？
2. "旧时"二字说明诗人赋予燕子什么身份？
3. 《乌衣巷》中，诗人感慨的主要是什么？

秋词（其一）

刘禹锡

自古逢秋悲寂寥[1]，
我言秋日胜春朝[2]。
晴空一鹤排云上[3]，
便引诗情到碧霄[4]。

qiū cí（qí yī）

zì gǔ féng qiū bēi jì liáo,
wǒ yán qiū rì shèng chūn zhāo.
qíng kōng yí hè pái yún shàng,
biàn yǐn shī qíng dào bì xiāo.

【注释】

［1］自古：自古以来。
　　逢：遇到。
　　悲寂寥：悲叹萧条冷清。
［2］胜：超过。
　　春朝：春天。
［3］排：推开，这里有冲破的意思。
［4］诗情：作诗的兴致。
　　碧霄：青天。

【译文】

自古以来，人们每逢秋天就悲叹其萧条冷清，我却认为秋天远胜过春天。万里晴空，一只白鹤推开云层，直上晴空，把我的诗兴也带到了蓝天上。

【简析】

这首诗是刘禹锡被贬朗州后所作。诗人一改传统写秋天的感伤情调，赞美了秋天的开阔明丽，反映出诗人乐观不屈的情怀。

诗歌首句写前人对秋天的感想。次句直抒胸臆，态度鲜明地否定了传统的悲秋观念，由前人的悲秋转向赞秋，表现出诗人的乐观心态。第三句写白鹤推开云层、高飞冲天的气势，表现了诗人奋发进取的豪情。白鹤特立独行、搏击长空的形象，其实正是诗人多次被贬而百折不挠的自我形象的象征。最后诗人看到这天高云淡的秋天壮美之景，产生了创作灵感，诗兴也随之直冲云霄。

全诗借景抒情，托物言志，气势雄浑，意境壮丽，既有哲理意蕴，也有艺术魅力。

【思考与练习】

一、解释下列画线字词

1. 自古<u>逢</u>秋悲寂寥
2. 我言秋日<u>胜</u>春朝

3. 晴空一鹤<u>排</u>云上

二、填空题

1. 《秋词》（其一）的作者是_____。
2. 《秋词》（其一）一改传统写秋天的_____情调，赞美了秋天的_____，反映出诗人_____的情感和不屈的斗志。
3. 《秋词》（其一）中描写秋天美景的诗句是_____。

三、简答题

1. 《秋词》（其一）前两句用了什么写作手法？表达了诗人怎样的心境？
2. 秋天可写的景物有很多，刘禹锡在《秋词》（其一）中为什么只写一只冲天而上的白鹤？这样写有什么深意？
3. 古人写诗填词讲究炼字，请你谈谈"晴空一鹤排云上"中"排"字的表达效果。

竹枝词（其一）[1]

zhú zhī cí（qí yī）

刘禹锡

杨柳青青江水平，
闻郎江上唱歌声[2]。
东边日出西边雨，
道是无晴却有晴[3]。

yáng liǔ qīng qīng jiāng shuǐ píng,
wén láng jiāng shàng chàng gē shēng.
dōng biān rì chū xī biān yǔ,
dào shì wú qíng què yǒu qíng.

【注释】

[1] 竹枝词：巴渝（四川东部）一带的民歌，这是刘禹锡的仿作。
[2] 闻：听到。
　　郎：情郎，是女子对心上人的称谓。
[3] 道：说。
　　晴：谐音双关，同"情"。

【译文】

江边杨柳青青，江中风平浪静，忽然听到江面上情郎唱歌的声音。
东边出太阳，西边下雨，说它不是晴天吧，它又是晴天。

【简析】

这是一首情歌，描写了一位恋爱中的少女听到情郎的歌声时所产生的疑虑、不安、含羞、惊喜等复杂微妙的心理活动。

首句用比兴的手法，描写了江南春天的美景：清风吹动着江边的青青杨柳，江水平缓，水面如镜。次句叙事，写江面上传来小伙子的歌声，这歌声引起了少女内心的波动，使其心潮起伏难平。第三、第四句用谐音双关的手法，写姑娘听到歌声后的内心活动。尽管她对小伙子早就情有独钟，但对方还没有明确表态，所以少女的心忽阴忽晴、时喜时忧，忐忑不安，明确而又含蓄地表达出沉浸在初恋中的少女的心情。

这首诗谐音双关，以晴寓情，含蓄自然，诗意清新活泼，语言平易流畅。

【思考与练习】

一、填空题

1.《竹枝词》（其一）的作者是唐代诗人＿＿＿＿＿＿。
2."道是无晴却有晴"使用了＿＿＿＿＿＿手法，用表示天气的"＿＿＿＿＿＿"字来表示感情的"＿＿＿＿＿＿"字。
3.＿＿＿＿＿＿＿＿＿＿＿＿，闻郎江上唱歌声。＿＿＿＿＿＿＿＿＿＿＿＿，道是无晴却有晴。

二、简答题

《竹枝词》（其一）表现了女主人公怎样的心情？

柳宗元

柳宗元（773—819），字子厚，河东（今山西永济）人，世称"柳河东"，唐代著名文学家、政治家和思想家，"唐宋八大家"之一。他与韩愈并称"韩柳"，两人共同倡导唐代古文运动。他曾参加永贞革新，革新失败后，曾贬为柳州刺史，世称"柳柳州"。其诗多是贬谪后所作，内容多描绘山水，风格清峻沉郁。

江　雪

jiāng xuě

柳宗元

千山鸟飞绝[1]，
万径人踪灭[2]。
孤舟蓑笠翁[3]，
独钓寒江雪。

qiān shān niǎo fēi jué,
wàn jìng rén zōng miè.
gū zhōu suō lì wēng,
dú diào hán jiāng xuě.

【注释】

[1] 绝：绝迹，消失。
[2] 万径：千万条道路。
　　踪：踪迹，脚印。
　　灭：消失。
[3] 舟：小船。
　　蓑笠：蓑衣和斗笠。
　　翁：渔翁。

【译文】

座座山峰看不到飞鸟的踪影，条条小路也没有人的脚印。
一个披着蓑衣、戴着斗笠的渔翁乘着一叶小船，迎着大雪独自在寒冷的江面上垂钓。

【简析】

这首五言山水诗是柳宗元被贬为永州司马时所作。诗人用简洁凝练的语言描绘出空旷冷寂的寒江渔翁独钓的画面，寄托了自己清高孤傲的情怀，表达了自己政治失意的孤独郁闷的心情和不屈不挠的抗争精神。

全诗构思独特，以景写人，寓情于景，意境高洁，情调凄冷，语言简约，富有特色。

【思考与练习】

一、填空题

1. 从体裁上看,《江雪》是一首_____诗,作者是唐代诗人_____。
2. 千山鸟飞绝,_____。孤舟蓑笠翁,_____。

二、判断对错

1.《江雪》是柳宗元的一首山水诗,描绘了一幅江上雪景图。（　　）
2.《江雪》前两句描绘了一个十分喧闹、绝对空旷的场面。（　　）
3.《江雪》第三、第四句属于静态描写,但在幽静的背景下反而显得有生气。（　　）

三、简答题

请你用自己的语言描述《江雪》所展现的画面。

白居易

白居易（772—846），字乐天，晚号香山居士。白居易是唐代伟大的现实主义诗人，也是新乐府运动的倡导者，与元稹并称"元白"。白居易的诗题材广泛，分讽喻诗、闲适诗、感伤诗、杂律诗，形式多样，尚写实，语言平易通俗。白居易有"诗魔"之称。

赋得古原草送别[1]

fù dé gǔ yuán cǎo sòng bié

白居易

离离原上草[2]， lí lí yuán shàng cǎo,
一岁一枯荣[3]。 yī suì yī kū róng.
野火烧不尽[4]， yě huǒ shāo bù jìn,
春风吹又生。   chūn fēng chuī yòu shēng.
远芳侵古道[5]， yuǎn fāng qīn gǔ dào,
晴翠接荒城[6]。 qíng cuì jiē huāng chéng.
又送王孙去[7]， yòu sòng wáng sūn qù,
萋萋满别情[8]。 qī qī mǎn bié qíng.

【注释】

[1] 赋得：得题赋诗的意思，摘取古人成句命题作诗或限定诗题作诗，是古人学习作诗、聚会分题作诗或科举考试命题作诗的常用方式。
[2] 离离：青草茂盛的样子。
    原：原野。
[3] 岁：年。
    枯：枯萎。
    荣：茂盛。
[4] 尽：完。
[5] 远芳：远处芬芳的野草。芳：这里指野草的香气。
    侵：侵占，长满。
[6] 晴翠：阳光照耀下的绿野。
[7] 王孙：贵族，这里指要送别的友人。
[8] 萋萋：草木茂盛的样子，化用《楚辞·招隐士》中的"王孙游兮不归，春草生兮萋萋"。

【译文】

原野上的青草多么茂盛，年年岁岁枯萎了又茂盛。
熊熊大火也无法烧尽它，春风一吹它又生机勃发。

远处芬芳的野草繁茂，蔓延到了古老的道路上，阳光照耀下的青春原野连接着边远的城市。今天我又要送别游子远行，茂盛的青草好像也满怀离别之情。

【简析】

这首咏物送别诗是诗人 16 岁时参加科举考试的应考命题之作。诗歌通过对古原上野草的描绘，抒发了送别友人时的依依惜别之情。

诗的前四句主要写青草旺盛的生命力，第五、第六句为过渡句，最后写送别。首联点出原野上青草"一岁一枯荣"的生长规律。颔联用无情的烈火反衬出野草旺盛、顽强的生命力，表现了诗人积极乐观的生活态度。此联因对仗工整、蕴含哲理、语简意丰而成为后世称颂的名句。颈联写繁茂的野草、广阔的绿野。尾联呼应诗题中的"送别"，运用典故，将野草拟人化，赋予野草深深的离情，情景交融，韵味十足。

【思考与练习】

一、解释下列画线字词

1. <u>离离</u>原上草
2. <u>萋萋</u>满别情
3. 又送<u>王孙</u>去
4. 一岁一<u>枯荣</u>

二、填空题

1. 白居易字_____，号_____，他是新乐府运动的倡导者，与元稹并称"_____"。
2. 《赋得古原草送别》描写的是_____季的景色。
3. 《赋得古原草送别》中"_____，_____"这两句最有名，描写了野草顽强的生命力。
4. "又送王孙去，萋萋满别情"使用了_____的修辞手法。

三、用"/"画出下列诗句的朗读节拍

离离原上草，一岁一枯荣。
野火烧不尽，春风吹又生。
远芳侵古道，晴翠接荒城。
又送王孙去，萋萋满别情。

四、简答题

1. 《赋得古原草送别》这首诗表达了诗人怎样的感情？
2. "一岁一枯荣"中的"枯""荣"二字能否互换位置？请说明理由。

问 刘 十 九[1]

wèn liú shí jiǔ

白居易

绿蚁新醅酒[2]，　　　　　　　　　lù yǐ xīn pēi jiǔ，
红泥小火炉。　　　　　　　　　　hóng ní xiǎo huǒ lú.
晚来天欲雪[3]，　　　　　　　　　wǎn lái tiān yù xuě，
能饮一杯无[4]？　　　　　　　　　néng yǐn yī bēi wú？

【注释】

[1] 刘十九：嵩阳处士，是诗人在江州时的朋友，十九是其排行。
[2] 绿蚁：这里代指酒。新酿的米酒没过滤时，酒面上会浮起淡绿色的米渣，因细如蚁而被称为"绿蚁"。
　　醅：没过滤的酒。
[3] 晚：晚上。
　　来：语助词，没有意义。
　　欲：将要。
　　雪：动词，下雪。
[4] 无：疑问语气词，相当于"吗"。

【译文】

新酿好的淡绿的米酒，正暖在红泥小火炉上。
天色将晚，大雪将至，你能来和我共饮一杯酒吗？

【简析】

这首五言绝句是817年诗人任江州司马时所作。诗歌描写了诗人寒天邀请朋友小饮御寒、围炉夜话的情景，表现了诗人与友人真挚深厚的情谊。

诗歌前两句用工整的对仗写诗人准备好美酒与温酒之具等待友人共饮，表现了主人邀饮的诚意。"绿蚁"与"红泥"色彩形成鲜明的对比，烘托出热烈欢快的气氛。第三句以酒和炉火引出严寒的天气，点出相聚畅饮的背景，以室外的严寒来反衬炉火的炽热和友情的珍贵。最后以问句作结，问刘十九能否来共饮，表达邀请之意，同时照应诗题中的"问"字。

这首诗用叙家常的语气，写出了真诚亲密的友情，情与景相得益彰，充满了生活情趣。全诗语言朴素亲切、清新平易，感情丰富醇厚。

【思考与练习】

一、填空题

1.《问刘十九》是一首_____言绝句，作者是_____。

2. "绿蚁新醅酒"中的"绿蚁"代指_____。

二、简答题

请你说一说"能饮一杯无"这一句好在哪里。

三、改写

请用现代文把这首诗改写成一封邀请信。

元稹

元稹(779—831),字微之,唐代著名诗人。他与白居易同为新乐府运动的倡导者,两人并称"元白"。元诗擅写男女爱情,描述细致生动,时有名篇佳作,并具有语浅情深的特点。

离思(其四)[1]

lí sī (qí sì)

元稹

曾经沧海难为水[2],
除却巫山不是云[3]。
取次花丛懒回顾[4],
半缘修道半缘君[5]。

céng jīng cāng hǎi nán wéi shuǐ,
chú què wū shān bú shì yún。
qǔ cì huā cóng lǎn huí gù,
bàn yuán xiū dào bàn yuán jūn。

【注释】

[1] 离思:离别后的思绪。
[2] 曾经:曾经经历。
    难为:这里指不值得一看。
[3] 除却:除了。
[4] 取次:次第,一个个地,这里指随意地经过。
    花丛:这里指美貌女子众多的地方。
[5] 半缘:一半是因为。
    修道:指尊佛奉道。
    君:你,这里指元稹的亡妻韦丛。

【译文】

领略过壮阔深广的大海,别处的水就不值得一看了;欣赏过巫山的云,别处的云就不能称作云。
随意漫步经过花丛,我懒得回头观看,之所以这样,一半是因为我潜心修道,一半是因为我忘不了你。

【简析】

这首七言绝句是元稹所作悼亡组诗《离思五首》中的第四首,是他810年贬谪江陵府时为悼念妻子韦丛而作。诗歌采用暗喻的手法,以精警的词句赞美夫妻之间的深情,表现了诗人对亡妻韦丛忠贞不渝的爱情和刻骨的思念。
诗歌前两句以暗喻的手法写怀旧悼亡之情。诗句化用《孟子·尽心》中"沧海水"和宋玉《高唐赋序》中"巫山云"的典故,以至大至美的大海之水、巫山之云为喻,说明他与亡妻的感情像沧海一样深广,像巫山之云一样美好,是无与伦比的。这表面上是说欣赏过沧海之水、巫山之云，就看不上别处的水和云，实际上是说除亡妻外，其他女子难以让他动情。后面两句转向深沉婉曲的抒情。第三句说诗人信步经过花丛而懒得回头一望，表示他不再留恋女色。第四句承上说明"懒回顾"的原因：诗人思妻心切，尊佛奉道聊作寄托，体现了诗人在妻子去世后的忧郁心情和孤寂情怀。前三句紧扣主题层层递进，最后一句用画龙点睛之笔揭示主题。

全诗张弛自如，巧用暗喻，曲折委婉，含而不露，跌宕起伏，变化有致，意境深远，耐人寻味。

【思考与练习】

一、解释下列画线字词

1. 取次花丛懒回顾
2. 半缘修道半缘君

二、选择题

1. 从体裁上看，《离思》（其四）是一首（　　）。
   A. 绝句　　　　　　　B. 律诗　　　　　　　C. 乐府诗
2. 《离思》的作者是唐代诗人（　　）。
   A. 白居易　　　　　　B. 李白　　　　　　　C. 元稹
3. 《离思》（其四）是诗人为死去的（　　）而作的悼亡诗。
   A. 妻子　　　　　　　B. 朋友　　　　　　　C. 母亲
4. 《离思》（其四）中表现夫妻忠贞不渝的爱情的句子是（　　）。
   A. 取次花丛懒回顾
   B. 曾经沧海难为水
   C. 半缘修道半缘君
5. 《离思》（其四）用沧海水、巫山云、花丛来展现诗人的情志，使用了（　　）的修辞手法。
   A. 拟人　　　　　　　B. 比喻　　　　　　　C. 双关

三、简答题

1. 《离思》（其四）主要表达了诗人怎样的思想感情？
2. 请你介绍一首你们国家经典的爱情诗。

朱庆馀

朱庆馀（生卒年不详），名可久，字庆馀，唐代诗人。他的诗内容多写个人的日常生活，尤工近体诗，诗意清新，描写细致。

近试上张水部[1]

朱庆馀

jìn shì shàng zhāng shuǐ bù

洞房昨夜停红烛[2]，
待晓堂前拜舅姑[3]。
妆罢低声问夫婿[4]，
画眉深浅入时无[5]？

dòng fáng zuó yè tíng hóng zhú,
dài xiǎo táng qián bài jiù gū.
zhuāng bà dī shēng wèn fū xù,
huà méi shēn qiǎn rù shí wú?

【注释】

[1] 近试：临近考试。
张水部：指张籍，他曾任水部员外郎。
[2] 洞房：新婚卧室。
停红烛：让红烛通宵点着。停：留置，不吹灭，指整夜长明。
[3] 待晓：等到天亮。
舅姑：公婆。
[4] 罢：完。
夫婿：丈夫。
[5] 深浅：浓淡。
入时无：是否时髦，这里借喻文章是否合适。

【译文】

昨夜洞房里花烛彻夜燃烧，等到天亮就要去堂前拜见公婆。
新娘打扮好后轻轻地问新郎：我画的眉浓淡是否时兴？

【简析】

这首七言绝句是一首行卷诗。唐代应进士科举的士子有向名人行卷的风气。临到考试了，朱庆馀怕自己的作品不一定符合主考的要求，因此写诗呈给张籍，借以征求张籍的意见。在诗中，诗人把自己比作新娘，把张籍比作新郎，把主考官比作公婆。诗歌借新妇拜见公婆时紧张的情绪来表现诗人考试前不安和期待的心情。

首句写成婚。洞房里红烛点着，彻夜不灭。次句写准备拜见公婆。新娘一早起床，在红烛光照中梳妆打扮，等到天亮好去堂前向公婆行礼。最后两句写新娘拜见公婆前紧张忐忑的心理和由此产生的言行。她用心打扮好后，还是觉得没有把握，就想问一问丈夫的意见。由于是新娘子，她有些羞涩，而且这种想法不好大声地说出来，于是低声一问便成为情理中的事。

诗歌选材新颖，视角独特，全用比体，设喻形象含蓄，刻画入微。

【思考与练习】

一、填空题

1. 从题材上看，《近试上张水部》是一首_____诗，它的作者是_____。
2. 《近试上张水部》全诗围绕"_____"这三个字来写，表现了诗人考试前_____的心情。
3. 《近试上张水部》全诗使用了_____的修辞手法。
4. 妆罢低声问夫婿，_____？

二、简答题

《近试上张水部》第三句中的"低声问"反映了诗人怎样的心理？

贾岛

贾岛（779—843），字阆仙，唐代诗人。他一生命运坎坷，终生未第。贾岛作诗喜欢苦吟，与孟郊同为苦吟诗人，有"诗奴"之称。贾岛的诗多描写荒凉幽寂之境，多寒凉之辞，风格清瘦低沉，意境深远清奇。

寻隐者不遇[1]

贾岛

松下问童子[2]，　　　　　　　　sōng xià wèn tóng zǐ,
言师采药去[3]。　　　　　　　　yán shī cǎi yào qù.
只在此山中，　　　　　　　　　zhǐ zài cǐ shān zhōng,
云深不知处[4]。　　　　　　　　yún shēn bù zhī chù.

【注释】

[1] 寻：寻访。
　　隐者：隐士，指古代不肯做官而隐居在山林中的人。
[2] 童子：这里指隐者的弟子。
[3] 言：说。
　　师：师父。
[4] 处：行踪，所在的地方。

【译文】

我在松树下询问学童，学童说他师父采药去了。
只知道他就在这广阔的山林中，可山中云雾弥漫，不知道他具体在何处。

【简析】

这首诗抒发了诗人寻隐者不遇的惆怅心情和对隐者闲适生活的钦慕。诗歌看似只有三个答句，实际上是寓问于答，答句中隐藏了三个问句："隐者做什么去了？""隐者在哪里采药？""隐者在山里具体哪个位置？"由此可见诗人谋篇布局的用心。此外，隐者的形象也隐寓其中，青松、白云象征隐者高洁脱俗的高尚品格，也表现出诗人对隐者的仰慕之意。

全诗言简意赅，情深意切。

【思考与练习】

一、选择题

1. "寻隐者不遇"中的"隐"的意思是（　　）。

A. 隐士　　　　　　　B. 隐身　　　　　　　C. 隐藏
2. "言师采药去"中的"言"的意思是（　　）。
　　A. 言语　　　　　　　B. 说　　　　　　　　C. 严肃
3. 下列词中不是动词的是（　　）。
　　A. 问　　　　　　　　B. 言　　　　　　　　C. 处

二、填空题

1. 诗人贾岛写诗时喜欢字斟句酌，故有"_____"之称。
2. _____，言师采药去。只在此山中，_____。

三、简答题

1. 《寻隐者不遇》写青松、白云有什么用意？
2. 《寻隐者不遇》抒发了诗人怎样的情感？

无名氏

金缕衣 jīn lǚ yī

无名氏

劝君莫惜金缕衣[1]，　　　　　quàn jūn mò xī jīn lǚ yī，
劝君惜取少年时[2]。　　　　　quàn jūn xī qǔ shào nián shí。
花开堪折直须折[3]，　　　　　yǒu huā kān zhé zhí xū zhé，
莫待无花空折枝[4]。　　　　　mò dài wú huā kōng zhé zhī。

【注释】

[1] 莫：不。

　　金缕衣：金线织成的美服。

[2] 惜取：珍惜。

[3] 堪：能。

　　直须：就应当。

[4] 莫待：不要等到。

【译文】

我劝你不要爱惜那华贵的金缕衣，而要珍惜这美好的少年时光。

花开可以折取的时候就应当抓紧时间去折，不要等到花落后才去折，不然只能折个空枝。

【简析】

这首七言乐府是中唐时流行的一首歌词，主题是劝人及时进取、珍惜时光。

诗歌第一、第二句以对比和反复的手法，规劝人们不要顾惜金缕衣这样的华贵、有价之物，而要珍惜无价的、更为珍贵的青春时光。两句一反一正，重复中有变化。第三、第四句以花比喻少年时光，用及时折花来劝人们不要辜负大好青春，而要及时进取。

全诗反复吟唱，回环优美，反复而不单调，比喻形象生动，寓意深刻。

【思考与练习】

一、解释下列画线字词

1. 花开<u>堪</u>折<u>直须</u>折
2. 劝君<u>莫惜</u>金缕衣
3. <u>莫待</u>无花空折枝

二、填空题

1. 《金缕衣》第三、第四句用新颖的比喻，劝人们_____。其中，"花"比喻_____，"空折枝"比喻_____。

2. 《金缕衣》中的警句是_____，_____。

三、简答题

《金缕衣》反复而不单调，联系全诗，谈谈你的理解。

八 唐代诗歌——晚唐诗歌专题

知　识　窗

　　晚唐指从文宗开成之后到唐代灭亡（836—907）这70年左右的历史时期。晚唐时期，唐王朝政治危机不断加深，宦官专权，藩镇割据，朝臣党争，社会状况急转直下，最终走向了灭亡。

　　晚唐诗歌具有忧时悯乱、感叹身世的感伤色彩。

　　晚唐诗人主要以李商隐和杜牧为代表，两人并称"小李杜"。杜诗清新而冷峻，在诗歌中多表达政治抱负与激情。李诗则以精心的结构、瑰丽的语言、沉郁的风格为主要特点，多表现诗人在仕途上的坎坷，感情基调较为伤感。

　　此外，晚唐时期其他代表诗人有温庭筠、韦庄、罗隐、杜荀鹤、皮日休、陆龟蒙、司空图等。这些诗人的一些诗歌关注社会灾难、民生疾苦，不乏抒情寄愤、感慨深切之作，但其成就不能与李商隐、杜牧相比。

杜牧

杜牧（803—852），字牧之，唐代杰出诗人。他晚年居住在长安南樊川别墅，故又被称为"杜樊川"。杜牧诗歌以七言绝句著称，擅长咏史抒怀，托古讽今，意蕴深远，情致俊爽，辞采清丽，在晚唐诗坛独树一帜。杜牧与李商隐并称"小李杜"。

过华清宫绝句（其一）[1]

guò huá qīng gōng jué jù (qí yī)

杜牧

长安回望绣成堆[2]，
山顶千门次第开[3]。
一骑红尘妃子笑[4]，
无人知是荔枝来。

cháng ān huí wàng xiù chéng duī,
shān dǐng qiān mén cì dì kāi.
yí jì hóng chén fēi zǐ xiào,
wú rén zhī shì lì zhī lái.

【注释】

[1] 华清宫：宫殿名，在陕西临潼骊山上。
[2] 绣：骊山两侧有东、西绣岭，花木繁茂，好像一堆锦绣。
[3] 千门：形容山顶宫殿门众多。
　　次第：依次。
[4] 一骑：原指一人一马，这里指骑马送荔枝的驿使。
　　红尘：这里指飞扬的尘土。
　　妃子：指杨贵妃。

【译文】

从长安回望，骊山好像成堆锦绣，山顶上华清宫的宫门依次打开。
使者骑马飞奔而来，身后扬起漫天尘土，杨贵妃见此情景欣然而笑，没有人知道是她喜欢的荔枝送来了。

【简析】

《过华清宫绝句》是一组咏史诗，共三首，这是其中的第一首，是杜牧经过骊山华清宫时有感而作。晚唐时，国家内忧外患不断，君王却耽于享乐，不理朝政。诗人心中愤懑不平，便借用唐玄宗劳民伤财为杨贵妃供应荔枝的典故，讽刺统治者的荒淫奢侈，表达自己的无比愤慨之情。

诗歌第一句写远望骊山的风光之美。第二句写宫殿的宏伟，宫门层层打开以示对进贡荔枝的使者的重视。最后两句为正面描写，通过"一骑红尘"与"妃子笑"的对比形成讽刺：专使快马加鞭，似乎是因为事情紧急，实际上不过是为妃子送去新鲜的荔枝，反映出统治者骄奢淫逸的腐朽生活。

全诗以小见大，借古讽今，寓意含蓄深厚，语言简洁凝练，引人深思。

【思考与练习】

一、解释下列画线字词

1. 山顶千门<u>次第</u>开
2. 一<u>骑</u>红尘妃子笑

二、选择题

1. 《过华清宫绝句》（其一）运用的典故与唐代哪位皇帝有关？（　　）
 A. 唐玄宗　　　　　　B. 唐太宗　　　　　　C. 唐中宗
2. 《过华清宫绝句》（其一）表达了诗人（　　）的悲伤。
 A. 愉快　　　　　　　B. 愤激　　　　　　　C. 伤感
3. 《过华清宫绝句》（其一）中，诗人对唐玄宗让专使送荔枝持（　　）的态度。
 A. 批评　　　　　　　B. 赞美　　　　　　　C. 肯定

三、填空题

1. 杜牧字_____，他与_____并称为"_____"。
2. _____，无人知是荔枝来。

四、判断对错

1. 《过华清宫绝句》（其一）是一首七言律诗。（　　）
2. 《过华清宫绝句》（其一）抒发了诗人对现实统治者不问朝政的不满之情。（　　）

五、简答题

"一骑红尘妃子笑"运用了什么手法？这种手法有何作用？

清 明[1]

qīng míng

杜牧

清明时节雨纷纷[2]，

路上行人欲断魂[3]。

借问酒家何处有[4]？

牧童遥指杏花村[5]。

qīng míng shí jié yǔ fēn fēn,

lù shàng xíng rén yù duàn hún.

jiè wèn jiǔ jiā hé chù yǒu?

mù tóng yáo zhǐ xìng huā cūn.

【注释】

[1] 清明：二十四节气之一，在阳历四月五日前后，当天有祭祖扫墓、结伴踏青等习俗。

[2] 纷纷：形容多。

[3] 欲：好像。

断魂：心情忧郁低落，像失去魂魄一样。

[4] 借问：请问。

[5] 遥指：指向远处。

杏花村：杏花深处的村庄。

【译文】

清明时节细雨飘洒，下个不停，路上的行人情绪低落，失魂落魄。

请问哪里有酒馆可以买酒浇愁？放牧的儿童笑而不答，手指向那杏花深处的山村。

【简析】

这首诗写出了清明时节的天气特征，表现了孤身行路之人的伤感情绪。

诗歌第一句写清明之景，"纷纷"二字突出了细雨绵绵、春寒料峭的天气特征。这种天气使漂泊他乡、冒雨赶路的行人心情更加烦乱。清明节是家人团聚、祭奠先人的节日，本就使人感到压抑伤感，再加上春雨下个不停，行人的怅惘失意之感更重。最后两句写诗人准备通过喝酒来排解这种浓浓的愁绪，于是问牧童哪里有酒家，牧童以行动代替回答，起承转合，过渡自然，余韵隽永，耐人寻味。

【思考与练习】

一、解释下列画线字词

1. 路上行人欲<u>断魂</u>

2. <u>借问</u>酒家何处有

3. 牧童<u>遥</u>指杏花村

二、填空题

1. 《清明》的作者是_____，诗歌描写了_____的景象。
2. 借问酒家何处有？_____。

四、简答题

《清明》是一首脍炙人口的诗歌，但有人认为原诗啰唆，完全可以改为五言绝句："清明时节雨，行人欲断魂。酒家何处有，遥指杏花村。"你认为原诗好还是改的诗好？请说明理由。

泊秦淮[1]

bó qín huái

杜牧

烟笼寒水月笼沙[2]， yān lǒng hán shuǐ yuè lǒng shā,
夜泊秦淮近酒家。 yè bó qín huái jìn jiǔ jiā.
商女不知亡国恨[3]， shāng nǚ bù zhī wáng guó hèn,
隔江犹唱后庭花[4]。 gé jiāng yóu chàng hòu tíng huā.

【注释】

[1] 泊：停泊。
   秦淮：秦淮河，这里曾是六朝繁华、权贵享乐之地。
[2] 烟：烟雾。
   笼：笼罩。
[3] 商女：酒楼中卖唱的歌女。
[4] 犹：还。
   后庭花：歌曲《玉树后庭花》的简称。南朝陈皇帝陈叔宝（即陈后主）曾作此曲，后因寻欢作乐而亡国，所以这首乐曲被看作亡国之音。

【译文】

朦胧的月色和轻烟笼罩着寒水和白沙，夜晚船停泊在秦淮河靠近岸上酒家的地方。
卖唱的歌女不懂得什么是亡国之恨，隔着江水还在高唱《玉树后庭花》。

【简析】

这首诗是诗人夜泊秦淮时触景感怀之作。诗歌借陈后主因追求荒淫享乐终至亡国的历史，讽刺那些醉生梦死的晚唐统治者，表现了诗人对国家命运的关切和忧虑。

这首诗前半段写秦淮夜景，后半段抒发感慨。首句以互文的手法写景，将秦淮河的轻烟、淡月、寒水、细沙融为一体，描绘出一个朦胧凄清的景象，渲染了悲凉冷寂的气氛。第二句叙事，以"夜泊秦淮"点题，以"近酒家"承上启下——因"近酒家"而见到秦淮夜景，因酒家有歌妓而听到商女的歌声。第三、第四句用典故借古讽今：借陈后主荒淫误国的典故，批评晚唐统治者不以国事为重，反而寻欢作乐、沉迷于声色，表达了诗人的无限感慨和深切的忧虑。

全诗立意出奇，史识高绝，寓情于景，意境悲凉，感情深沉含蓄，语言精当凝练，具有强烈的艺术感染力。

【思考与练习】

一、解释下列画线字词

1. 烟<u>笼</u>寒水月笼沙
2. <u>商女</u>不知亡国恨
3. 隔江<u>犹</u>唱后庭花

二、填空题

1. 《泊秦淮》的作者是_____。
2. 《泊秦淮》首句描写了_____、_____、_____、_____等景物，使用了_____的修辞手法。

三、简答题

1. 《泊秦淮》中，诗人通过"犹唱"一词表达了怎样的思想感情？
2. 《泊秦淮》真正"不知亡国恨"的是商女吗？请说明理由。

赤　壁[1]

chì bì

杜牧

折戟沉沙铁未销[2]，
自将磨洗认前朝[3]。
东风不与周郎便[4]，
铜雀春深锁二乔[5]。

zhé jǐ chén shā tiě wèi xiāo,
zì jiāng mó xǐ rèn qián cháo.
dōng fēng bù yǔ zhōu láng biàn,
tóng què chūn shēn suǒ èr qiáo.

【注释】

[1] 赤壁：地名，在今湖北蒲圻县西北，相传是三国赤壁大战之地。
[2] 折戟：折断的戟。戟：古代的一种兵器。
　　销：销蚀。
[3] 将：拿起。
　　磨洗：磨光洗净。
　　认前朝：认出断戟是东吴破曹时的遗物。
[4] 东风：指火烧赤壁之事。
　　周郎：指周瑜。
[5] 铜雀：铜雀台，是曹操晚年行乐之处。
　　二乔：东吴乔玄的两个女儿——大乔、小乔。她们是当时的美女，分别嫁给东吴前国主孙策和都督周瑜。

【译文】

　　一支还没完全锈蚀的断戟埋在泥沙中，我把它拿起来磨洗后认出它是当年赤壁之战的遗物。

　　如果当年东风不给周瑜以方便，结果恐怕是曹操取胜，东吴的二乔也会被锁在铜雀台中。

【简析】

　　这首七言绝句是诗人经过赤壁古战场，有感于三国英雄成败而作的一首咏史诗。诗人托物咏史，感慨历史上英雄的成功都有某种机遇，抒发了自己胸怀大志而不被重用的抑郁不平之气。

　　前两句小中见大，写兴感之由。诗人由一支埋于沙中的小小的"折戟"兴起对历史的慨叹，想到汉末分裂动乱的年代以及赤壁大战中的风云人物，产生岁月流逝而物是人非的感慨，为下文的议论做铺垫。

　　后两句议论是全诗的主旨。诗人认为周瑜取得赤壁之战的胜利有其偶然性，得益于天时。诗人评论时只选择胜利一方制胜的关键因素——东风来写，但没有从正面描写东风如何帮助周瑜取得胜利，而从反面假设来写：如果东风不给周郎以方便，那么胜败双方就要易位，历史形势将会完全改变。诗人也没有直接写吴魏形势的变化，而间接通过二乔的命运来反映。诗人慨叹历史上英雄的成功都有某种机遇，寄寓了自己生不逢时、有才能而不得施展的愤懑不平之情。

这首诗构思奇巧，议论精辟，以小见大，含蓄蕴藉。

【思考与练习】

一、填空题

1.《赤壁》这首诗的作者是_____。

2.《赤壁》中蕴含机遇造人的哲理且隐含诗人对自己生不逢时、怀才不遇的慨叹的诗句是_____，_____。

二、判断对错

1.《赤壁》中，诗人通过二乔命运的改变来反映赤壁之战对东吴政治、军事形势的重大影响。（　　）

2."折戟沉沙铁未销"是说埋在沙中的断戟还没有锈蚀，因为它埋入沙中的时间不长。（　　）

3."东风不与周郎便，铜雀春深锁二乔"是用假设的语气说的。（　　）

三、简答题

将"铜雀春深锁二乔"一句换成"国破家亡在此朝"好不好？请说说你的理由。

赠别（其二）

杜牧

多情却似总无情，
唯觉樽前笑不成[1]。
蜡烛有心还惜别，
替人垂泪到天明[2]。

zèng bié（qí èr）

duō qíng què sì zǒng wú qíng,
wéi jué zūn qián xiào bù chéng.
là zhú yǒu xīn hái xī bié,
tì rén chuí lèi dào tiān míng.

【注释】

[1] 唯：只。
　　樽：酒杯。
[2] 替：为。
　　垂泪：流泪。

【译文】

相聚时情深意浓，分别时千头万绪，无言相对，倒像是彼此无情，在离别的酒宴上只觉笑不出声来。

蜡烛仿佛还有惜别的心意，为离别的人流泪到天明。

【简析】

这首诗是835年杜牧将离开扬州去长安任职，与扬州结识的歌女分别时所作。诗歌借物抒情，抒发了诗人对歌女的留恋、惜别之情，表现出两人在离别的宴席上的伤感情怀。

诗歌首句以议论的方式，以"多情"与"无情"的矛盾统一写出诗人与歌女的感情的刻骨铭心。明明多情，却说"总无情"，实际上是因为爱得太深，无论怎样都难以表现内心的深情。次句写离别的悲苦。诗人想在举杯道别时笑着宽慰对方，却始终挤不出笑容来。"唯觉"流露出诗人无可奈何的凄凉心境。最后两句以宴席案头上的蜡烛侧面描写分别时的愁绪，把蜡烛拟人化，将蜡烛的烛芯巧妙地说成替人惜别之心，把蜡烛流淌的烛泪说成为男女主人公伤别而落的泪，借此巧妙地说明他们长夜不眠，忧伤地洒泪惜别。

全诗语言精练流畅，情思真挚缠绵，委婉尽致，意境深远，余韵不尽。

【思考与练习】

一、填空题

1. 《赠别》（其二）这首诗的作者是唐代诗人＿＿＿＿＿＿。
2. 《赠别》（其二）借物抒怀，所借之物是＿＿＿＿＿，表达了诗人＿＿＿＿＿的心情。
3. 蜡烛有心还惜别，＿＿＿＿＿＿。

二、选择题

1. 杜牧《赠别》（其二）中"多情却似总无情"的下一句是（　　　）。
   A. 唯觉樽前笑不成
   B. 替人垂泪到天明
   C. 蜡烛有心还惜别

2. 《赠别》（其二）最后两句所使用的修辞手法是（　　　）。
   A. 比喻　　　　　　　　B. 拟人　　　　　　　　C. 夸张

三、简答题

《赠别》（其二）首句"多情却似总无情"被人赞为"无理而情深"，请谈谈你对这句评语的理解。

李商隐

李商隐（813？—858？），字义山，号玉谿生，晚唐著名诗人，与杜牧并称"小李杜"，与温庭筠并称"温李"。他的诗多描写晚唐动荡时代下的感慨和个人失意的心情。其诗长于七言，富于文采，构思新奇巧妙，风格秾丽，想象丰富，但多用典故，意旨比较隐晦迷离，形成深情绵邈、绮丽精工的风格。

乐游原[1]

李商隐

向晚意不适[2]，　　　　　　　　xiàng wǎn yì bú shì,
驱车登古原[3]。　　　　　　　　qū chē dēng gǔ yuán.
夕阳无限好，　　　　　　　　　xī yáng wú xiàn hǎo,
只是近黄昏[4]。　　　　　　　　zhǐ shì jìn huáng hūn.

【注释】

[1] 乐游原：在长安（今陕西西安）城南，是唐代长安城地势最高的地方。
[2] 向晚：傍晚。
　　意：心情，情绪。
　　不适：不悦，不舒畅。
[3] 驱车：驾车。
　　古原：指乐游原。
[4] 近：快要。

【译文】

傍晚时我心情烦闷，驾车登上乐游原。
夕阳下的景色无限美好，只是已接近黄昏，美景转瞬即逝。

【简析】

《乐游原》是唐代诗人李商隐的诗作。李商隐所处的时代是国运将尽的晚唐，他空有一身抱负，却无法施展，在官场之中异常失意。《乐游原》正是他心情郁闷的真实写照。诗歌赞美了夕阳下乐游原的风光，表达了诗人当时复杂的感受。

诗的前两句点明登古原的时间和原因。诗人心情郁闷，于是驾车登上古原以排遣烦闷的情绪。最后两句针对夕阳下的自然景象而发出感叹。"无限好"是对夕阳下的景象的热烈赞美，"只是"二字具有转折意味。这是诗人因无力挽留美好的事物而发出的深长慨叹，也是他对江河日下的国家命运所发出的感叹，表达了诗人内心无可奈何的感受。

全诗语言明白如话，感慨深沉，富于哲理。

【思考与练习】

一、填空题

1.《乐游原》写了一天中_____时的景色，写的是长安城外的游览胜地_____。

2. 夕阳无限好，_____。

二、简答题

1.《乐游原》中，诗人"驱车登古原"的原因是什么？
2.《乐游原》的主题是什么？

无题[1]

李商隐

相见时难别亦难，　　xiāng jiàn shí nán bié yì nán,
东风无力百花残[2]。　dōng fēng wú lì bǎi huā cán.
春蚕到死丝方尽[3]，　chūn cán dào sǐ sī fāng jìn,
蜡炬成灰泪始干[4]。　là jù chéng huī lèi shǐ gān.
晓镜但愁云鬓改[5]，　xiǎo jìng dàn chóu yún bìn gǎi,
夜吟应觉月光寒[6]。　yè yín yīng jué yuè guāng hán.
蓬山此去无多路[7]，　péng shān cǐ qù wú duō lù,
青鸟殷勤为探看[8]。　qīng niǎo yīn qín wèi tàn kàn.

【注释】

[1] 无题：诗人因内容忌讳，不便明写，所以不愿标示题目，而用"无题"作为诗题。
[2] 东风：春风。
　　残：凋零。
[3] 丝：与相思的"思"谐音，语义双关。
[4] 蜡炬：蜡烛。
　　泪：燃烧时的蜡烛油，这里语义双关，指相思的眼泪。
[5] 晓镜：早上照镜子。
　　但：只。
　　云鬓：指女子浓密的头发，这里比喻青春年华。
[6] 吟：吟诗。
　　月光寒：指夜色渐深。
[7] 蓬山：蓬莱山，传说是海上仙山，这里指对方的住处。
[8] 青鸟：神话中为西王母传递消息的神鸟，这里指信使。
　　探看：探望。

【译文】

　　见面的机会十分难得，分别时更是难舍难分，更何况是在这春风无力、百花凋残的暮春时节。
　　春蚕到死丝才吐完，蜡烛烧完了蜡泪才会流干。
　　想象你早晨照镜子时发现自己因相思而容颜憔悴，而我在夜晚吟诗时则因悲伤而感受到月光的清寒。
　　你的住处离这儿不算太远却无路可通，希望有信使能殷勤地代我去探望你。

【简析】

　　这首《无题》是一首爱情诗。全诗以"别"字为诗眼，通过隐晦的语言，表现了诗人缠绵、执着而又痛苦、哀伤的爱情。

这首诗前四句写恋人间难舍难分的离别之情，后四句写诗人对别后的设想和希望。首联借两个"难"字奠定全诗凄怆的基调。见面难，分别更难，这使相见无期的离别之痛显得深沉，再以百花凋谢的晚春景色烘托诗人低落的心情，景物与情感融为一体。颔联以"春蚕""蜡炬"比喻诗人浓浓的相思和至死不渝的爱情。这两句因比喻贴切、精当而成为经典名句。颈联写的是设想中的情景。诗人想象其所思念的女子和自己一样因相思而痛苦，突出分离的痛苦并非诗人所独有，并暗含关切、叮咛之意。尾联化用"蓬山""青鸟"的典故，表明诗人希望常通信息的愿望。两人虽相距不远，但难以相见，也不方便互通音信，故诗人希望有人能代为传递信息，带去他的问候。

全诗感情真挚细腻，情思婉曲动人，凄苦而不失优美，深沉而不晦涩，华丽而又自然。

【思考与练习】

一、解释下列画线字词

1. 春蚕到死<u>丝</u>方尽
2. 晓镜<u>但</u>愁云鬓改
3. 夜<u>吟</u>应觉月光寒

二、选择题

1. 下列对《无题》的分析有误的一项是（   ）。
   A．"百花残"比喻美好的年华将逝，渲染了离别的悲苦
   B．"愁""改"二字写出了女主人公此刻的情感状态，"寒"字是男主人公此刻心情的写照
   C．尾联中说两人相隔不远，可以互通音信，这是自欺欺人之说，与主旨不符
2. 《无题》中用比喻表达恋人间至死不渝的坚贞爱情的句子是（   ）。
   A．相见时难别亦难，东风无力百花残
   B．晓镜但愁云鬓改，夜吟应觉月光寒
   C．春蚕到死丝方尽，蜡炬成灰泪始干

三、填空题

1. 《无题》的作者是晚唐的_____，他与杜牧并称"_____"。
2. 《无题》的主题是表达_____之情。
3. "东风无力百花残"表面上写_____，实际上是写_____。
4. "春蚕到死丝方尽"中，"丝"与"_____"谐音。

四、简答题

1. "蓬山此去无多路,青鸟殷勤为探看"将恋人的住处比作"蓬山"有何用意?

2. 对"春蚕到死丝方尽,蜡炬成灰泪始干"可以有多种理解,这两句诗还可以用来形容什么人?说说你的理由。

夜 雨 寄 北[1]

yè yǔ jì běi

李商隐

君问归期未有期[2],   jūn wèn guī qī wèi yǒu qī,
巴山夜雨涨秋池[3]。   bā shān yè yǔ zhǎng qiū chí.
何当共剪西窗烛[4],   hé dāng gòng jiǎn xī chuāng zhú,
却话巴山夜雨时[5]。   què huà bā shān yè yǔ shí.

【注释】

[1] 寄北：寄给北方的妻子。当时诗人客居巴蜀（今四川），妻子在长安（今陕西西安），所以说"寄北"。

[2] 君：你，指妻子。
    归期：指回家的日期。
    未有：没有。

[3] 巴山：指大巴山，这里泛指巴蜀一带。
    秋池：秋天的池塘。

[4] 何当：什么时候。
    共：一起。
    剪烛：剪去燃焦的烛芯，使烛光明亮，这里形容深夜秉烛长谈。

[5] 却话：回头说起，追述。

【译文】

你问我回家的日期，但我归期不定；今夜巴山秋雨绵绵，雨水涨满池塘。

什么时候我才能回到家中，与你在西窗下共剪烛花、彻夜长谈，追述今宵巴山夜雨时的思念之情。

【简析】

这首诗是诗人滞留巴蜀时寄给北方妻子的赠寄诗。诗人远离京城，客居巴蜀，妻子来信询问归期，但诗人归期难定。面对巴山夜雨，诗人忍不住吐露心中的绵绵情思。

诗歌首句通过一问一答写出了诗人漂泊在外、归期不定的无奈和愁苦之情。次句写诗人眼前所见到的雨水涨满池塘的景象。这一句情景交融，将内心的愁苦与眼前的雨景交织在一起，暗示诗人孤灯听雨、长夜难眠的孤寂与落寞。最后两句设想未来相逢时与妻子秉烛夜谈的美好场景。在相逢之日再诉今日离情，用想象的未来团聚时的喜悦反衬今夜的相思之苦，而今夜的悲凉孤寂又成了未来秉烛夜谈的话题，增添了重聚之乐。

全诗构思巧妙，语言朴实，风格自然，言浅意深，意味隽永。

【思考与练习】

一、解释下列画线字词

1. 何当共剪西窗烛
2. 却话巴山夜雨时

二、填空题

1.《夜雨寄北》中表现诗人思归而不得的愁苦之情的诗句是＿＿＿＿＿＿＿，＿＿＿＿＿＿＿＿。
2.《夜雨寄北》中表达诗人渴望团聚的美好愿望的诗句是＿＿＿＿＿＿＿，＿＿＿＿＿＿＿＿。

三、用"/"画出下列诗句的朗读节拍

君问归期未有期，巴山夜雨涨秋池。
何当共剪西窗烛，却话巴山夜雨时。

四、判断对错

1. "君问归期未有期"表达了诗人归期不定，无法尽快与好友相见的无奈之情。（　　）
2. "巴山夜雨涨秋池"借深秋夜雨反衬诗人处境的孤寂凄冷。（　　）
3.《夜雨寄北》最后两句实写诗人自己的经历。（　　）
4. "何当共剪西窗烛"是诗人对与好友促膝长谈的深切期盼。（　　）

五、简答题

《夜雨寄北》中两次提到"巴山夜雨"，对此，你是怎么理解的？

八、唐代诗歌——晚唐诗歌专题

温庭筠

温庭筠（812？—866），本名岐，字飞卿，唐代诗人、词人。他在诗歌上与李商隐齐名，两人并称"温李"。其诗内容多写闺情，辞藻华丽，秾艳精致。他在词上与韦庄齐名，两人并称"温韦"。温庭筠是花间派的重要词人，在词史上影响较大。

商山早行[1]

shāng shān zǎo xíng

温庭筠

晨起动征铎[2]，　　　　　　　chén qǐ dòng zhēng duó,
客行悲故乡[3]。　　　　　　　kè xíng bēi gù xiāng.
鸡声茅店月[4]，　　　　　　　jī shēng máo diàn yuè,
人迹板桥霜[5]。　　　　　　　rén jì bǎn qiáo shuāng.
槲叶落山路[6]，　　　　　　　hú yè luò shān lù,
枳花明驿墙[7]。　　　　　　　zhǐ huā míng yì qiáng.
因思杜陵梦[8]，　　　　　　　yīn sī dù líng mèng,
凫雁满回塘[9]。　　　　　　　fú yàn mǎn huí táng.

【注释】

[1] 商山：山名，在今陕西商洛东南。
[2] 动：震动。
　　征铎：悬挂在马脖子上的铃铛。铎：大铃。
[3] 客：远离家乡的游子。
[4] 茅店：用茅草盖成的旅舍。
[5] 板桥：木板架成的桥。
[6] 槲：一种落叶乔木。
[7] 枳：一种落叶灌木，春天开白花。
　　明：使……明艳。
　　驿墙：驿站的墙壁。驿：古代来往官员或传递公文的人中途换马或暂住休息的地方。
[8] 因：于是。
　　杜陵：地名，在长安城南，这里代指长安。
[9] 凫：野鸭。
　　雁：大雁，一种候鸟。
　　回塘：岸边曲折的池塘。

【译文】

　　清晨起床,旅店外已响起远行车马的铃声;踏上旅途,游子不禁思念起故乡。

　　鸡鸣声声,残月的余晖照在村野的茅草店上,覆盖着早春寒霜的木板桥上早已留下先行客人的脚印。

　　枯败的槲叶悄然落满静寂的山路,淡白的枳花鲜艳绽放,照亮原本暗淡的驿站泥墙。

　　我不由想起昨夜梦见杜陵的美好情景,一群群野鸭、大雁在曲岸池塘嬉戏。

【简析】

　　这首诗是859年温庭筠离开长安赴襄阳投奔友人经过商山时所作。此诗描写了旅途中寒冷凄清的"早行"景色,抒发了游子在外的孤寂之情和思乡之意,流露出诗人在旅途的失意和无奈。

　　这首诗的首联概括地描写了"早行"的典型情景。清晨起床,旅店外已经响起车马的铃声,这让旅途中的诗人不禁思念故乡。颔联用白描的手法,以六个名词性意象点明早行的时间、地点、节令、景物和早行之人,勾勒出一幅富有诗情画意的早行图:旅人在茅店中听到鸡鸣,然后起身看天色,看见天上有残月后便开始收拾行装准备出门赶路,谁知板桥上早已留下其他行人的足迹。这一句对仗工整精巧,景色鲜明形象,情景交融,动静结合,意境凄清冷寂,生动地刻画了早行的人孤寂悲凉的心情。颈联写早行一路之所见。槲叶凋零,枳花盛开,点明节令是早春,有春寒料峭之感。一个"明"字反衬出拂晓时的昏暗,突出了出行之早。尾联再次表达思乡之情,与首联相呼应,以梦中出现的故乡春景的热闹反衬眼前孤独早行的寂静,以想象的回塘水暖、凫雁嬉戏之乐与诗人离家日远、山行路上奔波劳苦的思乡之悲形成对比。

　　全诗结构缜密,情景交融,语言明净,含蓄有致,回味无穷,是唐诗中写羁旅思乡之情的名篇。

【思考与练习】

一、解释下列画线字词

1. 晨起动<u>征铎</u>
2. 枳花<u>明</u>驿墙
3. <u>因</u>思杜陵梦

二、填空题

1. 《商山早行》的作者是_____。
2. "凫雁满回塘"一句采用了_____手法。
3. _____,人迹板桥霜。
4. 与"因思杜陵梦,凫雁满回塘"相呼应的诗句是_____,_____。

5.《商山早行》主要表达了诗人的_____之情。

三、简答题

1. 将"枳花明驿墙"中的"明"字改为"照"字好不好？试说明你的理由。
2. 请自选角度赏析《商山早行》中的第三、第四句。

赵嘏

赵嘏（806？—853？），字承佑，唐代诗人，善七言律诗，以写羁旅思乡的感怀诗著称。

江楼感旧[1]

赵嘏

jiāng lóu gǎn jiù

独上江楼思渺然[2]，
月光如水水如天。
同来望月人何处？
风景依稀似去年[3]。

dú shàng jiāng lóu sī miǎo rán,
yuè guāng rú shuǐ shuǐ rú tiān.
tóng lái wàng yuè rén hé chù?
fēng jǐng yī xī sì qù nián.

【注释】

[1] 江楼：江边的小楼。
　　感旧：感念旧友旧事。
[2] 思渺然：思绪悠远。
[3] 依稀：仿佛。

【译文】

我独自登上江边的小楼，不觉思绪万千、满腹忧愁。清澈如水的月光倾泻在江面上，江水流动，月光随之闪耀。放眼望去，水天一色。

曾经和我一同赏月的人现在在哪里？要知道这儿的风景一如去年，没有变化。

【简析】

这是一首纪游诗。诗人旧地重游，登上江边的小楼，进而想起去年与友人一起赏月的情景，于是写下了这首感情真挚的怀人之作。诗歌表达了对友人的怀念和独登江楼的孤独惆怅之感。

前两句写诗人夜登江楼，所见只有江天月色。后两句由今思昔，写出风光依旧而人事已非的感慨。首句写诗人旧地重游，去年的美景仍在，凭栏共赏的欢乐场面仍历历在目，现在同游之人却不知漂泊何方，诗人内心由此产生缕缕怀念和怅惘之情。"独上"透露出诗人孤独寂寞的心境，"思渺然"写出他那凝神沉思的情态。第二句巧妙地运用了比喻、以动衬静和叠字回环的手法，描写了水天一色的景象，将江楼夜景写得清丽绝俗。第三、第四句道出了诗人低沉的感叹，巧妙地暗示了今昔不同的情怀。"同来"与第一句中的"独上"相对应。风景一如去年，昔日的同伴却不知漂泊何方。诗人只身来到江楼，生出无限怀念和怅惘之情，揭示出首句"思渺然"的意涵。

全诗语言淡雅，以景寄情，情感真挚，虚实相间，具有空灵隽永的韵味。

【思考与练习】

一、填空题

1. 《江楼感旧》是一首典型的_____之作，它的作者是唐代诗人_____。
2. 《江楼感旧》第一句就奠定了全诗_____的感情基调。
3. 《江楼感旧》中"_____"一句形象地写出了月光照在波光粼粼的江面上的景色。
4. 《江楼感旧》第二句运用了_____的修辞手法。

二、判断题

1. 《江楼感旧》第一、第二句情景交融，表达了诗人登临江楼、眺望江月时内心涌动的情思。（　　）
2. 《江楼感旧》第三句说约好同来赏月的朋友未能如期而至，流露出诗人的遗憾。（　　）
3. 《江楼感旧》第三句中的"同来"与第一句中的"独上"相对照，反衬出诗人此时落寞凄清的感受。（　　）
4. 《江楼感旧》第三、第四句将今年与去年观赏江月的情景关联起来，点明题旨。（　　）
5. 《江楼感旧》全诗主要表达诗人对去年所见水天一色的江月美景的无限感怀。（　　）

三、简答题

《江楼感旧》表达了诗人怎样的思想感情？

韦庄

韦庄（836？—910？），字端己，晚唐诗人、词人。他以近体诗见长，其诗清词丽句、情致婉曲，多忧时伤乱之作，较为广阔地反映了唐末动荡的社会面貌。他的词多反映男欢女爱、离愁别恨，或为流连光景之作，善于用清新流畅的白描笔调抒发情感，感情真挚深沉。

台　城[1]

tái chéng

韦庄

江雨霏霏江草齐[2]，
六朝如梦鸟空啼[3]。
无情最是台城柳，
依旧烟笼十里堤[4]。

jiāng yǔ fēi fēi jiāng cǎo qí,
liù cháo rú mèng niǎo kōng tí.
wú qíng zuì shì tái chéng liǔ,
yī jiù yān lǒng shí lǐ dī.

【注释】

[1] 台城：在南京市鸡鸣山南，六朝时这里是帝王荒淫享乐的地方。
[2] 霏霏：细雨纷纷的样子。
[3] 六朝：指吴、东晋、宋、齐、梁、陈六个朝代。
[4] 烟：形容柳树枝繁叶茂，像淡淡的烟雾一样。

【译文】

江上细雨纷纷，江边绿草如茵，六朝繁华的往事已像梦一样幻灭消失，只剩下鸟儿在寂寞地啼鸣。

最无情的是那台城的杨柳，依旧一片繁茂，像烟雾一样笼罩着十里长堤。

【简析】

这是一首咏史诗。诗人途经金陵，凭吊台城古迹，怀古伤今，发出江山依旧而国家衰败的感慨。诗歌把览胜伤时之情寓于凄清的景色中，以江雨、江草、鸟、台城柳等意象营造朦胧凄清的氛围，抒发了诗人对历史变迁的感慨，以及对唐王朝走向没落的伤痛。

诗歌首句描绘了一幅细雨下轻柔秀丽的春景图，创造出迷茫缥缈的意境，流露出诗人对时世浓重的感伤情绪。次句写风景依旧而六朝繁华已逝。一个"空"字传达出如今台城的萧条、冷清和破败，表现出诗人对历史成败兴衰的感叹和忧伤。第三、第四句中，繁茂的柳树和荒凉破败的台城古迹、终古不变的长堤烟柳和转瞬即逝的六朝繁华形成鲜明的对比。诗人以柳之无情反衬人之多情：草木本无情，诗人将台城柳拟人化，指责它不顾王朝兴亡、不解诗人愁苦，依旧一片繁茂，以此反衬出诗人的多情——忧时伤乱。

全诗融情于景，空灵蕴藉，具有较强的艺术感染力。

【思考与练习】

一、填空题

1. 《台城》是一首_____诗,作者是唐代诗人_____。
2. 《台城》中,诗人在凭吊古迹时流露出对时世浓重的_____情绪。
3. 《台城》主要运用了_____的表现手法。

二、简答题

1. 柳树在春天给人以欣欣向荣之感,《台城》第三句为什么说台城柳"无情"呢?请谈谈你的理解。
2. "六朝如梦鸟空啼"中的"空"字历来为人所称道,请你说说它好在哪里。

罗隐

罗隐（833—910），字昭谏，晚唐诗人。他的诗语言平易通俗，诗风峭直，多讽刺现实，寄寓自己的深沉慨叹，具有对现实的强烈批判精神和杰出的讽刺艺术。

蜂

罗隐

不论平地与山尖[1]，
无限风光尽被占[2]。
采得百花成蜜后，
为谁辛苦为谁甜[3]？

bú lùn píng dì yǔ shān jiān,
wú xiàn fēng guāng jìn bèi zhàn.
cǎi dé bǎi huā chéng mì hòu,
wèi shuí xīn kǔ wèi shuí tián?

【注释】

[1] 山尖：山峰。

[2] 尽：都。

　　占：占据。

[3] 为：替。

【译文】

无论是平野还是山峰，只要鲜花盛开的地方都被蜜蜂占据。

蜜蜂啊，你采集百花并将其酿成蜂蜜，到头来是为谁辛苦付出？又想让谁享用香甜的成果？

【简析】

这首咏物诗托物言志，选取蜜蜂采花酿蜜的自然现象，通过写蜜蜂辛勤采蜜而成果却被他人享用，表达了诗人对辛勤的劳动者的赞美和同情，以及对不劳而获的剥削者的讽刺与不满。

全诗前两句叙事，写蜜蜂采蜜的辛劳。后两句既有对蜜蜂的同情，又有对不劳而获的剥削者的嘲讽，并用议论、反诘的方式，表达蜜蜂辛苦归自己、甜蜜属别人之意，认为蜜蜂勤劳采蜜，成果却被他人享用，在无限风光的背后有很多艰辛和无奈，同时影射剥削者不劳而获。

全诗夹叙夹议，叙述与反问相结合，语言浅显而意味深长。

【思考与练习】

一、填空题

1. 《蜂》的作者是_____。
2. 在《蜂》中,与"甜"字相呼应的词是"_____",与"辛苦"相呼应的短语是"_____"。
3. "为谁辛苦为谁甜"一句运用了_____的修辞手法。
4. 《蜂》整首诗以蜜蜂象征"_____",表达了诗人对社会不公的愤慨和对不劳而获者的讽刺。

二、简答题

《蜂》这首诗表达了诗人怎样的思想感情?

九 唐五代词专题

知 识 窗

　　词是曲子词的简称，又称"诗余""长短句"，是隋唐时兴起的一种文学体裁，也是一种配合音乐歌唱的新型抒情诗体。词的体制特点是：以曲牌为词调，每个词调具有相对固定的形式，在字数、句数、平仄、用韵、分片上有定规。根据篇幅来分，词大致分为小令（58字以内）、中调（59～90字）和长调（91字以上）；根据风格来分，词主要分为婉约派、豪放派两大类。

　　词始于隋朝，最初主要流行于民间，其所配合的音乐是燕乐。中唐以后文人创作渐多，诗人张志和、韦应物、白居易、刘禹锡等人开始写词。词至晚唐五代定型并趋于繁荣，经温庭筠、韦庄、冯延巳、李煜等发展，到宋代迎来创作的高峰。

　　温庭筠是第一个倾心于作词的诗人，他善于运用秾丽华美的语言抒写歌伎的生活、心理和情感，格调不高，但艺术上比较成熟，对词的格律的发展起到了推动作用，被尊为花间派的鼻祖。韦庄是晚唐时期另一位重要的词人，与温庭筠齐名。他的词多直抒胸臆，蕴含人事漂泊的感慨、羁旅思乡的愁绪，寓感伤惆怅于飘逸秀丽之中，风格清丽疏朗。

　　李煜是唐五代时期最杰出的词人。他后期的词充满亡国之痛、故国之思、今昔对比的凄凉与哀痛，进而展示对宇宙人生的悲剧性体验，极大地加深了词的抒情内涵，艺术性较高。李煜在扩大词的表现范围和丰富词的艺术手法上都做出了一定的贡献。

　　词在唐五代文人的创作中逐渐形成了独立的文体特色，尤其在题材上偏于男女之情，抒情风格偏于阴柔之美，形成了"词为艳科"的传统。晚唐词人中，以温庭筠为代表的花间派词人和以李煜为代表的南唐词人为词体的成熟和基本抒情风格的建立做出了重要贡献，由此词成为中国古代重要的文学体裁之一。

张志和

张志和,字子同,初名龟龄,号玄真子,自称"烟波钓徒",唐代诗人,也是唐代较早填词的词人之一。他的作品多写隐居时的闲散生活。他的五首《渔父词》意境高远,广为传诵。

渔 歌 子[1]

张志和

西塞山前白鹭飞[2],
桃花流水鳜鱼肥。
青箬笠[3],绿蓑衣,
斜风细雨不须归[4]。

yú gē zǐ

xī sài shān qián bái lù fēi,
táo huā liú shuǐ guì yú féi.
qīng ruò lì,lǜ suō yī,
xié fēng xì yǔ bù xū guī.

【注释】

[1] 渔歌子:词牌名。
[2] 西塞山:山名,在今浙江湖州市西。
　　白鹭:一种水鸟。
[3] 箬笠:用箬竹叶编的斗笠。
　　蓑衣:用蓑草编织的雨衣。
[4] 归:回家。

【译文】

西塞山前白鹭在自由自在地飞翔,江岸桃花盛开,春江水涨,江中有肥美的鳜鱼在游动。
只见一个渔翁头戴青箬笠,身穿绿蓑衣,冒着斜风细雨在江中垂钓,久久不愿离去。

【简析】

这首词通过对自然风光的描写和对渔翁垂钓的赞美,表达了词人对自由闲适的隐居生活的向往。

词的前两句一远一近,一天上一地下,写了山、水、鸟、花、鱼等意象,描绘出江南秀丽的景色,为垂钓勾勒了优美的背景,为人物出场做了铺垫。第一句"西塞山前"点明地点;"白鹭"是闲适的象征,这里用自在飞翔的白鹭衬托渔翁的悠闲自得。第二句桃红与水绿相映,表现出西塞山的湖光山色,交代了渔翁的生活环境。第三、第四句运用借代的修辞手法,描写了渔翁乐而忘归的情态。"斜风细雨"既是实景,也有很深的寓意。

全诗用语活泼,写景清新明丽,生动形象地表现了渔父悠闲自在的生活情趣。

【思考与练习】

一、填空题

1. 从体裁上看,《渔歌子》不是诗,而是_____,它的作者是_____。
2. 《渔歌子》前两句写景,时间是_____季,地点是_____。
3. 《渔歌子》后两句写人,生动地表现了渔翁_____的生活情趣。
4. 《渔歌子》中写了_____色的鹭鸟,_____色的桃花,_____色的箬笠,_____色的蓑衣,色彩鲜明动人。

二、简答题

《渔歌子》这首词在秀丽的水乡风光和理想化的渔翁的生活中寄托了词人怎样的情怀?

白居易

长 相 思[1]

cháng xiāng sī

白居易

汴水流[2],
泗水流[3],
流到瓜州古渡头[4]。
吴山点点愁[5]。

biàn shuǐ liú,
sì shuǐ liú,
liú dào guā zhōu gǔ dù tóu.
wú shān diǎn diǎn chóu.

思悠悠[6],
恨悠悠,
恨到归时方始休。
月明人倚楼。

sī yōu yōu,
hèn yōu yōu,
hèn dào guī shí fāng shǐ xiū.
yuè míng rén yǐ lóu.

【注释】

[1] 长相思：词牌名，多写男女相思之情。
[2] 汴水：河名，源于河南，与泗水合流后流入淮河。
[3] 泗水：河名，源于山东曲阜，与汴水合流入淮河。
[4] 瓜州：地名，在江苏扬州南。
[5] 吴山：泛指江南群山。
[6] 悠悠：深长。

【译文】

思念你的心潮就像那汴水、泗水一样奔流，一直流到瓜州古老的渡口。愁思像那江南群山一样连绵不断。

悠长的思念和怨恨，到你归来时才会停止。在明月照耀下，我倚楼独自忧愁。

【简析】

这是一首怀人念远的抒情小词，全词以"恨"写"爱"，写一个闺中少妇在月夜倚楼眺望，表达了少妇思念丈夫的愁苦和对丈夫长期不归的怨恨，塑造了一个思念久别未归的丈夫、一往情深的闺中少妇形象。

这首词上片写景，景中含情。前三句以流水比人，写少妇的思念像流水一样随丈夫远去，三个"流"字既写出河水的蜿蜒曲折，也形成缠绵的情韵。第四句用拟人的手法，婉转地表现少妇思念丈夫的愁苦。

下片直抒胸臆，写女子对久盼不归的丈夫的怨恨。"悠悠"承接上片的流水，写出闺妇愁思的绵长。人仍未归，恨也难休，直到丈夫归来，这种情思才会停止。最后一句景中寓情并点题，少妇明月下倚楼的情景道出她远望盼归的心事。

全词句式回环复沓，语言明白如话，节奏自然流畅，韵味绵远悠长。

【思考与练习】

一、填空题

1.《长相思》在构思上采用了＿＿＿＿＿＿（开头/篇末）点题的手法。
2.《长相思》中表达主旨的句子是＿＿＿＿＿＿＿＿＿＿。

二、用"/"画出下面这首词的朗读节拍

汴水流，泗水流，流到瓜州古渡头。吴山点点愁。
思悠悠，恨悠悠，恨到归时方始休。月明人倚楼。

三、简答题

《长相思》这首词塑造了一个怎样的主人公形象？

温庭筠

望 江 南 [1]
wàng jiāng nán

温庭筠

梳洗罢[2]， shū xǐ bà,
独倚望江楼[3]。 dú yǐ wàng jiāng lóu.
过尽千帆皆不是[4]， guò jìn qiān fān jiē bú shì,
斜晖脉脉水悠悠[5]。 xié huī mò mò shuǐ yōu yōu.
肠断白蘋洲[6]。 cháng duàn bái pín zhōu.

【注释】

[1] 望江南：词牌名。
[2] 梳洗：梳头、洗脸、化妆等妇女的生活内容。
　　罢：结束。
[3] 倚：倚靠。
[4] 皆：都。
[5] 斜晖：夕阳的余光。
　　脉脉：情意绵绵的样子，这里形容阳光微弱。
[6] 肠断：形容悲伤到极点。

【译文】

梳洗打扮后，我独自登上望江楼，倚靠栏杆凝望着茫茫江面。
上千艘船过去了，但都不是我所等待的丈夫的船。
夕阳的余光微弱地洒在江面上，江水缓缓地流着。
失望与思念之情萦绕在那片白蘋洲上。

【简析】

这是一首闺怨词。词以江水、楼、远帆、斜阳、白蘋洲为背景，勾勒出一个倚楼远望、等待丈夫归来而久久未能等到的思妇形象，表现了女主人公从希望到失望以致最后"肠断"的感情变化。

词以"梳洗罢"开篇，表明女主人公准备迎接久别的爱人归来的喜悦之情。接着情感开始发生转折。从日出到日落，女主人公始终等不到自己丈夫的船，她内心变得焦急。最后女主人公希望落空，映入她眼帘的只有落日、流水。这些没有生命的无情之物在此时此地的女主人公眼里，成了多愁善感的有情者。这是她移情于自然景物的表现。斜阳越来越微弱，女主人公含情脉脉，不忍离去。滚滚江水似乎也懂得她的心情，缓慢无语地向前流去。

全词情真意切，语言精练含蓄，风格清丽自然，是温词中别具一格的精品。

【思考与练习】

一、解释下列画线字词

1. 梳洗<u>罢</u>
2. 独<u>倚</u>望江楼
3. 斜晖<u>脉脉</u>水悠悠
4. 肠断白<u>蘋</u>洲

二、选择题

1. 温庭筠被尊为（　　）的鼻祖。
   A. 婉约派　　　　　　B. 豪放派　　　　　　C. 花间派
2. 《望江南》的主旨句是（　　）。
   A. 梳洗罢，独倚望江楼
   B. 过尽千帆皆不是，斜晖脉脉水悠悠
   C. 肠断白蘋洲

三、填空题

1. 《望江南》的作者是_____。
2. 《望江南》中描绘思妇盼望之切、相思之苦、忧愁之深的句子是_____，_____，_____。
3. 《望江南》虽短，却包含很多内容。就时间而言，这首词从早上写到_____；就景物而言，这首词写了江水、楼、帆、斜晖、_____。

四、判断对错

1. "过尽千帆皆不是"标志着全词感情上的大转折。　　　　　　　　　（　　）
2. 《望江南》这首词意思含蓄深沉，是婉约词的代表作。　　　　　　（　　）
3. 《望江南》中，"梳洗罢"的主人公是思妇。　　　　　　　　　　　（　　）

五、简答题

《望江南》主要写了什么内容？情感变化是怎样的？

李煜

李煜（937—978），字重光，号钟山隐士、莲峰居士，南唐最后一位君主。李煜多才多艺，工书善画，能诗擅词，通晓音律，尤以词的成就为最大，有"千古词帝"之称。他前期的词反映的只是帝王荒淫颓废的生活，风格绮丽柔靡；后期的词反映亡国之痛，哀婉凄凉。李煜词具有本色和真情性，直抒胸臆，多用口语而不事雕琢，善于用白描手法刻画心理，遣词准确洗练、明净优美，形象鲜明，风格天成。

虞 美 人

李煜

春花秋月何时了[1]，　　　　　　　　chūn huā qiū yuè hé shí liǎo,
往事知多少[2]？　　　　　　　　　　wǎng shì zhī duō shǎo?
小楼昨夜又东风[3]，　　　　　　　　xiǎo lóu zuó yè yòu dōng fēng,
故国不堪回首月明中[4]。　　　　　　gù guó bù kān huí shǒu yuè míng zhōng.

雕栏玉砌应犹在[5]，　　　　　　　　diāo lán yù qì yīng yóu zài,
只是朱颜改[6]。　　　　　　　　　　zhǐ shì zhū yán gǎi.
问君能有几多愁[7]？　　　　　　　　wèn jūn néng yǒu jǐ duō chóu?
恰似一江春水向东流[8]。　　　　　　qià sì yī jiāng chūn shuǐ xiàng dōng liú.

【注释】

[1] 春花秋月：原指春花开、秋月圆，这里指岁月更替。
　　了：结束。
[2] 往事：过去的事情。
[3] 东风：春风。
[4] 故国：指南唐故都金陵（今南京）。
　　不堪：不忍。堪：禁得起、受得住。
　　回首：回头想，回忆。
[5] 雕栏玉砌：代指南唐豪华的宫殿。雕栏：雕花的栏杆。玉砌：像白玉一样的台阶。
　　犹：依然。
[6] 朱颜改：指容貌变得憔悴。朱颜：红润的脸色，这里指容貌。改：变化。
[7] 君：词人自称。
[8] 恰似：正好像。

【译文】

春花秋月又是一年，这样的日子什么时候才能到头？过去令人伤心的事又知道多少呢？

昨夜春风又吹过小楼，在这月明之夜，我不忍去回想那已经灭亡的故国。

昔日宫殿里精雕细刻的栏杆、玉石砌成的台阶应该都还在，只不过所怀念的人已经变得苍老憔悴。你问我心中有多少忧愁，我的忧愁就像那滚滚东流的滔滔江水，无穷无尽。

【简析】

这是一首追怀故国的词，是词人被俘后所作的绝命词，也是他的代表作。这首词通过自然永恒与人生无常尖锐矛盾的今昔对比，抒发了词人亡国后的无限悲哀。

开篇以问句入词，以乐景写哀情，表现出词人因无限愁苦而生发的对现实的厌倦。春花秋月的时序变化加重了词人的厌倦和绝望，意味着他作为亡国之君的屈辱生活的延续。回忆中的美好时光与现实的囚禁生活形成巨大的反差，因而词人感到绝望并追问。第三、第四句描写明月照耀下夜深人静的环境。词人触景生情，引出对故国往事的回忆。"小楼"暗指囚居的环境，"又东风"与"何时了"相呼应，"不堪回首"与"往事知多少"相呼应，说明词人夜不能寐，想到了故国南唐，思念、愤慨、悔恨之情涌上心头，却又无力改变现实。

下片写回忆南唐故国，发出物是人非的无限惆怅之情。词人以回忆兼推测的口气，将旧日宫中的景物与人事对比，突出江山易主的悲哀。最后的一问一答将词人的悲愁悔恨曲折地表现出来，以一江春水来形容他的忧思难平，不仅从空间上突出了愁恨的无边无际，而且从时间上显示愁恨的绵绵不绝。

这首词运用了比喻、借代、对比、设问等多种修辞手法，高度概括、淋漓尽致地表达了诗人的亡国之痛、故国之思，语言明净凝练，情感深沉悲凉，比喻贴切生动。

【思考与练习】

一、解释下列画线字词

1. 春花秋月何时<u>了</u>
2. <u>雕栏玉砌</u>应犹在
3. 只是<u>朱颜</u>改
4. 故国<u>不堪回首</u>月明中

二、选择题

1. "问君能有几多愁？恰似一江春水向东流"除了设问，还使用了（　　）的修辞手法。

    A. 对比　　　　　　　　B. 比喻　　　　　　　　C. 拟人

2. 关于《虞美人》，下列说法有误的一项是（　　）。

    A. 本词上片写景，下片抒情
    B. "春花秋月"是以乐景写哀情
    C. "雕栏玉砌应犹在，只是朱颜改"是实写，用了对比手法

3. 《虞美人》中把抽象的感情形象化，写愁思绵绵不断的句子是（　　）。

    A. 小楼昨夜又东风，故国不堪回首月明中

B. 春花秋月何时了，往事知多少
C. 问君能有几多愁？恰似一江春水向东流

三、填空题

1. 春花秋月何时了，_____。
2. 《虞美人》中形容物是人非的句子是_____，_____。
3. 《虞美人》中形容词人愁苦深重的句子是_____，_____。
4. "明月"与"东风"是古诗词中常用的意象，李煜的《虞美人》中也用了这两个意象，这两个意象所在的句子是_____，_____。
5. "雕栏玉砌应犹在"中的"雕栏玉砌"运用了_____的修辞手法，指的是南唐豪华的宫殿。

四、判断对错

1. 《虞美人》最后一句用满江的春水来比喻满腹的愁恨。（　　）
2. 《虞美人》的上片写了春花、秋月、小楼、东风、明月五个意象，这些意象的共同特点是"美"，词人写这些是为了表明自己对人生的厌倦。这是以乐景写哀情的反衬手法。（　　）
3. "雕栏玉砌"运用了借代手法，代指囚禁词人的"小楼"。（　　）
4. 《虞美人》全词主要表达了词人的故国之思、亡国之痛。（　　）

五、简答题

1. 春花、秋月是美好的事物，词人在《虞美人》中为什么希望它们结束？
2. 《虞美人》结尾两句把"愁"比作"一江春水"，突出了"愁"的哪些特点？这样写有什么作用？

相　见　欢

xiāng jián huān

李煜

无言独上西楼[1]，　　　　　　　　wú yán dú shàng xī lóu,
月如钩[2]。　　　　　　　　　　　yuè rú gōu.
寂寞梧桐深院锁清秋[3]。　　　　　jì mò wú tóng shēn yuàn suǒ qīng qiū.

剪不断，　　　　　　　　　　　　jiǎn bú duàn,
理还乱[4]，　　　　　　　　　　　lǐ hái luàn,
是离愁[5]。　　　　　　　　　　　shì lí chóu.
别是一般滋味在心头[6]。　　　　　bié shì yī bān zī wèi zài xīn tóu.

【注释】

[1] 西楼：楼阁。
[2] 钩：玉制挂钩。
[3] 锁：笼罩。
　　清秋：深秋。
[4] 理：整理。
[5] 离愁：去国之愁。
[6] 别：另外。

【译文】

独自一个人默默无言地登上西楼，抬头望天，只有一弯如钩的明月相伴。低头望去，梧桐树寂寞地立在院中，幽深的庭院被笼罩在清冷凄凉的秋色中。

那剪不断、理不清、让人心乱如麻的正是去国之愁。那愁思萦绕在心中，是另一种无法言说的痛苦。

【简析】

这首《相见欢》是词人被囚禁在北宋都城时所作，表达了词人亡国后深夜独处时的愁苦心情。

词的上片写深秋月夜庭院的清幽景色，融凄苦之情于景。开篇以"无言""独"写出词人的孤独身影和愁苦神态。接着词人由仰望转向俯视，以缺月、梧桐、深院、清秋等意象渲染出冷落凄清的哀愁情调，同时写景喻人。

下片用比喻的手法，将无形的亡国哀思化为有形的、难理的丝麻线，用丝的千头万绪比喻词人烦乱、沉痛的心情。丝长可以剪断，丝乱可以整理，而那千丝万缕的愁思却难以排解。最后一句用白描和通感的手法，以味觉来写愁，写出对愁的体验与感受，道出了词人内心复杂、难以言说的愁怀。

全词上片选取典型的景物为情感的抒发做铺垫，下片用形象的比喻委婉含蓄地抒发真挚的感情，情景交融，感情悲痛沉郁，语言富于韵律美。

【思考与练习】

一、解释下列画线字词

1. 无言独上西楼
2. 理还乱
3. 别是一般滋味在心头

二、填空题

1. 《相见欢》的作者是南唐词人_____。
2. 《相见欢》中，词人写景简练而有序，其中_____是仰望之景，_____是俯视之景。
3. 《相见欢》中，词人所在的地点是_____，时间是_____，季节是_____。
4. 剪不断，_____，是离愁，_____。
5. "丝"与"思"谐音，《相见欢》中以麻丝比喻_____，生动贴切，深刻感人。

三、简答题

《相见欢》这首词写了哪些景物，表达了词人怎样的情感？

十 北宋诗歌专题

知 识 窗

北宋时期自公元960年起，至1127年止，共167年。

北宋诗人学习并继承了唐诗创作的有益经验，并富于创新精神，形成了以平淡为美的整体性的风格追求。宋诗的特点可概括为哲理化、散文化、议论化。宋诗崇尚说理，议论精辟，重理性思辨。总体来看，宋诗具有自己的特色，取得了突出成就，但成就不如唐诗。

1. 北宋初期诗坛的三大流派

以诗风而论，宋初诗歌可分为"三体"，即白体、晚唐体、西昆体。他们效法唐代诗人，因袭多于变革。

2. 北宋中期诗歌的全面繁荣

北宋中期，为配合当时的政治改革运动，欧阳修领导诗文革新运动。他诗风平易，对宋诗议论化、散文化的风格的形成起到奠基性作用。宋诗独特的风格在此时初步形成。此外，梅尧臣、苏舜钦是与欧阳修共同革新诗风的重要诗人。

稍后的王安石以其独特的抒情方式和艺术风格形成"王荆公体"。

苏轼在北宋诗歌史上成就突出，是集大成者。他学高才博，有渊博的学识、丰富的阅历、敏锐的洞察力，对诗歌艺术技艺的运用达到得心应手的纯熟境界，以翻新出奇的精神对待艺术规范，纵意所如，著手成春。他在写景诗中生发哲理，即景寄意，因物寓理，情、景、理交融，意蕴无穷。他在诗中发议论的技巧更为纯熟。他的议论巧用比喻，善于借助形象，议论新奇警策，富于韵味和启发性。苏轼继欧阳修后成为文坛领袖，至此宋诗发展到高潮，进入巅峰阶段。

3. 北宋后期的诗歌

北宋后期，"苏门四学士"（黄庭坚、秦观、晁补之、张耒）、苏轼之弟苏辙等成为北宋诗坛的重要力量，并以黄庭坚为中心形成偏重书斋生活、作诗讲究法度的"江西诗派"。

经过王禹偁、欧阳修、王安石、苏轼、黄庭坚、陈师道等人的努力，宋诗的特征已基本定型。

林逋

林逋（967—1028），字君复，世称"和靖先生"，北宋著名隐逸诗人。他终生不仕，嗜爱种梅、养鹤，人称"梅妻鹤子"，他以七言律诗、绝句见长，其诗风格淡远。

山园小梅

shān yuán xiǎo méi

林逋

众芳摇落独暄妍[1]，　　　　zhòng fāng yáo luò dú xuān yán,
占尽风情向小园。　　　　　　zhàn jìn fēng qíng xiàng xiǎo yuán.
疏影横斜水清浅[2]，　　　　shū yǐng héng xié shuǐ qīng qiǎn,
暗香浮动月黄昏[3]。　　　　àn xiāng fú dòng yuè huáng hūn.
霜禽欲下先偷眼[4]，　　　　shuāng qín yù xià xiān tōu yǎn,
粉蝶如知合断魂[5]。　　　　fěn dié rú zhī hé duàn hún.
幸有微吟可相狎[6]，　　　　xìng yǒu wēi yín kě xiāng xiá,
不须檀板共金樽[7]。　　　　bù xū tán bǎn gòng jīn zūn.

【注释】

[1] 众芳摇落：百花凋谢。

　　暄妍：这里指梅花鲜艳明丽。

[2] 疏：稀疏。

[3] 暗香：梅花散发的幽香。

　　浮动：飘动。

　　黄昏：月色朦胧。

[4] 霜禽：羽毛为白色的禽鸟。

　　偷眼：偷偷地窥看。

[5] 合：应该。

[6] 微吟：低声吟诵。

　　狎：亲近。

[7] 檀板：歌唱时用来打拍子的檀木拍板，这里泛指乐器。

　　金樽：精美的酒杯。

【译文】

百花凋零，只有梅花独自迎风傲雪绽放，它那明艳、热烈之美占尽小园风光。
稀疏的梅枝倒映在明净的水面上，梅花淡淡的幽香在朦胧的月色下飘散。
白鸟还没停落梅枝就先偷偷地观看，蝴蝶如果知道这梅花的美丽，大概会喜爱到销魂。
幸好可以通过吟诗与梅花亲近，而不需要拍着檀板歌唱，也不用金樽饮酒助兴。

【简析】

　　这首七言律诗是林逋创作的组诗《山园小梅》中的第一首。诗歌突出了梅花特有的美好的姿态和高洁的品性，以梅的品性比喻诗人孤高幽逸的生活情趣。

　　诗歌开篇就写梅花不同于其他花的幽独气质和清高风姿，"独""尽"二字充分表现了梅花傲霜耐寒的品格，这正是诗人遗世独立的高洁情趣的象征。颔联是经典名句，它化用五代南唐江为的残句"竹影横斜水清浅，桂香浮动月黄昏"，通过写梅花的姿态与芬芳表现它的孤高淡雅、不染尘俗，以疏淡的梅影、飘动的清香勾勒出梅的骨与韵，这正是诗人幽独清高、自甘淡泊的人格写照。颈联写梅花的魅力，由实写转向虚写，用设想之词、假托之物、拟人手法，以霜禽、粉蝶对梅花的喜爱之情侧面衬托梅花之美。诗人精心选择的"霜""粉"二字暗示他高洁的情操。尾联直抒胸臆，写诗人在赏梅吟诗的幽居生活中自得其乐，不需要热闹的歌舞声色来点缀凑趣，也不需要饮酒助兴。诗人与梅花在精神上契合无间。

　　全诗借物咏怀，写意传神，用形象的语言写出梅花清绝高洁的神韵，用虚实结合、正面描写与侧面描写相结合、视觉与嗅觉相结合、对比衬托、拟人等手法写出梅花的不同凡响和诗人对梅花的喜爱之情，暗含诗人高洁清雅的情怀。

【思考与练习】

一、解释下列画线字词

1. 众芳摇落独<u>暄妍</u>
2. 粉蝶如知<u>合</u>断魂。
3. 幸有微吟可相<u>狎</u>
4. 不须檀板共<u>金樽</u>。

二、填空题

1. 《山园小梅》是宋代隐士_____的咏梅绝唱。
2. 《山园小梅》中的名句是_____，_____。这两句分别从_____和_____的角度写出了梅花清雅高洁的神韵。
3. 《山园小梅》第五、第六句使用的修辞手法是_____。
4. 《山园小梅》首联写梅花在百花凋谢时独自开放，将_____与_____做对比，写出了梅花的不同凡响以及不染尘俗的格调与品质。

三、简答题

1. 《山园小梅》的第三、第四句为经典名句，请你说一说这两句好在哪里。
2. 请你向同学们介绍一首你们国家描写梅花的诗歌。

王安石

王安石（1021—1086），字介甫，号半山，世称"王荆公"，宋代著名政治家、思想家、文学家，"唐宋八大家"之一。王安石重视诗歌的实际功用，把诗歌当作抒情言志的工具。其诗偏重于抒发个人情怀，反映的内容贴近现实生活，注重对语言的锤炼，既新奇工巧，又含蓄深婉，对宋诗的发展起到了重要作用。

元　日[1]

王安石

爆竹声中一岁除[2]，
春风送暖入屠苏[3]。
千门万户曈曈日[4]，
总把新桃换旧符[5]。

yuán rì

bào zhú shēng zhōng yí suì chú,
chūn fēng sòng nuǎn rù tú sū.
qiān mén wàn hù tóng tóng rì,
zǒng bǎ xīn táo huàn jiù fú.

【注释】

[1] 元日：农历正月初一，即春节。
[2] 爆竹：鞭炮。
　　一岁：一年。
　　除：过去。
[3] 屠苏：屠苏酒，古代过春节时有饮用屠苏药草泡的酒以辟邪的习俗。
[4] 曈曈：日出时光辉灿烂的样子。
[5] 桃：指桃符，是一种绘有神荼和郁垒的神像、挂在门边用来辟邪的桃木板。

【译文】

人们在爆竹声中送走旧的一年，迎着和暖的春风饮屠苏酒避祸求福。
初升的太阳照耀着千家万户，家家都忙着用新的桃符替换旧的桃符。

【简析】

1068年，王安石上书主张变法。第二年他主持变法。这一年新年，家家忙着准备过春节，王安石联想到变法伊始除旧布新的新气象，有感而作此诗。

这首七言绝句运用白描手法，抓住燃爆竹、饮屠苏酒、换新桃符等生活细节，充分表现出新年的欢乐气氛，寄托了诗人对变法胜利、强国富民的乐观自信精神。"总把新桃换旧符"蕴含着新生事物总会取代没落事物的深刻哲理。

全诗简短工巧，语言清新流畅、通俗易懂。

【思考与练习】

一、解释下列画线字词

1. 爆竹声中一岁除
2. 春风送暖入屠苏
3. 千门万户曈曈日

二、填空题

1. 《元日》的作者是_____代诗人_____。
2. 《元日》最后两句的意思是_____。
3. 王安石在《元日》中描写了春节中的_____、_____、_____等习俗，渲染了_____的节日气氛。

三、判断对错

1. 《元日》描写了古代老百姓过春节时燃爆竹、饮屠苏酒、金鸡报晓等节日习俗。
（　　）
2. 《元日》用白描的手法，极力渲染节日的气氛，并借此寄托诗人的思想感情。
（　　）
3. "春风送暖入屠苏"以乐景写乐情，通过描绘新年热闹的场景抒发诗人愉快的心情。
（　　）

四、简答题

1. 你还知道中国的春节有哪些习俗？
2. 正如"总把新桃换旧符"所说，过春节要更换对联，请你说一说生活中你所见过的对联。

泊 船 瓜 洲[1]

王安石

京口瓜洲一水间[2],
钟山只隔数重山[3]。
春风又绿江南岸[4],
明月何时照我还[5]?

bó chuán guā zhōu

jīng kǒu guā zhōu yì shuǐ jiān,
zhōng shān zhǐ gé shù chóng shān.
chūn fēng yòu lǜ jiāng nán àn,
míng yuè hé shí zhào wǒ huán?

【注释】

[1] 泊：停泊。
　　瓜洲：镇名，在扬州南郊、长江北岸。
[2] 京口：古城名，在江苏镇江、长江南岸。
　　一水：这里指长江。
[3] 钟山：江苏南京紫金山。
　　隔：间隔。
　　数重山：几座山。
[4] 绿：形容词作动词，吹绿。
[5] 还：回来。

【译文】

从京口到瓜洲只不过是一条江的距离，钟山也只隔着几座山。
温暖的春风又吹绿了长江两岸，什么时候我才能在明月的照耀下返回家乡呢？

【简析】

这是一首七言绝句。诗人触景生情，通过对春天的景物的描绘，表现了他在外做官的无奈和盼望早日回乡的急切心情。

诗歌的标题点明诗人所在的位置。首句写诗人站在长江北岸的瓜洲渡口放眼南望所见之景，通过两地距离之短、船行之快，流露出诗人轻松愉悦的心情。次句写诗人眺望居住地钟山，产生思乡之情。第三句描绘了春天长江两岸生机盎然的景象。"绿"字动静结合，用得绝妙。这一句因炼字精确而成为千古名句。据洪迈《容斋随笔》记载，诗人曾用过"到""满""过""入"等字，但觉得都不好，最终改为"绿"字，因为其他字只表明春风的到来，却没有表现出春天到来后千里江岸一片新绿的景物变化。一个"又"字蕴含了诗人多年的企盼，说明江南岸绿了许多次，诗人都未能回乡。最后诗人以疑问的语气，再一次表达思乡之情，流露出诗人归心似箭、盼望早日回乡的急切心情。

全诗境界开阔，格调清新，寓情于景，炼字精巧。

【思考与练习】

一、解释下列画线字词

1. <u>泊</u>船瓜洲
2. 春风又<u>绿</u>江南岸
3. 明月何时照我<u>还</u>

二、填空题

1. 《泊船瓜洲》是北宋诗人_____创作的一首七言_____。
2. 《泊船瓜洲》描写了从_____到_____（地名）路上的江南两岸春意盎然的景色。
3. 《泊船瓜洲》借景抒情，表达了诗人_____的思想感情。

三、选择题

1. 《泊船瓜洲》中的"一水"指的是（　　）。
   A. 长江　　　　　　　B. 大运河　　　　　　　C. 黄河
2. 《泊船瓜洲》一诗中炼字精巧的名句是（　　）。
   A. 京口瓜洲一水间
   B. 钟山只隔数重山
   C. 春风又绿江南岸
3. 对《泊船瓜洲》理解错误的一项是（　　）。
   A. 这首抒情小诗抒发了诗人远望江南、思念家乡的深切情感
   B. "绿"字充满色彩感，而且包含动感，增加了诗句的生动性
   C. 诗人的居住地钟山离他现在所在之地隔了几座山，路途遥远，他无法回去

四、简答题

"春风又绿江南岸"中的"绿"字可以用哪些字替换？看到这句诗，你脑海中想象的画面是怎样的？

梅　花　　　　　　　　　　　méi huā

王安石

墙角数枝梅[1]，　　　　　　　qiáng jiǎo shù zhī méi,
凌寒独自开[2]。　　　　　　　líng hán dú zì kāi.
遥知不是雪[3]，　　　　　　　yáo zhī bú shì xuě,
为有暗香来[4]。　　　　　　　wèi yǒu àn xiāng lái.

【注释】

[1] 数枝：几枝。
[2] 凌寒：冒着严寒。
[3] 遥知：远远地就知道。
[4] 为：因为。
　　暗香：梅花时断时续的幽香。

【译文】

墙角里生长着几枝梅花，它们冒着严寒独自开放。
远远地就知道那洁白的梅花不是雪，因为有梅花的阵阵幽香飘过来。

【简析】

1076年，王安石再次被罢相。他心灰意冷，退居钟山。此时诗人孤独的心态和艰难的处境与傲雪凌霜的梅花有着共通的地方，因此写下了这首诗。

这首诗前两句写梅花在墙角这一偏僻之地不择环境、不畏严寒、不怕孤独的品性，实际上正是诗人无惧旁人的眼光、坚持自我品性的象征。后两句以梅喻人，写梅花纯净洁白、幽香沁人，其坚强高洁的品格也正是诗人处于艰难的环境中仍能坚持操守的品格的象征。这两句不仅写了梅之色，更借雪的形象写出了梅之香。

全诗语言朴素，平实内敛，意境深远悠长。

【思考与练习】

一、解释下列画线字词

1. <u>凌寒</u>独自开
2. <u>为</u>有暗香来

二、填空题

1.《梅花》这首诗是_____言绝句，描写的季节是_____。

2.《梅花》中"_____"交代了时间,"_____"二字点明地点。

三、简答题

《梅花》没有具体写梅花的花叶形态,而主要写梅花的品格,它突出了梅花怎样的品格?

苏轼

苏轼（1037—1101），字子瞻，号东坡居士，北宋著名的文学家、书画家，"唐宋八大家"之一，与其父苏洵、其弟苏辙合称"三苏"。苏轼的诗词题材广泛，风格多样，并以豪放为主。他的诗歌笔力纵横，自由挥洒，清新刚健，善用夸张、比喻，艺术表现独具一格，为宋诗的发展开辟了新的道路。苏轼也是豪放派词人的代表。他以诗境、诗语入词，形成了苏词"以诗为词"的特点。他将词笔深入社会生活的各个方面，全方位地表现了北宋文人士大夫的生活与精神面貌，扩展了词的表现功能，同时提高了词的文学地位，开一代之词风。

题西林壁[1]

tí xī lín bì

苏轼

横看成岭侧成峰[2]，
远近高低各不同。
不识庐山真面目[3]，
只缘身在此山中[4]。

héng kàn chéng lǐng cè chéng fēng,
yuǎn jìn gāo dī gè bù tóng.
bù shí lú shān zhēn miàn mù,
zhǐ yuán shēn zài cǐ shān zhōng.

【注释】

[1] 题：书写、题写。
西林壁：西林寺的墙壁。
[2] 横看：从正面看。
侧：侧面。
[3] 不识：不能认识、辨别。
真面目：这里指真正的景色。
[4] 缘：因为。

【译文】

从正面看，庐山连绵起伏；从侧面看，庐山山峰耸立。从远处、近处、高处、低处等不同的角度看庐山，可以看到庐山不同的样子。

我认不清庐山真正的面目，只是因为自己身在庐山之中。

【简析】

《题西林壁》是1084年苏轼游庐山时所作。诗歌描写了庐山变化多姿的面貌，并借景说理，指出观察事物应客观、全面，因为如果不能统观全局，认识就会主观、片面和有限，就不能把握事物的真正面目。

全诗集写景与说理于一体，将哲理寓于对庐山景色的描绘之中，语浅意深，含蓄蕴藉。

【思考与练习】

一、解释下列画线字词

1. 题西林壁
2. 只缘身在此山中
3. 不识庐山真面目

二、填空题

1.《题西林壁》的作者是宋代诗人_____，他与其父、其弟并称"_____"。
2.《题西林壁》中说明"当事者迷，旁观者清"这一道理的诗句是_____，_____。

三、简答题

《题西林壁》这首诗蕴含着这样的人生哲理：观察事物应该客观、全面，否则就得不出正确的结论。你在现实生活中碰到过这种情况吗？试举例说明。

饮湖上初晴后雨[1]

yǐn hú shàng chū qíng hòu yǔ

苏轼

水光潋滟晴方好[2]，
山色空蒙雨亦奇[3]。
欲把西湖比西子[4]，
淡妆浓抹总相宜[5]。

shuǐ guāng liàn yàn qíng fāng hǎo,
shān sè kōng méng yǔ yì qí.
yù bǎ xī hú bǐ xī zǐ,
dàn zhuāng nóng mǒ zǒng xiāng yí.

【注释】

[1] 湖：杭州西湖。
[2] 潋滟：波光闪动的样子。
    方：正。
[3] 空蒙：云雾迷蒙的样子。
    亦：也。
    奇：奇妙。
[4] 欲：如果。
    西子：西施，春秋时越国美女。
[5] 相宜：合适。

【译文】

天晴时西湖水波荡漾，十分美丽；细雨中西湖周围的山上云雾迷蒙，显出另一番奇妙的景致。
如果把美丽的西湖比作美女西施，那么无论是淡妆还是浓妆，都十分自然、合适。

【简析】

这首写景状物诗是1073年苏轼任杭州通判时所作。诗歌描绘了西湖在不同天气（时晴时雨）下呈现的别样风姿，表达了诗人对西湖美景的热爱与赞美。

诗的前两句用白描和对比的手法，分别描写了西湖的晴姿和雨态——晴天波光闪动，雨天山色朦胧，将西湖的一水一山、一近一远、一高一低、一晴一雨描写得凝练精到、对仗整齐。后两句通过奇妙的联想，用极为传神而贴切的比喻描绘西湖的神韵，将它比作越国的美人西施，以浓妆比喻西湖的晴景，以淡妆比喻西湖的雨景，传神地刻画出西湖美的风姿、意态和灵魂。这两句既与前两句的实写相呼应，又自然浑成。因为这两句诗，西湖有了"西子湖"的别称。

全诗比喻新奇别致，写景状物传神，语言凝练简约，情味隽永。

【思考与练习】

一、解释下列画线字词

1. 水光潋滟晴方好
2. 山色空蒙雨亦奇
3. 淡妆浓抹总相宜

二、填空题

1.《饮湖上初晴后雨》中描写西湖在阳光照耀下波光闪闪的诗句是_____，_____。

2.《饮湖上初晴后雨》描绘了西湖在_____呈现的别样风姿，表达了诗人对西湖__ _____的_____之情。

3.《饮湖上初晴后雨》中的"西子"指的是_____。

三、判断对错

1.《饮湖上初晴后雨》写于苏轼任职海南期间。　　　　　　　　　　（　）
2.《饮湖上初晴后雨》前两句生动地描写了西湖雨后天晴的美丽景致。（　）
3. 第四句"淡妆浓抹总相宜"描写的是西施，而不是西湖。　　　　　（　）
4."淡妆浓抹"与前两句中的晴、雨相照应，比喻奇妙而贴切。　　　（　）

四、简答题

请你用自己的语言描绘一下《饮湖上初晴后雨》所描绘的西湖景色。

十一 北宋词专题

知 识 窗

词是为配合乐曲而填写的歌词。它兴起于隋唐时期，到宋代发展到顶峰。

北宋词的发展共分为三个阶段。

第一个阶段是唐五代词的延续。这一阶段，词的题材虽略有扩展，但基本上仍以爱情、相思、离别等题材为主。

第二个阶段，柳永、苏轼在词的形式与内容上进行了新的开拓，促使宋词出现多种风格竞相发展的繁荣局面。其中，柳永是第一位对宋词进行全面革新的大词人，他变"雅"为"俗"，用通俗化的语言表现世俗化的市民生活情调。此外，柳词还喜欢运用铺叙和白描手法表现比较复杂的感情和事物，把叙事、写景、抒情、议论融为一体，淋漓尽致而又层次井然。

苏轼继柳永之后，对词体进行了全面的改革。他拓展了词境，提高了词品，扩大了词的题材范围，提高了词的文学地位，从根本上改变了词史的发展方向。苏轼词最大的特点是"以诗为词"：第一，词境的开拓。苏轼使词从花间、樽前走向广阔的社会人生。第二，打破了"诗庄词媚"的传统观念，将传统的表现女性化的柔情之词扩展为表现男性化的豪情之词，将传统上表现爱情之词变革为表现性情之词，使词像诗一样可以充分表现作者的性情和个性。第三，风格多样化。苏轼词以意为主，任情流泻，风格随着内容特点、情感基调的变化而变化，并开创了一种与诗相通的雄壮豪放、开阔高朗的艺术风格。

第三个阶段是宋词的深化与成熟阶段。周邦彦是词体艺术创作的集大成者，他兼采众家之长，促进了词体的成熟：在思想内容上增强了词的"体质"；在艺术表现手法上注重词调的整理与规范化，为词的创作提供了典型。

范仲淹

范仲淹（989—1052），字希文，北宋文学家。他的词继承中有创新，无论是在题材、主题还是在风格上，都表现出承前启后的特点，风格上豪放与婉约并存。

渔家傲·秋思

yú jiā ào · qiū sī

范仲淹

塞下秋来风景异[1]，
衡阳雁去无留意[2]。
四面边声连角起[3]。
千嶂里[4]，
长烟落日孤城闭[5]。

浊酒一杯家万里[6]，
燕然未勒归无计[7]。
羌管悠悠霜满地[8]。
人不寐[9]，
将军白发征夫泪[10]。

sài xià qiū lái fēng jǐng yì,
héng yáng yàn qù wú liú yì.
sì miàn biān shēng lián jiǎo qǐ.
qiān zhàng lǐ,
cháng yān luò rì gū chéng bì.

zhuó jiǔ yì bēi jiā wàn lǐ,
yān rán wèi lè guī wú jì.
qiāng guǎn yōu yōu shuāng mǎn dì.
rén bú mèi,
jiāng jūn bái fà zhēng fū lèi.

【注释】

[1] 塞下：边疆。
    异：不同。
[2] 衡阳：湖南衡阳有回雁峰，传说北方大雁到此不再南飞。
[3] 边声：边塞特有的一切声音。
    角：号角。
[4] 千嶂：绵延而峻峭的山峰。
[5] 长烟：荒漠上长飘直上的烟气。
[6] 浊酒：用糯米、黄米等酿制的酒，较混浊。
[7] 燕然未勒：指战事未平，功名未立。燕然：山名，是蒙古国境内的杭爱山。
    勒：刻。
[8] 羌管：乐器名，又名羌笛。
    悠悠：形容声音飘忽不定。
[9] 寐：睡觉。
[10] 征夫：出征的战士。

【译文】

秋天到来，西北边塞的风光显得格外与众不同。大雁又飞回衡阳，一点停留此地之意也没有。黄昏时,军中号角一吹,周围各种声音也随之而起。群山间深处,孤烟直上,夕阳西下,孤零零的城门紧紧关闭。

饮一杯浊酒,内心的思乡之情油然而生。如今边疆战争还没平息,军功还未建立,归家之日遥遥无期。远处传来悠悠的羌笛声,寒冷的霜雪铺满大地。夜深了,军营中的人都难以入眠。将士们长久守卫边塞,将军头发都变白了,战士们流下了思乡的热泪。

【简析】

这是一首边塞词,描绘了词人在西北边塞所见到萧瑟荒僻的场景,表达了词人与边塞将士渴望杀敌立功的爱国热情与浓重的思乡之情。

上片主要是写景,第一、第二句点明词人所处的时间、地点。边塞本就十分苍凉,秋天的到来更为其增添了肃杀的气氛,开篇便奠定了悲凉的情感基调。接着词人以大雁离开且无留恋北方之意来暗指西北环境的恶劣,凸显边塞秋天的荒凉。"四面边声连角起"一句通过听觉营造出一种战事紧迫的气氛,给整首词蒙上了压迫感。"长烟落日"展现出边塞的壮阔风光,与王维的"大漠孤烟直,长河落日圆"有异曲同工之妙。结尾"孤城闭"写出边塞战事的紧张,以及守军力量的薄弱,流露出一种悲伤的情绪。

下片主要是抒情,词人将直抒胸臆与借景抒情的手法运用得十分巧妙。战事未平,功名未就,词人此时无法归家,无奈之感跃然纸上。接着词人融情于景,写悠悠羌笛带来丝丝愁绪,冰冷的霜雪铺满大地,此情此景,怎不令人落寞伤怀?结尾表现出词人对将士们壮志难酬的感慨、忧国伤时的情怀、思乡难耐却又渴望建功立业的复杂矛盾的心情。

本词情景交融,意境开阔,情调悲壮苍凉,情感深厚而复杂。

【思考与练习】

一、解释下列画线字词

1. 塞下秋来风景<u>异</u>
2. 燕然未<u>勒</u>归无计
3. <u>浊酒</u>一杯家万里
4. 人不<u>寐</u>

二、选择题

1. 《渔家傲·秋思》是一首(　　)词。
   A. 爱情　　　　　　B. 山水　　　　　　C. 边塞
2. "人不寐,将军白发征夫泪"运用了(　　)的修辞手法。
   A. 夸张　　　　　　B. 比喻　　　　　　C. 互文
3. 《渔家傲·秋思》的情感基调是(　　)。
   A. 清新自然　　　　B. 悲壮凄凉　　　　C. 慷慨豪迈
4. 下列对《渔家傲·秋思》解读有误的一项是(　　)。
   A. "塞下秋来风景异"中的"异"字写出了边塞秋天景物与江南的不同

B. "浊酒一杯家万里"形象地写出了戍守边关的将士们的思乡之情
C. "羌管悠悠霜满地"写出边关虽然寒冷，但有羌管吹奏，生活并不艰苦

三、填空题

1. 《渔家傲·秋思》的词牌名是_____，题目是_____。
2. 《渔家傲·秋思》的上片重在_____，下片重在_____。
3. _____，燕然未勒归无计。
4. 《渔家傲·秋思》中的"长烟落日孤城闭"与唐代诗人王维的"_____，_____"所描写的黄昏意境相似。
5. 全词用语精练传神。上片一个"____"字，点明边塞战事吃紧；下片一个"____"字，尽显将士们的悲伤之情。

四、简答题

《渔家傲·秋思》的上片、下片分别以什么表达方式为主？全词表达了词人怎样的感情？

晏殊

> 晏殊（991—1055），字同叔，宋代婉约派著名词人。他的词多以娴雅的笔调抒写士大夫优游娴雅的生活或离愁别恨，表现出一种雅致含蓄的倾向。晏词写富贵而不鄙俗，写爱情而不纤佻，平淡而富有韵味，构思曲折精巧，语言明净和婉。

浣 溪 沙[1]

huàn xī shā

晏殊

一曲新词酒一杯[2]，
去年天气旧亭台[3]。
夕阳西下几时回[4]？

无可奈何花落去[5]，
似曾相识燕归来[6]。
小园香径独徘徊[7]。

yī qǔ xīn cí jiǔ yì bēi,
qù nián tiān qì jiù tíng tái.
xī yáng xī xià jǐ shí huí?

wú kě nài hé huā luò qù,
sì céng xiāng shí yàn guī lái.
xiǎo yuán xiāng jìng dú pái huái.

【注释】

[1] 浣溪沙：词牌名。
[2] 一曲新词：一首刚填好的词。
    酒一杯：一杯酒。
[3] 亭台：亭台楼阁。
[4] 西下：向西落下。
    几时回：什么时候回来。
[5] 无可奈何：没有办法。
[6] 似曾相识：好像曾经认识。
    燕归来：燕子从南方飞回来。
[7] 香径：落花满地的小路。
    独：独自。
    徘徊：来回走。

【译文】

填一首新词品一杯美酒，一样的晚春天气，眼前的亭台也依旧。夕阳缓缓西下，什么时候才能回来？

春花的凋落让人无可奈何，似曾相识的燕子再次归来。我独自在园中落花满地的小路上惆怅地徘徊。

【简析】

　　这首小令是晏殊的代表作,表达了伤春惜时的惆怅与寂寞,以及感叹年华将逝、物是人非的孤独与伤感。

　　词的上片写亭台宴饮时引发的景物依旧而人事全非的怀旧之感。词人填词饮酒本是轻松愉悦的乐事,然而敏锐的词人却从暂时的圆满中体察到时光无情、人生有限、好景不长的缺憾,一切如旧的清歌美酒、暮春天气、楼台亭阁的表象下,是时光的流逝和人事的变更,时令、物候的改变中蕴含着人生易老的常理,夕阳西下传达出词人对时光不会倒流的怅惘和感伤。

　　下片在一来一去的对比、惆怅与欣慰交织的心情中流露出词人对宇宙人生的深思。时光的流逝不可抗拒,再惋惜也无济于事。生活不会因时光流逝而变得一片虚无,依然会有美好的事物出现:在无可奈何之时,令人欣慰的是燕子的归来。"无可奈何花落去,似曾相识燕归来"这两句因对偶工整、造语工丽自然、寓意深婉含蓄而成为千古传诵的名句。结句则以在小径上徘徊的形态动作去表现词人的落寞与孤独。

　　全词语言通俗晓畅、清丽自然,意蕴丰富深沉,给人以哲理性的思考。

【思考与练习】

一、填空题

1.《浣溪沙》的作者是_____代的词人_____。
2.《浣溪沙》全词围绕"_____"字来写。
3."去年天气旧亭台"暗含着对_____的悲叹。
4.《浣溪沙》中被称为"天然奇偶"的词句是_____,_____。

二、简答题

1. 请简要概括《浣溪沙》这首词表达了词人怎样的思想感情?
2. "无可奈何花落去,似曾相识燕归来"是千古名句,请谈谈你对这两句话的理解。

蝶 恋 花

dié liàn huā

晏殊

槛菊愁烟兰泣露[1],   jiàn jú chóu yān lán qì lù,
罗幕轻寒[2],   luó mù qīng hán,
燕子双飞去。   yàn zǐ shuāng fēi qù.
明月不谙离恨苦[3],   míng yuè bù ān lí hèn kǔ,
斜光到晓穿朱户[4]。   xié guāng dào xiǎo chuān zhū hù.

昨夜西风凋碧树[5],   zuó yè xī fēng diāo bì shù,
独上高楼,   dú shàng gāo lóu,
望尽天涯路[6]。   wàng jìn tiān yá lù.
欲寄彩笺兼尺素[7],   yù jì cǎi jiān jiān chǐ sù,
山长水阔知何处?   shān cháng shuǐ kuò zhī hé chù?

【注释】

[1] 槛:栏杆。
[2] 罗幕:丝罗做的帷幕。
[3] 谙:了解。
[4] 晓:拂晓,清晨。
     朱户:指大户人家。
[5] 凋:衰落。
     碧树:绿树。
[6] 天涯:天边。
[7] 彩笺:彩色的信纸。
     尺素:代指书信。

【译文】

秋天清晨栏杆外的菊花笼罩着一层薄雾,好像面带愁容;兰花上沾着露珠,似乎是它哭泣时流下的泪珠。罗幕间透着阵阵轻寒,燕子双双穿过帘幕飞走。明月不了解人们离别的痛苦,残月的余辉直到天亮还斜照到房中。

昨天夜里西风猛烈,吹落了树上的绿叶。我独自登上高楼,望尽那天边的道路,却不见离人归来。我想给你寄信诉说思念的愁苦,但是高山连绵,碧水无尽,不知道你身在何处。

【简析】

这首词写闺中秋日怀人的离恨相思之苦。女主人公因离别之苦而一夜未眠,次日见到庭院之景后更感孤独凄清。登高望远不见所思,满腹离愁更无处可寄,本词刻画了一个满腹离愁、孤独怅惘的女主人公形象。

上片写闺中妇人秋日思念的愁苦。首句将庭院中的菊花、兰花拟人化，以它们的含愁哭泣来表现女主人公的悲凉孤寂。接下来"罗幕"两句由庭院外转向室内，以"寒"字表现女主人公生理上与心理上的感受，以双飞的燕子来反衬人的孤独。"明月"两句明写离恨，以对无情之物——明月的埋怨来暗示女主人公从昨夜到今晨因离别相思而彻夜不眠的煎熬苦状。

下片从帘幕庭院转向高楼。"昨夜"三句由室外到楼上，写今晨登高望远所见。"昨夜西风凋碧树"既为"望尽天涯路"做铺垫，也暗指女主人公昨夜无眠而卧听西风凄厉。"凋"字以景之萧索写人之孤独，既写出了秋天自然界的变化，也写出了女主人公内心的强烈感受。"独上"呼应上片中的"双飞"，"望尽"凸显女主人公渴望思念之人归来的急切心情和望而不见的怅惘之情。这三句纯用白描写望而不见的伤感情绪，语言明净，意境高远阔大，是千古名句。最后两句以问句结束，在寄信传书的强烈愿望与音信难通的现实矛盾中，突出了女主人公的惆怅悲伤之情。

全词情景交融，描写细致入微，格调简淡清疏，情致柔婉含蓄而又寥廓高远。

【思考与练习】

一、解释下列画线字词

1. 槛菊愁烟兰泣露
2. 明月不谙离恨苦
3. 欲寄彩笺兼尺素

二、填空题

1. "槛菊愁烟兰泣露"运用_____的修辞手法，渲染了_____的氛围。
2. 昨夜西风凋碧树，独上高楼，_____。
3. "燕子双飞去"中的"双飞"是为了_____思妇的孤独，并与下文中的"_____"相呼应。

三、简答题

请从景和情两个角度，分析"昨夜西风凋碧树"中"凋"字的妙处。

欧阳修

欧阳修（1007—1072），字永叔，自号醉翁，晚号六一居士，北宋著名政治家、文学家。他倡导北宋诗文革新运动，在诗、文、词方面都卓有成就。他的词清新自然，疏隽深婉，富于情韵，与晏殊并称"晏欧"。

生查子·元夕[1]   shēng zhā zǐ · yuán xī

欧阳修

去年元夜时，　　　　　　　qù nián yuán yè shí,
花市灯如昼[2]。　　　　　　huā shì dēng rú zhòu.
月上柳梢头，　　　　　　　yuè shàng liǔ shāo tóu,
人约黄昏后。　　　　　　　rén yuē huáng hūn hòu.

今年元夜时，　　　　　　　jīn nián yuán yè shí,
月与灯依旧。　　　　　　　yuè yǔ dēng yī jiù.
不见去年人，　　　　　　　bù jiàn qù nián rén,
泪湿春衫袖[3]。　　　　　　lèi shī chūn shān xiù.

【注释】

[1] 生查子：词牌名。
　　元夕：词的题目，指农历正月十五元宵节（上元节）之夜，有观赏花灯的习俗。
[2] 花市：指灯市。花：花灯。
　　灯如昼：灯火像白天一样。
[3] 春衫：年少时穿的衣服，这里指代主人公自己。

【译文】

去年元宵节的夜晚，花市灯光像白天一样明亮。明月高挂在柳树梢头，我们相约在黄昏时共诉衷肠。

今年元宵节的夜晚，月光与灯光明亮依旧。看不到去年的心上人，我伤心的泪水沾湿衣袖。

【简析】

这首词通过对去年今夜的往事回忆，表达了物是人非、旧情难续的悲伤，既写出了去年元宵夜同逛灯市的美好和月下相处的甜蜜，也写出了今年元宵夜的忧伤、痛苦、失落之情，前后对比强烈。

词的上片写去年元宵夜的盛况，追忆与心上人相处的甜蜜情景。开头两句写元宵夜灯火辉煌的热闹场面，后两句写与心上人在月下相依相伴、共诉衷肠。下片写今年元宵夜物是人非的失望、悲伤。"月与灯依旧"与"不见去年人"相对比，表达了抒情主人公对昔日恋人的一往情深。

全词采用今昔对比的手法，构思巧妙，语言平淡，意味隽永。

【思考与练习】

一、填空题

1. 欧阳修，字_____，号_____，晚年又号_____。
2. 月上柳梢头，_____。
3. 《生查子·元夕》中的"元夕"是这首词的_____，它交代了_____，该词描写的节日是_____。

二、简答题

1. "花市灯如昼"一句写出了去年元宵夜怎样的景象？
2. 《生查子·元夕》主要采用了什么写作手法，表达了主人公当时怎样的心情？

宋祁

宋祁（998—1061），字子京，北宋词人。他的词语言工丽，他更因《玉楼春·春景》一词中的"红杏枝头春意闹"一句而被世人称为"红杏尚书"。

玉楼春·春景
yù lóu chūn · chūn jǐng

宋祁

东城渐觉风光好[1]，　　　　dōng chéng jiàn jué fēng guāng hǎo.
縠皱波纹迎客棹[2]。　　　　hú zhòu bō wén yíng kè zhào.
绿杨烟外晓寒轻[3]，　　　　lǜ yáng yān wài xiǎo hán qīng,
红杏枝头春意闹[4]。　　　　hóng xìng zhī tóu chūn yì nào.

浮生长恨欢娱少[5]，　　　　fú shēng cháng hèn huān yú shǎo,
肯爱千金轻一笑[6]。　　　　kěn ài qiān jīn qīng yí xiào.
为君持酒劝斜阳[7]，　　　　wèi jūn chí jiǔ quàn xié yáng,
且向花间留晚照[8]。　　　　qiě xiàng huā jiān liú wǎn zhào.

【注释】

[1] 东城：泛指城市东边。
[2] 縠皱波纹：细如绉纱的波纹。縠皱：有褶皱的纱。棹：船桨，这里代指船。
[3] 晓寒轻：早晨寒气轻微。
[4] 春意闹：春天的气息浓盛。闹：浓盛。
[5] 浮生：形容短暂的人生。
[6] 肯爱：怎肯吝惜。爱：吝惜。
[7] 持酒：端起酒杯。
[8] 晚照：夕阳的余晖。

【译文】

漫步东城，感觉春光越来越好，船儿行驶在波纹横生的水面上。早晨的丝丝寒气笼罩着如烟的杨柳，红艳的杏花开满枝头，春意盎然。

人生在世总是怨恨忧苦太多而欢乐太少，不该吝惜金钱而放弃欢笑。让我为你举起酒杯劝说夕阳，请把落日的余晖留下来照耀花丛。

【简析】

这首词是词人早春郊游时所作。词人通过对明媚春光的赞颂，表达了珍惜时光、及时行乐的思想。

词的上片主要讴歌春色。词人从游湖写起，选取了水波、小船、垂柳、红杏等意象，将烂漫的大好春光描绘得活灵活现。"闹"字运用拟人的手法，不仅逼真地写出了杏花怒放的生机勃勃的样子，也使人联想到花的周围蜜蜂、蝴蝶飞舞的热闹场景。故王国维在《人间词话》中称道："著一'闹'字，而境界全出。"清人刘体仁也在《七颂堂词绎》中说："一'闹'字卓绝千古。"

词的下片写词人由眼前的春景而引发的人生感慨。词人深感人生短暂，欢乐少而忧苦多，劝人们不要吝惜金钱而放弃享受这美好的春光。结尾处词人挽留斜阳，充分展现出词人对春光的热爱与留恋、对美好人生的重视与珍惜。

全词用词华美而不浮艳，言情缠绵而不轻佻，章法井然，开合自如，炼字精准。

【思考与练习】

一、解释下列画线字词

1. 縠皱波纹迎客棹
2. 红杏枝头春意闹
3. 浮生长恨欢娱少
4. 且向花间留晚照

二、选择题

1. "红杏枝头春意闹"中的"闹"字运用了（　　）的修辞手法。
　　A. 比喻　　　　　　B. 夸张　　　　　　C. 拟人
2. 《玉楼春·春景》本词中没有出现过的意象是（　　）。
　　A. 红杏　　　　　　B. 蜂蝶　　　　　　C. 水波
3. 下列对《玉楼春·春景》分析有误的一项是（　　）。
　　A. 这首词的上片主要描绘了城东春天的美景
　　B. 这首词语言浮艳
　　C. 词的下片表达了词人及时行乐的思想

三、填空题

1. 词人宋祁因《玉楼春·春景》中的＿＿＿＿＿＿＿一句而被世人称为"＿＿＿＿＿＿"。
2. 《玉楼春·春景》中感叹人生短暂，劝人珍惜欢娱的时光的句子是＿＿＿＿＿＿＿，＿＿＿＿＿＿＿。
3. 东城渐觉风光好，＿＿＿＿＿＿＿。

四、简答题

1. "为君持酒劝斜阳,且向花间留晚照"两句表达了词人怎样的情感?
2. "红杏枝头春意闹"中的"闹"字能否改为"浓"字或"盛"字?请说明理由。

柳永

柳永（987？—1053），原名三变，字景庄，后改名永，字耆卿，北宋著名婉约派词人。柳永的词多描绘城市风光和歌伎生活，尤长于抒写羁旅行役之情。他创制的慢词长调擅长铺叙，情景交融，多用俗语，音律谐婉，对宋词的发展产生了深远的影响。

雨霖铃[1]

yǔ lín líng

柳永

寒蝉凄切[2]，
对长亭晚[3]，
骤雨初歇[4]。
都门帐饮无绪[5]，
留恋处，兰舟催发[6]。
执手相看泪眼，
竟无语凝噎[7]。
念去去，千里烟波[8]，
暮霭沉沉楚天阔[9]。

多情自古伤离别，
更那堪，冷落清秋节[10]！
今宵酒醒何处[11]？
杨柳岸，晓风残月。
此去经年[12]，
应是良辰好景虚设。
便纵有千种风情[13]，
更与何人说[14]？

hán chán qī qiè,
duì cháng tíng wǎn,
zhòu yǔ chū xiē.
dū mén zhàng yǐn wú xù,
liú liàn chù, lán zhōu cuī fā.
zhí shǒu xiāng kàn lèi yǎn,
jìng wú yǔ níng yē.
niàn qù qù, qiān lǐ yān bō,
mù ǎi chén chén chǔ tiān kuò.

duō qíng zì gǔ shāng lí bié,
gèng nǎ kān, lěng luò qīng qiū jié!
jīn xiāo jiǔ xǐng hé chù?
yáng liǔ àn, xiǎo fēng cán yuè.
cǐ qù jīng nián,
yīng shì liáng chén hǎo jǐng xū shè.
biàn zòng yǒu qiān zhǒng fēng qíng,
gèng yǔ hé rén shuō?

【注释】

[1] 雨霖铃：词牌名。
[2] 凄切：凄凉急促。
[3] 长亭：古代驿道边十里设长亭、五里设短亭以供行人休息，此地也常是古人送别的地方。
[4] 骤雨：阵雨。
    初歇：刚停。
[5] 都门：京都城门。
    帐饮：在城外搭起帐篷摆酒送行。

　　　　无绪：没有心绪。
[6]　兰舟：船的美称。
[7]　竟：终究。
　　　　凝噎：因悲伤而说不出话的样子。
[8]　念：想到。
　　　　去去：远去。
　　　　烟波：雾气笼罩江面。
[9]　暮霭：黄昏时的云雾。
　　　　沉沉：云雾浓厚的样子。
　　　　楚天：南方的天空。
[10]　那堪：哪里经得住。
[11]　今宵：今夜。
[12]　经年：年复一年。
[13]　纵：即使。
　　　　风情：男女之间的情思。
[14]　更：又。

【译文】

　　秋天的蝉声凄凉悲切，面对着长亭的暮色，一场急雨刚刚停歇。京城外长亭边摆下送别的宴席，我却毫无畅饮的兴致。正难舍难分之时，船家却催着登船出发。我们手牵手泪眼凝视，虽有千言万语，却哽咽得说不出话来。想到这次远去南方，路途遥远，千里烟波浩渺，黄昏浓厚的云雾弥漫在一望无边的南方天空。

　　多情的人自古就伤感离别，更难忍受离别在这冷落凄清的深秋时节。今夜酒醒时我将身在何处？恐怕是在杨柳垂拂的岸边，独自面对着清爽的晨风和天上的残月。这一别年复一年，相见无期，良辰美景也形同虚设。就算心里有无限的情意，又能向谁诉说呢？

【简析】

　　这首词是柳永仕途失意、离开京城前往浙江前与恋人惜别所作。词以凄凉冷清的秋天为背景，渲染了与恋人难以割舍的离别之情，想象离别后词人孤独凄凉的处境和浓浓的愁绪。

　　词的上片细致地描写了恋人分别时难舍难分的情景，为实写；下片是设想分别后孤寂的情景，借此表现双方真挚的感情，是虚写。起首三句交代了离别时的时间、地点、季节、景物，借冷清孤寂的秋天景色渲染出离别沉重凄凉的气氛。接着"都门"三句通过乘船者不忍分别与驾船者催促出发的主客观矛盾，表现出留恋之深，离愁之深重。"执手"两句以白描的手法写与恋人分别时欲语无言的情景，表达他们悲痛留恋而又无奈的复杂微妙的感受。这两句语简情深，十分感人。"念去去"两句远近、虚实结合，在写景中结束话别。

　　下片想象分别后旅途中的凄凉感受和未来岁月中相思的凄清画面。伤离惜别自古如此，在凄冷的秋季分别，伤感更甚于平时。"今宵酒醒何处？杨柳岸，晓风残月"写酒醒后不见心上人，只见杨柳岸边晓风残月的景象，借清幽冷清的景色道出江湖漂泊的孤独落魄、绵长相思的伤感怅惘，被称为"古今俊句"。最后四句设想分别多年后心灰意冷、惨不成欢的境况，将词人孤独落寞、感伤无助的情怀刻画得细致入微。

全词运用白描手法，前后照应，虚实结合，情景交融，意与境会，感情真挚，词风哀婉。

【思考与练习】

一、给下列画线词语注音

1. 寒蝉<u>凄切</u>
2. 竟无语<u>凝噎</u>
3. <u>应是良辰好景虚设</u>

二、填空题

1.《雨霖铃》的作者是_____，他是_____派词人。
2.《雨霖铃》中描写月色的著名诗句是_____，_____。
3.《雨霖铃》中表现主题的诗句是_____，_____。
4. "寒蝉凄切，对长亭晚，骤雨初歇"渲染了_____的气氛。
5. "都门帐饮无绪，留恋处，兰舟催发"表现了离别时人物的_____心态。
6. "执手相看泪眼，竟无语凝噎"运用_____手法写人物分别时的动作情态。
7. "多情自古伤离别，更那堪，冷落清秋节"中的"_____"三个字点明了这首词的主旨。

三、简答题

1. "寒蝉凄切，对长亭晚，骤雨初歇"交代了什么内容，有什么作用？
2. "今宵酒醒何处？杨柳岸，晓风残月"历来为人所传诵，请你说一说这两句好在哪里。

苏轼

水调歌头

shuǐ diào gē tóu

苏轼

丙辰中秋[1],欢饮达旦[2],大醉,作此篇,兼怀子由[3]。

明月几时有? míng yuè jǐ shí yǒu?
把酒问青天[4]。 bǎ jiǔ wèn qīng tiān.
不知天上宫阙[5], bù zhī tiān shàng gōng què,
今夕是何年。 jīn xī shì hé nián?
我欲乘风归去[6], wǒ yù chéng fēng guī qù,
又恐琼楼玉宇[7], yòu kǒng qióng lóu yù yǔ,
高处不胜寒[8]。 gāo chù bù shèng hán.
起舞弄清影[9], qǐ wǔ nòng qīng yǐng,
何似在人间[10]。 hé sì zài rén jiān.

转朱阁[11], zhuǎn zhū gé,
低绮户[12], dī qǐ hù,
照无眠[13]。 zhào wú mián.
不应有恨, bù yīng yǒu hèn,
何事长向别时圆[14]? hé shì cháng xiàng bié shí yuán?
人有悲欢离合, rén yǒu bēi huān lí hé,
月有阴晴圆缺, yuè yǒu yīn qíng yuán quē,
此事古难全[15]。 cǐ shì gǔ nán quán.
但愿人长久[16], dàn yuàn rén cháng jiǔ,
千里共婵娟。 qiān lǐ gòng chán juān.

【注释】

[1] 丙辰:指公元1076年,当时苏轼在密州(今山东诸城)任太守。
[2] 欢饮:痛快地饮酒。
　　达旦:直到早晨。
[3] 子由:苏轼弟弟苏辙,苏辙当时在齐州(今山东济南)。
[4] 把酒:端起酒杯。
[5] 宫阙:宫殿。
[6] 乘风:凭借风力。
　　归去:回到天上去。
[7] 琼楼玉宇:美玉砌成的楼宇,这里指月宫。

[8] 不胜：禁受不住。

[9] 弄：赏玩。

[10] 何似：哪里像。

[11] 朱阁：朱红的华丽楼阁。

[12] 绮户：雕花的窗户。

[13] 无眠：失眠的人。

[14] 何事：为什么。

　　 长：总是。

[15] 此事：指上文中提到的人有悲欢离合和月有阴晴圆缺的情形。

　　 古难全：自古以来就难以圆满。

[16] 但：只。

[17] 婵娟：原指美女，这里代指月亮。

【译文】

明月从什么时候开始出现的呢？我端起酒杯询问青天。不知道天上的宫殿现在是何年何月。我想乘着清风到天上去看看，又怕那里华美的楼宇高耸九天，我无法经受那儿的寒冷。在月下翩翩起舞，玩赏自己的清影，哪里像在人间。

月光转过朱红色的楼阁，低低地洒在雕花的窗户前，照着我这个不眠之人。明月对人不该有什么怨恨吧，可为什么总在人们离别时才变圆呢？人有悲欢离合的命运，月亮有阴晴圆缺的定数，这种事自古以来就难得周全。只希望亲人能长久平安，即使远隔千里也能共同欣赏这美好的月色。

【简析】

这首词是苏轼1076年中秋节望月怀人时所作，写词人中秋月下所产生的人生感触，并表达了对弟弟苏辙的思念之情。

词人以月起兴，围绕明月展开想象和思考，把人世间的悲欢离合纳入对宇宙人生的哲理追寻中，反映了词人复杂而矛盾的思想感情。词人仕途失意后幻想遗世独立，但积极乐观的处世态度终于战胜了消极遁世的念头，转而超然达观地面对人生，展现了词人对人间生活的热爱和旷达乐观的胸怀，其中具有浓厚的哲学意味。

上片写词人把酒问天，由幻想超脱尘世转为喜爱人间的生活，由出世转为入世。词人在中秋夜饮酒望月，向青天发问，产生摆脱人世、超越自然的奇想，想乘风归去，忘却官场的失意、兄弟分离的烦恼。接着写词人对天上宫阙的向往和对高寒难耐的疑虑，表现出他既留恋人间又渴望遗世独立的矛盾心理。月宫虽华美，但过于寒冷，不如人间温暖。最终词人由天上幻境回到现实，坚定了留在人间的决心。

下片主要写对月怀人，由感伤怨恨离别转向对亲人的祝福。"转朱阁"三句承上启下，转向对月光的直接描写，表现夜深时离人浓厚的思念之情。接着词人由月圆而人间不团圆，联想到亲人离别、无法相见，于是便无理地埋怨明月偏偏在人们离别时才变圆。然后又以旷达之语来为明月开脱，说明凡事不可能十全十美，人应该坦然达观地面对人生际遇的变化不定，反映出他虽遭受政治打击，但不会因此而消沉颓废的乐观精神。结尾以共赏明月的自慰兼共勉之语表达了对所有经受离别之苦的人的真挚美好的祝愿，其中透露出积极乐观的情调。

全词构思奇特，虚实交错，结构流转自如，境界豪放阔大，情感深沉婉曲而又乐观旷达，富于哲理与人情，具有强烈的艺术感染力。

【思考与练习】

一、解释下列画线字词

1. 把酒问青天
2. 何似在人间
3. 高处不胜寒

二、用"/"画出下列句子的朗读节拍

1. 明月几时有？把酒问青天。
2. 不知天上宫阙，今夕是何年。
3. 我欲乘风归去，又恐琼楼玉宇，高处不胜寒。

三、填空题

1. 《水调歌头·明月几时有》的词牌名是_____，作者是_____。
2. 《水调歌头·明月几时有》中揭示人生哲理的名句是_____，_____。
3. 《水调歌头·明月几时有》中表达词人美好祝愿的句子是_____，_____。
4. 《水调歌头·明月几时有》中的"婵娟"指的是 _____。
5. "我欲乘风归去，又恐琼楼玉宇，高处不胜寒"表达了词人_____的心理。

四、简答题

谈谈你对"人有悲欢离合，月有阴晴圆缺，此事古难全"的认识。

念奴娇·赤壁怀古[1]

苏轼

niàn nú jiāo · chì bì huái gǔ

大江东去[2]，　　　　　　　　dà jiāng dōng qù,
浪淘尽[3]，　　　　　　　　　làng táo jìn,
千古风流人物[4]。　　　　　　qiān gǔ fēng liú rén wù.
故垒西边[5]，　　　　　　　　gù lěi xī biān,
人道是[6]，　　　　　　　　　rén dào shì,
三国周郎赤壁[7]。　　　　　　sān guó zhōu láng chì bì.
乱石穿空，　　　　　　　　　luàn shí chuān kōng,
惊涛拍岸，　　　　　　　　　jīng tāo pāi àn,
卷起千堆雪[8]。　　　　　　　juǎn qǐ qiān duī xuě.
江山如画，　　　　　　　　　jiāng shān rú huà,
一时多少豪杰。　　　　　　　yì shí duō shǎo háo jié.

遥想公瑾当年[9]，　　　　　　yáo xiǎng gōng jǐn dāng nián,
小乔初嫁了[10]，　　　　　　 xiǎo qiáo chū jià liǎo,
雄姿英发[11]。　　　　　　　 xióng zī yīng fā.
羽扇纶巾[12]，　　　　　　　 yǔ shàn guān jīn,
谈笑间，　　　　　　　　　　tán xiào jiān,
樯橹灰飞烟灭[13]。　　　　　 qiáng lǔ huī fēi yān miè.
故国神游[14]，　　　　　　　 gù guó shén yóu,
多情应笑我，　　　　　　　　duō qíng yīng xiào wǒ,
早生华发[15]。　　　　　　　 zǎo shēng huá fà.
人生如梦，　　　　　　　　　rén shēng rú mèng,
一尊还酹江月[16]。　　　　　 yī zūn huán lèi jiāng yuè.

【注释】

[1] 念奴娇：词牌名。
　　赤壁：地名，这里指黄州赤壁，但并不是真正的赤壁之战处。
[2] 大江：长江。
[3] 淘：冲洗。
[4] 风流人物：才能出众的杰出人物。
[5] 故垒：过去留下的营垒。垒：军营四周的防护墙。
[6] 人道是：人们传说是。
[7] 周郎：三国时吴国名将周瑜。
[8] 千堆雪：无数的浪花。
[9] 遥想：回忆。

公瑾：周瑜字公瑾。
[10] 小乔：周瑜的妻子。
[11] 雄姿英发：指体貌不凡，言谈卓绝。英发：英气勃发，谈吐不凡。
[12] 羽扇纶巾：儒将的便装打扮。羽扇：羽毛制成的扇子。纶巾：青丝带做的头巾。
[13] 樯橹：代指曹操的战船。樯：挂帆的桅杆。橹：船桨。
[14] 故国神游："神游故国"的倒装。故国：指赤壁古战场。神游：心神向往，在想象或梦境中游历。
[15] 多情应笑我，早生华发："应笑我多情，华发早生"的倒装。华发：花白的头发。
[16] 尊：通"樽"，酒杯。
　　酹：以酒浇地表示祭奠。

【译文】

长江滚滚向东流去，滔滔巨浪淘尽了千古英雄人物。人们说那旧营垒的西边就是传说中三国周瑜战胜曹军的赤壁古战场。陡峭的石壁高耸入天，刺破长空，如雷的惊涛猛烈地拍打着江岸，激起的浪花好像卷起了千堆白雪。雄奇壮丽的江山美如图画，一时间涌现出多少杰出的英雄人物。

遥想当年周瑜是多么潇洒得意，小乔刚刚嫁给他，他英姿勃发，豪情满怀，手摇羽扇，头戴纶巾，谈笑之间，就让强敌的战船化为灰烬。今天我神游赤壁古战场，可笑自己怀古幽情、多愁善感，过早地生出满头白发。人生就像一场梦，还是洒一杯酒祭奠这江上的明月吧。

【简析】

这是一首怀古抒情词。1082年，被贬到黄州的苏轼游历城外的赤鼻矶，这里雄奇壮丽的风景让他不禁触景生情。他凭吊古代战场，追忆历史风流人物，并由此联想到自己的政治处境，流露出时光易逝、壮志难酬的苦闷情怀。此词表达了词人对古代英雄人物的敬仰之情以及怀才不遇、功业未就的忧伤郁闷心情。

词的上片描绘赤壁壮美的景色。开头两句写长江雄伟壮阔的气势，从具体有形的长江写到抽象的历史长河，从对自然江河的赞美转向对历史英雄人物的慨叹，风格雄浑苍凉。"人道是"具体写到赤壁古战场，为下文写周瑜做铺垫。"乱石穿空"三句从形、声、色的角度正面描绘赤壁山之高峻、水之汹涌，气势宏伟，比喻形象。接着用"江山如画"承上启下，概括结束上片。

下片点题，咏史怀人，从各个方面赞扬周瑜儒雅从容、智破强敌的英姿并自抒怀抱。"小乔"两句写周瑜的婚姻，衬托其潇洒得意；"羽扇"句写其装束打扮，表现其风流儒雅；"谈笑"句写其谋略，表现其从容淡定。"故国神游"以下，笔锋一转，转为自抒怀抱。历史英雄人物的年少有为与词人被贬黄州、壮志未酬、功业未成形成鲜明的对比，流露出词人内心的无限感慨。

全词将写景、咏史、抒情糅合在一起，将怀古的旷达情怀与深沉的身世之感融为一体，格调慷慨激昂而又苍凉悲壮，风格雄浑高旷，气势豪迈，境界宏阔，笔力遒劲，被誉为"古今绝唱"。

【思考与练习】

一、给下列画线字词注音

1. 羽扇纶巾
2. 一尊还酹江月
3. 早生华发
4. 浪淘尽

二、填空题

1.《念奴娇·赤壁怀古》的作者是_____，词牌是_____，题目是_____。
2. "大江东去，_____"中的"大江"指的是_____。
3. "_____，_____，卷起千堆雪"，其中"卷起千堆雪"使用了_____的修辞手法。
4. _____，一时多少豪杰。

三、选择题

1. 下列说法不正确的一项是（　　）。
   A."羽扇纶巾"是古代武将的打扮
   B."卷起千堆雪"使用了比喻的修辞手法
   C."故国神游"中的"故国"指的是赤壁古战场
2. 对"乱石穿空，惊涛拍岸，卷起千堆雪"三句理解有误的一项是（　　）。
   A."穿"字表现了山崖直上青天的气势
   B."拍"字给人大浪撞击礁石的视觉和听觉效果
   C."卷"字用拟人手法，展现出波涛翻卷的气势

四、简答题

1.《念奴娇·赤壁怀古》中，词人是如何描绘赤壁风景的？该词运用了哪些修辞手法？
2.《念奴娇·赤壁怀古》抒发了词人怎样的思想感情？
3. "千古风流人物"与"一时多少豪杰"的内涵有什么不同？

江城子·密州出猎[1] jiāng chéng zǐ · mì zhōu chū liè

苏轼

老夫聊发少年狂[2]，　　　　　　lǎo fū liáo fā shào nián kuáng,
左牵黄[3]，　　　　　　　　　　zuǒ qiān huáng,
右擎苍[4]，　　　　　　　　　　yòu qíng cāng,
锦帽貂裘[5]，　　　　　　　　　jǐn mào diāo qiú,
千骑卷平冈[6]。　　　　　　　　qiān jì juǎn píng gāng.
为报倾城随太守[7]，　　　　　　wèi bào qīng chéng suí tài shǒu,
亲射虎，　　　　　　　　　　　qīn shè hǔ,
看孙郎[8]。　　　　　　　　　　kàn sūn láng.

酒酣胸胆尚开张[9]，　　　　　　jiǔ hān xiōng dǎn shàng kāi zhāng,
鬓微霜[10]，　　　　　　　　　　bìn wēi shuāng,
又何妨！　　　　　　　　　　　yòu hé fáng!
持节云中[11]，　　　　　　　　　chí jié yún zhōng,
何日遣冯唐？　　　　　　　　　hé rì qiǎn féng táng?
会挽雕弓如满月[12]，　　　　　　huì wǎn diāo gōng rú mǎn yuè,
西北望，　　　　　　　　　　　xī běi wàng,
射天狼[13]。　　　　　　　　　　shè tiān láng.

【注释】

[1] 江城子：词牌名。密州：今山东诸城。
[2] 老夫：词人自称。
　　聊：姑且。
　　狂：豪情。
[3] 黄：黄狗，这里指猎狗。
[4] 擎苍：举着苍鹰。
[5] 锦帽：头戴华美的帽子。
　　貂裘：身穿貂鼠皮衣。
[6] 千骑：上千个骑马的人，形容随从人马众多。
[7] 倾城：全城的人，形容随观者众多。
　　太守：指词人自己。
[8] 孙郎：三国东吴的孙权，这里借以自比。
[9] 酒酣：形容开怀畅饮。
　　尚：更。
[10] 微霜：稍白。
[11] 持节：奉朝廷重大使命。节：符节，使者持这一凭信来传达命令。

　　　　云中：汉时郡名，在今内蒙古境内。
[12]　会：定将。
　　　　挽：拉。
　　　　雕弓：弓背上有彩绘的弓。
　　　　满月：圆月。
[13]　天狼：星名，这里暗指侵犯北宋边境的西夏。

【译文】

　　我姑且抒发一下少年轻狂的豪情，左手牵着黄毛猎犬，右臂举着苍鹰，头戴锦帽，身穿貂皮衣，率领众多随从纵马飞奔，席卷越过平野山冈。为了报答全城百姓跟随我打猎，我要像当年孙权一样去亲手射杀猛虎。

　　我痛饮美酒，更觉胸怀开阔、壮志豪迈。鬓发微微变白又有什么关系！什么时候朝廷会像冯唐去云中郡赦免魏尚一样起用我呢？到那时，我定将用力拉满弓弦，箭头对准西北，射向那入侵的西夏。

【简析】

　　这首词是苏轼豪放词的代表作之一，写于1075年冬苏轼任密州知州时。此词描写了密州围猎的盛况，抒发了词人渴望报效朝廷、英勇抗敌的壮志豪情，委婉地表达了词人期盼朝廷重用的愿望。

　　这首词的上片写景，主要描写打猎的盛况——装备齐全、人数众多、气氛热闹，展现出一种豪放开阔的气氛。词开始便以"狂"字统领全词，前三句描写打猎时威武的阵容，突出了词人的豪情。后面几句表现了打猎时的壮观场面和词人威武豪迈的气概，一个"卷"字生动地表现了打猎队伍的雄壮气势，"倾城"则体现了当地百姓对词人的拥戴和敬佩。最后，词人以孙权自比，突出地表现了词人的"狂"。

　　下片由实转虚，言志抒情，通过用典来表现词人渴望受到重用、为国家立功效命的壮志豪情。过片一句转向内心情感的抒发。接下来化用典故，以魏尚自比，说明词人年事虽高但仍胸怀壮志，希望朝廷能像冯唐持节赦免魏尚一样重用自己。结尾三句卒章显志，直抒胸臆，表现了词人希望驰骋沙场为国杀敌的强烈愿望，抒发了他的爱国情怀，凸显了他刚强威武的英雄气概。

　　全词语言清新刚健，感情充沛，语调激昂，气象恢宏，风格粗犷豪迈，融叙事、言志、用典为一体，塑造了一个英风豪气、渴望为国建功的爱国志士形象。

【思考与练习】

一、填空题

1. "江城子"是这首词的_____，"密州出猎"是这首词的_____。
2. 《江城子·密州出猎》中贯穿全词的词眼是"_____"。
3. 《江城子·密州出猎》中的"孙郎"实际上指_____。
4. 《江城子·密州出猎》运用典故抒发感情，这些典故涉及词人心目中的两位英雄人物,他们是_____、_____。

5. "西北望,射天狼"中的"天狼"指的是_____。

二、判断对错

1. "千骑卷平冈"一句形象生动地表现了出猎场面的壮观。（   ）
2. "亲射虎,看孙郎"理解时应倒置成"看孙郎,亲射虎"。（   ）
3. "亲射虎,看孙郎"描写了词人跟随孙权射虎的壮观场面。（   ）
4. 《江城子·密州出猎》的上片主要表现了词人的胸襟抱负和爱国热情。（   ）
5. "持节云中,何日遣冯唐"中,词人以冯唐自比,表达出他对朝廷的痛恨和不满。
（   ）

三、简答题

1. "持节云中,何日遣冯唐?"一句有什么含义,运用了什么写作手法,在情感表达上有什么作用?
2. 《江城子·密州出猎》塑造了一个怎样的人物形象?

定 风 波

dìng fēng bō

苏轼

莫听穿林打叶声[1]，　　　　　　　　mò tīng chuān lín dǎ yè shēng，
何妨吟啸且徐行[2]。　　　　　　　　hé fáng yín xiào qiě xú xíng.
竹杖芒鞋轻胜马[3]，　　　　　　　　zhú zhàng máng xié qīng shèng mǎ，
谁怕？　　　　　　　　　　　　　　shuí pà？
一蓑烟雨任平生[4]。　　　　　　　　yī suō yān yǔ rèn píng shēng.

料峭春风吹酒醒[5]，　　　　　　　　liào qiào chūn fēng chuī jiǔ xǐng，
微冷，　　　　　　　　　　　　　　wēi lěng，
山头斜照却相迎[6]。　　　　　　　　shān tóu xié zhào què xiāng yíng.
回首向来萧瑟处[7]，　　　　　　　　huí shǒu xiàng lái xiāo sè chù，
归去，　　　　　　　　　　　　　　guī qù，
也无风雨也无晴[8]。　　　　　　　　yě wú fēng yǔ yě wú qíng.

【注释】

[1] 莫听：不必听。
　　穿林打叶声：指大雨点透过树林打在树叶上的声音。
[2] 何妨：不妨。
　　吟啸：放声吟唱。
[3] 竹杖：竹子做的拐杖。
　　芒鞋：草鞋。
[4] 一蓑：蓑衣，用棕叶制成的雨披。
[5] 料峭：风寒。
[6] 斜照：阳光西照。
[7] 向来：刚才。
　　萧瑟：风雨吹打树叶声。
[8] 晴：晴天。

【译文】

不必听那穿林打叶的雨声，不妨一边吟诗长啸，一边从容前行。拄竹杖，穿草鞋，轻便得胜过骑马。有什么好怕的？披着一身蓑衣任凭风吹雨打，照样度过我的一生。

春风微寒，将我的醉意吹醒，我感到有点冷，山头雨过初晴的夕阳就来相迎。回头望一眼刚才遇到风雨的地方，我信步归去，不管它是风雨还是天晴。

【简析】

这首词是1082年词人黄州沙湖途中遇雨的抒怀之作。词人通过在雨中信步前行的行为，

表现出他旷达超脱的处世态度、无所畏惧的乐观情怀和超凡脱俗的人生理想。

上片写雨中前行,表现了词人旷达的胸襟。首句中的"穿林打叶声"渲染出风狂雨大的恶劣环境,"莫听"二字表明词人不畏惧人生艰苦的倔强的性格以及淡然面对人生苦难的潇洒态度。第二句中,词人以"吟啸且徐行"的行为来表明自己的无所畏惧,"何妨"表达出词人豁达的心态。在这种心态下,词人将"芒鞋""竹杖"视作比肥马轻裘更有价值的东西,可见词人对平淡自然的生活的认同与喜爱。接着词人进一步激励自己,通过反问表明自己勇敢无畏、从容乐观的人生态度。这里的"烟雨"语意双关,以自然界的风雨象征政治风雨,暗指词人在政治生涯中所遇到的风波坎坷,寓意深刻。

词的下片写雨过天晴的景象与感受。料峭的春风使词人感到有些冷,山头的斜阳又让他感到温暖。结尾写归家,词人通过前行遇雨的小事联想到自己的官场浮沉之路,顿悟——自然界的晴雨与政治风雨一样寻常,不足挂齿;无论身处顺境还是逆境,都要以超脱的处世态度泰然处之。

全词即景生情,语言诙谐,小中见大,意蕴深厚。

【思考与练习】

一、解释下列画线字词

1. <u>料峭</u>春风吹酒醒
2. <u>何妨</u>吟啸且徐行
3. 竹杖芒鞋轻<u>胜</u>马
4. 回首<u>向来</u>萧瑟处

二、选择题

1. "山头斜照却相迎"一句用了(   )的修辞手法。
   A. 比喻   B. 夸张   C. 拟人
2. 下列对《定风波》理解有误的一项是(   )。
   A. 这首词借途中遇雨的小事表达了词人乐观的人生态度
   B. 下片"萧瑟"二字指风雨之声,与"穿林打叶声"相呼应
   C. 这首词体现了词人悲伤无奈的心理

三、填空题

1. 《定风波》的作者是_____。
2. 《定风波》中启示我们人生中的风雨无常,只要顺境不骄,逆境不惧,就能多一些快乐的句子是_____。
3. 《定风波》中既点明时间,又描绘了雨后清新的风光的句子是_____,_____,_____。

四、简答题

1. 《定风波》刻画了一个怎样的抒情主人公形象?
2. "谁怕?一蓑烟雨任平生"是上片的点睛之笔,它表现了词人怎样的精神品质?

秦观

秦观（1049—1100），字少游，号淮海居士，北宋婉约派词人，与黄庭坚、晁补之、张耒并称"苏门四学士"。他的词大多描写男女爱情，或抒发自己不得志的哀怨，委婉地把心酸苦闷融入离愁别恨中，形成哀怨感伤、柔媚清丽的风格，格调苍凉沉重，文字纤丽工巧，情感细腻，音律谐美。其词的情韵在北宋词坛上独树一帜。

鹊桥仙[1]　　què qiáo xiān

秦观

纤云弄巧[2]，　　　　　　　　　xiān yún nòng qiǎo,
飞星传恨[3]，　　　　　　　　　fēi xīng chuán hèn,
银汉迢迢暗度[4]。　　　　　　　yín hàn tiáo tiáo àn dù.
金风玉露一相逢[5]，　　　　　　jīn fēng yù lù yì xiāng féng,
便胜却人间无数。　　　　　　　biàn shèng què rén jiān wú shù.

柔情似水，　　　　　　　　　　róu qíng sì shuǐ,
佳期如梦，　　　　　　　　　　jiā qī rú mèng,
忍顾鹊桥归路[6]。　　　　　　　rěn gù què qiáo guī lù.
两情若是久长时，　　　　　　　liǎng qíng ruò shì jiǔ cháng shí,
又岂在朝朝暮暮[7]。　　　　　　yòu qǐ zài zhāo zhāo mù mù.

【注释】

[1] 鹊桥仙：词牌名，多咏牛郎织女七夕相会之事。
[2] 纤云：轻盈的云彩。
　　弄巧：指云彩在空中变化成各种不同的花样。
[3] 飞星：流星。
[4] 银汉：银河。
　　迢迢：遥远的样子。
　　暗度：悄悄渡过。
[5] 金风：秋风，秋在五行中属金。
　　玉露：白露。
[6] 忍顾：不忍回头看。
[7] 朝朝暮暮：朝夕相聚。

【译文】

纤柔轻盈的云彩在天空中变幻多端，流星飞驰传递着他们离别的哀愁。今夜织女悄悄渡过遥远、宽阔的银河，在这秋风宜人、白露如玉的七夕时节与牛郎鹊桥相会。这种一年一度的相聚，胜过人间无数朝夕不离的夫妻情爱。

柔情像流水一般绵长，美好的相聚时光像梦一样甜蜜短暂，分别时不忍回头去看鹊桥。只要两个人的感情天长地久，又何必贪求日日夜夜的相依相伴。

【简析】

这是一首吟咏七夕的节序词。这首词借牛郎、织女七夕在鹊桥上相会的故事，歌颂了真挚、纯洁、坚贞的美好爱情。

词的上片写牛郎、织女的相会。开头三句以拟人手法叙事，以纤云的巧妙多姿来表现织女织云锦的高超技艺，流星传达他们的离愁别恨；接着写织女、牛郎千里迢迢夜行暗渡银河，并在鹊桥上相会。最后通过对比来展开议论：牛郎、织女虽然一年只相聚一次，但他们之间坚贞的爱情胜过人间无数的儿女情长。

词的下片写牛郎、织女相聚的短暂与分别时的难分难舍，仍是先叙事后议论。前三句形象生动地表现了牛郎、织女彼此深深的眷恋和他们内心的无限怅惘。结尾点明主旨，揭示了爱情的真谛：如果两个人的感情真挚、坚贞，就不必执着于朝夕相守，灵魂的共鸣与情感的坚守更为重要。最后两句成为高度凝练的名言佳句。

全词构思巧妙，明写牛郎、织女星，暗写人间情侣，用对比的手法表现他们真挚、坚贞的感情，并将写景、抒情、议论融为一体，议论精警，情感婉约蕴藉、真挚动人。

【思考与练习】

一、解释下列画线字词

1. 纤云<u>弄巧</u>
2. 银汉<u>迢迢</u>暗度
3. <u>金风玉露</u>一相逢

二、填空题

1.《鹊桥仙》是一首_____词，作者是_____。
2.《鹊桥仙》中的名句是_____，_____。
3.《鹊桥仙》的上片写_____，下片写_____。
4."金风玉露一相逢，便胜却人间无数"使用的修辞手法是_____。
5.《鹊桥仙》中"_____，_____"两句由叙述转为议论，表达了词人理想的爱情观。

三、判断对错

1. 秦观是苏轼之后的豪放派词人。（   ）

2. "柔情似水,佳期如梦"用比喻的修辞手法写出牛郎、织女相见之欢和离别之苦。
(   )
3. 《鹊桥仙》主要表达了词人理想的爱情观。(   )
4. 《鹊桥仙》取材自牛郎、织女的民间传说故事。(   )
5. 哀怨感伤、柔媚清丽是秦观词最突出的特色。(   )

四、简答题

请简要分析"忍顾鹊桥归路"中的"忍"字的表达效果。

李之仪

李之仪（1038—1117），字端叔，自号姑溪居士，北宋词人。他的词风格清淡俊秀，明畅流丽，格调含蓄深婉。

卜算子[1]

bǔ suàn zǐ

李之仪

我住长江头，
君住长江尾[2]。
日日思君不见君，
共饮长江水。

此水几时休[3]，
此恨何时已[4]。
只愿君心似我心，
定不负相思意[5]。

wǒ zhù cháng jiāng tóu,
jūn zhù cháng jiāng wěi.
rì rì sī jūn bú jiàn jūn,
gòng yǐn cháng jiāng shuǐ.

cǐ shuǐ jǐ shí xiū,
cǐ hèn hé shí yǐ.
zhǐ yuàn jūn xīn sì wǒ xīn,
dìng bù fù xiāng sī yì.

【注释】

[1] 卜算子：词牌名。
[2] 君：指女子对心上人的称呼。
[3] 休：停止。这里指水停止流动，即江水枯竭。
[4] 已：完结。
[5] 负：辜负。

【译文】

我住在长江上游，你住在长江下游。我每天都思念你，却无法与你相见，我们共同喝着一江水。

长江悠悠东流，何时才能停止？我的相思离别之恨什么时候才能停息？只希望你的心和我的心一样坚定不移，这样就一定不会辜负这一片相思的情意。

【简析】

这是一首爱情词，刻画了一个对爱情忠贞不渝的女子形象。

词的上片写相思之情。开篇以一个女子的口吻，通过长江头与尾的空间阻隔来表明女子与心上人各在一方，相距甚远。第三、第四句承接上句，表明女子内心的相思之切。叠字"日日"的使用说明女子无时无刻不在思念心上人，"不见君"则流露出女子内心的苦闷与无奈，"共饮长江水"写出了女子内心的自我安慰。

词的下片表达女子希望爱情天长地久的愿望。"此水几时休"呼应上片开头两句，以长江之长喻女子思念之深，以江水悠悠不断喻女子相思绵绵不绝，化无形之恨为有形之水，表现出女子真挚、热烈的情感。结尾两句写女子对美好爱情的期盼，是感情的深化与升华：江头、江尾横跨千里，难以跨越，但相爱的人对彼此的爱可以跨越江海，一脉遥通，永远不变。

这首文人词具有浓郁的民歌风味，构思新巧奇特，语言平易通俗，情思深婉往复，具有浅而不俗、含蓄隽永的韵致。

【思考与练习】

一、用"/"画出下列词句的朗读节拍

1. 此水几时休
2. 此恨何时已
3. 定不负相思意

二、选择题

1.《卜算子》是一首（　　）词。
　　A. 爱情　　　　　　B. 思乡　　　　　　C. 咏物
2.《卜算子》这首词以（　　）为线索来展开叙述。
　　A. 女子　　　　　　B. 爱情　　　　　　C. 长江
3. 下列对《卜算子》理解有误的一项是（　　）。
　　A. 这首词既有民歌的神韵，也有文人词的新巧
　　B. 开头两句中的"头""尾"二字表明双方距离遥远
　　C. "此恨何时已"中的"此恨"指对背叛爱情的恋人的怨恨

三、填空题

1.《卜算子》的作者是_____。
2.《卜算子》中表明"日日思君不见君"的原因的句子是_____，_____。
3. 此水几时休，_____。

四、简答题

1. "日日思君不见君，共饮长江水"写出了主人公怎样的思想感情？
2. "只愿君心似我心，定不负相思意"表达了主人公的什么愿望？

十二 南宋诗歌专题

知 识 窗

南宋时期自公元1127年起,至1279年止,共152年。

南宋诗歌大多面向社会人生,反映多灾多难的时代生活以及诗人忧国忧民的情怀。此外,部分南宋诗歌还表现了对当局者腐败、偏安一隅的不满,以及光复中原的期望。

南宋诗歌的发展一般分为前后两个时期。

前期以"中兴四大诗人"(尤袤、杨万里、范成大、陆游)为代表。其诗以抗战爱国为基调,以忧时伤乱、爱国主义为主题。其中,陆游是著名的爱国诗人,成就最高;杨万里的诚斋体独具个性;范成大的田园诗及纪行诗也很有影响力。

南宋后期主要以"永嘉四灵"和江湖诗人为代表。"永嘉四灵"指徐玑(号灵渊)、徐照(字灵晖)、翁卷(字灵舒)、赵师秀(号灵秀)四位诗人。他们都是永嘉人,字号中都有一个"灵"字,诗风又极为相近,故被称为"永嘉四灵"。他们都出自永嘉学派的叶适门下,以贾岛、姚合为宗,生活面狭小,诗歌内容较单薄贫乏,多为咏物、酬答等,喜用近体,专工五言律诗,注重使用白描手法,刻意求新。其诗多警句,但整体意境不完整,成就不高。

江湖诗人大多是浪迹江湖的失意文人,主要以戴复古、刘克庄为代表。他们的诗风格不一,也有反映时事和民生疾苦之作,诗歌清新流畅、古朴自然,但有些诗伤于平直。

南宋末期因民族危亡而涌现出一大批爱国诗人,他们的诗主要抒写坚贞不屈之志。爱国激情成为南宋末期诗歌的主流,文天祥等诗人留下了光照千古的诗篇。

李清照

李清照（1084—1151?），号易安居士，宋代婉约派女词人。她工诗善文，更擅长写词。她的词世称"易安体"，善用白描手法，语言清丽。她的词分前后两期，前期多写她少女、少妇快乐的闺阁生活，情调悠闲风雅，题材集中于对美好自然的热爱和离别相思之情；后期多写国家与自己悲惨的命运，抒发伤时念旧和怀乡悼亡的情感，情调感伤，具有较强的时代色彩和现实意义。

夏日绝句[1]

xià rì jué jù

李清照

生当作人杰[2]，　　　　　　　　　shēng dāng zuò rén jié,
死亦为鬼雄[3]。　　　　　　　　　sǐ yì wéi guǐ xióng.
至今思项羽[4]，　　　　　　　　　zhì jīn sī xiàng yǔ,
不肯过江东[5]。　　　　　　　　　bù kěn guò jiāng dōng.

【注释】

[1] 绝句：一种诗歌体裁，属于近体诗的一种形式。
[2] 人杰：人中豪杰。
[3] 亦：也。
　　鬼雄：鬼中的英雄。
[4] 项羽：秦末政治家、军事家，曾与汉王刘邦争夺天下，战败后自刎于乌江。
[5] 江东：长江芜湖以下以东、以南的地区，这里是项羽起兵的地方。

【译文】

人在世的时候应该做人中的豪杰，死了之后也应做鬼中的英雄。
如今人们还会怀念项羽，因为他不肯苟且偷生、退回江东。

【简析】

这是一首借古讽今诗。靖康年间，金兵入侵中原，李清照遭遇了国破、家亡、夫死。她路过项羽自刎之地乌江时，有感于项羽兵败后不肯苟且偷生的英雄气概和投降派临阵脱逃的行径，作诗予以讽刺，表达了诗人希望抗战、恢复故土的感情。

诗歌前两句鲜明地指出了人生的价值取向：人活着就应做人中豪杰，英勇无畏，报效祖国，即使死了也要做鬼中的英雄，为国壮烈赴死，死得其所。如此凛然的风骨、崇高的气节，是对逃跑偷生行为的赤裸裸的讽刺。诗人对生与死的思考，展现出诗人满腔的爱国热情。

诗歌后两句追思项羽，借古讽今。项羽愧对江东父老、自刎于乌江的壮烈行为让人敬佩，诗人借项羽这种英雄气概来讽刺南宋当权者的苟且偷安，表达了她希望收复故土的爱国情怀。

全诗短小精悍，借古讽今，语言遒劲有力，情感慷慨激昂、真挚热烈。

【思考与练习】

一、解释下列画线字词

1. 生当作<u>人杰</u>
2. 死<u>亦</u>为鬼雄
3. 至今<u>思</u>项羽

二、选择题

1. 李清照是我国宋代的一位女词人，号（　　　）。
   A. 青莲居士　　　　　B. 东坡居士　　　　　C. 易安居士
2. 《夏日绝句》中的"江东"指的是（　　　）。
   A. 江水东面　　　　　B. 长江以南的地区　　C. 珠江以东的地区
3. 关于《夏日绝句》，下列解释有误的一项是（　　　）。
   A. 本诗前两句是说人不管活着还是死去，都要顶天立地
   B. 诗人充分肯定并赞扬了项羽的英雄气节
   C. 诗人对项羽自刎于乌江的举动持否定态度
4. 关于《夏日绝句》，下列解释有误的一项是（　　　）。
   A. 这首诗表达了诗人强烈的爱国之情
   B. 这首诗情绪消极低沉
   C. 这首诗批评了南宋统治者逃跑偷生的行为

三、填空题

1. 《夏日绝句》的作者是_____。
2. 《夏日绝句》中表明诗人志向的句子是_____，_____。
3. _____，不肯过江东。

四、简答题

1. 诗人为什么会怀念项羽？
2. 《夏日绝句》这首诗怀念项羽，表达了诗人怎样的价值观念？

陆游

陆游（1125—1210），字务观，号放翁，南宋文学家、爱国诗人。他的诗语言平易晓畅、章法谨严，常以极其精练的诗句全面深刻地反映南宋社会的生活面貌，同时常常通过奇丽的梦境和幻想来表达爱国情思，情感炽热，神采飞扬，诗歌兼具李白的雄奇奔放与杜甫的沉郁悲凉，饱含爱国热情。他的词风格多样，既有清丽缠绵的词作，也有抒发深沉高远情怀的词作，但最能体现其特色的还是那些慷慨雄浑、充满爱国激情的雄健词作。

冬夜读书示子聿[1]

陆游

古人学问无遗力[2]，
少壮工夫老始成[3]。
纸上得来终觉浅[4]，
绝知此事要躬行[5]。

dōng yè dú shū shì zǐ yù

gǔ rén xué wèn wú yí lì,
shào zhuàng gōng fu lǎo shǐ chéng.
zhǐ shàng dé lái zhōng jué qiǎn,
jué zhī cǐ shì yào gōng xíng.

【注释】

[1] 子聿：陆游的小儿子。
[2] 学问：读书学习。
　　无遗力：不保留，用尽全力。
[3] 少壮：青少年。
　　工夫：耗费的时间。
　　始：才。
[4] 纸：书本。
　　终：毕竟。
[5] 绝知：透彻地理解。
　　躬行：亲自实践。

【译文】

古人学习总是拼尽全力、毫无保留，年轻时下功夫，到老了才有所成就。
从书本上学到的知识毕竟比较浅显、有限，要深入、透彻地理解，还必须亲身实践。

【简析】

这是一首哲理诗。
诗歌首句写古人刻苦勤奋学习的精神，诗人借此告诫儿子，学习应竭尽全力、坚持不懈。次句写做学问的艰难，劝诫不要辜负大好时光。诗歌后两句写实践经验的重要性。诗人从书本知识与社会实践的关系着笔，指出书本上的知识毕竟不够全面、完善，只有亲身实践与体验,才能真正认识事物的本质,深入、透彻地理解知识。

全诗言简意赅,平淡中见警策,富于哲理意味。

【思考与练习】

一、解释下列画线字词

1. 绝知此事要<u>躬行</u>
2. <u>少壮工夫</u>老始成
3. 古人学问无<u>遗</u>力

二、选择题

1. "冬夜读书示子聿"中的"示"的意思是(　　)。
   A. 请示　　　　　　　B. 示范　　　　　　　C. 教导
2. "少壮工夫老始成"中的"老始成"指的是(　　)。
   A. 到老了始终没有成就
   B. 到老了才开始有点成就
   C. 老师教了才有点感悟
3. "冬夜读书示子聿"中的"聿"的读音是(　　)。
   A. yì　　　　　　　　B. jīn　　　　　　　　C. yù
4. 《冬夜读书示子聿》告诉人们的道理是(　　)。
   A. 学习应勤奋刻苦,而且不能死读书,既要学习书本知识,又要亲自实践
   B. 小时候认真学习,到老了知识都不会忘记
   C. 少年时代学习不能偷懒,因为知识到老的时候才有用

三、填空题

1. 《冬夜读书示子聿》的作者是_____,子聿是_____。
2. 《冬夜读书示子聿》是一首_____诗。
3. 《冬夜读书示子聿》中说明书本知识要与实践相结合的句子是_____,_____。

四、简答题

1. 诗人写《冬夜读书示子聿》这首诗的目的是什么?
2. 请举例说明你们国家关于学习的名言、警句。

游山西村

陆游

莫笑农家腊酒浑[1],
丰年留客足鸡豚[2]。
山重水复疑无路[3],
柳暗花明又一村[4]。
箫鼓追随春社近[5],
衣冠简朴古风存[6]。
从今若许闲乘月[7],
拄杖无时夜叩门[8]。

yóu shān xī cūn

mò xiào nóng jiā là jiǔ hún,
fēng nián liú kè zú jī tún.
shān chóng shuǐ fù yí wú lù,
liǔ àn huā míng yòu yì cūn.
xiāo gǔ zhuī suí chūn shè jìn,
yī guān jiǎn pǔ gǔ fēng cún.
cóng jīn ruò xǔ xián chéng yuè,
zhǔ zhàng wú shí yè kòu mén.

【注释】

[1] 腊酒：腊月里酿造的酒。
    浑：浑浊。
[2] 足：丰盛。
    豚：小猪，这里代指猪肉。
[3] 重：重叠。
    复：盘曲。
[4] 暗：深绿。
    明：红艳。
[5] 箫鼓：吹箫打鼓。
    春社：古代立春后第五个戊日是春社日，要拜祭土地神来祈求丰收。社：土地神。
[6] 古风：淳朴的古代风俗。
[7] 若许：如果这样。
    闲：闲暇。
    乘月：趁着月色出游。
[8] 无时：随时。
    叩：敲。

【译文】

不要笑农家腊月里酿的酒浑浊，在丰收年景农家招待客人的菜肴很丰盛。
山峦重重、水流弯弯，正担心无路可走，柳绿花红眼前豁然又出现一个山村。
春社将近，一路上迎神的箫鼓声随处可闻，村民们穿着简朴，淳朴的古代风俗仍然留存。
今后如果还能趁大好月色出外闲游，我一定拄着拐杖随时来拜访乡亲们。

【简析】

此首七言律诗是 1167 年初春诗人罢官闲居在家乡山阴（今浙江绍兴）时所作。诗歌紧扣诗题中的"游"字，生动地描绘了丰收年江南农村优美的自然风光和淳朴的民风，表现出诗人对乡村风土人情的热爱。

诗歌以游村贯穿全篇。首联写诗人出游到农家，农家虽无好酒，但遇上丰年，也会用丰盛的菜肴款待客人，写出了丰收的年景和农民的热情好客。颔联写信步漫游时的担心、惊喜之情，借写景传达生活的哲理和诗人乐观的精神。颈联写春社临近时乡村欢乐热闹的气氛和淳朴的民风。尾联直抒胸臆，写主观心境，借频来夜游的愿望表达对家乡淳朴乡村生活的恋恋不舍之情。

全诗写景、叙事、说理、抒情有机结合，充满生活气息，语言自然质朴，意境清新。

【思考与练习】

一、解释下列画线字词

1. 莫笑农家<u>腊酒</u>浑
2. 丰年留客足<u>鸡豚</u>
3. 箫鼓追随春<u>社</u>近

二、填空题

1. 《游山西村》的作者是＿＿＿＿，他字＿＿＿＿，号＿＿＿＿＿。
2. 《游山西村》中的千古名句是＿＿＿＿＿＿＿，＿＿＿＿＿＿。
3. 《游山西村》中写村民热情好客的句子是＿＿＿＿＿＿＿，＿＿＿＿＿＿。

三、选择题

1. 《游山西村》紧扣一个（　　）字来写。
   A. 村　　　　　　　　B. 路　　　　　　　　C. 游
2. 下列对《游山西村》解析有误的一项是（　　）。
   A. 这首诗描绘了山西村山好、水好、人也好的动人情景
   B. 颔联写出了山西村优美的环境，后成为充满生活哲理的千古名句
   C. 颈联写乡间民俗，展现村民勤劳俭朴的品质，宣扬迷信的陋习，诗人于赞美中含蓄地表达了批判之意

四、简答题

请结合自己的体会，谈一谈你是怎样理解"山重水复疑无路，柳暗花明又一村"这两句诗的。

杨万里

杨万里(1127—1206),字廷秀,号诚斋,南宋著名诗人,与陆游、尤袤、范成大并称南宋"中兴四大诗人"。他的诗以描写自然景物见长,语言浅近自然,风格通俗清新,富有幽默情趣,世称"诚斋体"。

小　　池　　　　　　　　　　xiǎo chí

杨万里

泉眼无声惜细流[1],　　　　　quán yǎn wú shēng xī xì liú,
树阴照水爱晴柔[2]。　　　　　shù yīn zhào shuǐ ài qíng róu.
小荷才露尖尖角[3],　　　　　xiǎo hé cái lù jiān jiān jiǎo,
早有蜻蜓立上头[4]。　　　　　zǎo yǒu qīng tíng lì shàng tóu.

【注释】

[1] 泉眼:泉水的出口。
　　 惜:爱惜。
[2] 照水:倒映在水面。
　　 晴柔:晴天柔和的风光。
[3] 尖尖角:初出水面还没有舒展的荷叶尖。
[4] 上头:上面、顶端。

【译文】

泉眼无声地冒出细细的水流好像是因为珍惜泉水,树荫倒映在水面似乎是因为它喜爱晴天柔美的风光。

小小的嫩荷刚从水面露出尖尖的叶角,早有蜻蜓轻盈地站立在它上面。

【简析】

这首七言绝句描写了池塘初夏的美丽清新、富有生命力的生动景象,表达了诗人对生活中细小、美好事物的热爱之情。

诗歌前两句以"惜""爱"二字将泉眼与细流、绿荫与照水巧妙地联系起来,将寻常的无情之物化为富有情趣的有情之物,写得富有人性,画面灵动。后两句聚焦小荷和小荷上的蜻蜓,将寂静的景物写活了,写得妙趣横生,显示出小池的勃勃生机,充满诗情画意。

整首诗运用丰富、新颖的想象和拟人的手法,细腻地描写了小池周边自然景物的特征和变化,画面小巧精致,层次丰富,生机盎然。

【思考与练习】

一、解释下列画线字词

1. 泉眼无声<u>惜</u>细流
2. 树阴照水爱<u>晴柔</u>

二、判断对错

1. 《小池》是唐代诗人杨万里所作的一首七言绝句。（ ）
2. 《小池》的"晴柔"是指晴天的柔和风光。（ ）
3. 《小池》"惜细流"中的"惜"字是可惜的意思。（ ）

三、填空题

＿＿＿＿＿＿才露尖尖角，早有＿＿＿＿＿＿立上头。

四、简答题

"泉眼无声惜细流，树阴照水爱晴柔"中的"惜""爱"二字运用了什么修辞手法？这样写有什么好处？

朱熹

朱熹（1130—1200），字元晦，又字仲晦，号晦庵，南宋著名思想家、教育家、诗人。朱熹的诗风格明洁，语言畅达，富于理趣，其哲理渗透于情景交融的诗境中，耐人寻味。

春 日

chūn rì

朱熹

胜日寻芳泗水滨[1]，
无边光景一时新[2]。
等闲识得东风面[3]，
万紫千红总是春。

shèng rì xún fāng sì shuǐ bīn,
wú biān guāng jǐng yì shí xīn.
děng xián shí dé dōng fēng miàn,
wàn zǐ qiān hóng zǒng shì chūn.

【注释】

[1] 胜日：天气晴好的日子。
　　寻芳：春游踏青。芳：花草。
　　泗水：泗河，在山东省。
[2] 光景：风光景物。
　　一时：一时间，形容时间很短。
[3] 等闲：轻易，随意。
　　识得：知道。
　　东风：春风。

【译文】

我在风和日丽的明媚春日里泗水河边游春，无边无际的景色焕然一新。
很容易看出春天的面貌和特征，因为春风吹得百花开放、万紫千红，处处都是春天的气息。

【简析】

这既是一首写景诗，描绘了春天的景致，也是一首哲理诗，借泗水这个孔门圣地来表达诗人追求圣人之道的美好愿望。

诗歌首句交代了游春的时间、地点及主题，"寻"字写出了诗人的兴致和逸趣。第二句写诗人观赏获得的初步感受，春回大地、万象更新的"新"也是诗人出郊游赏感受的耳目一新。后两句具体描绘了春日的景致，抒写了寻芳意外所得的无限欢喜的感受，以拟人化手法写出由春光点染而成的万紫千红的景象，意象色彩强烈。

这首诗其实也是一首哲理诗。泗水之滨早被金人侵占，朱熹不可能北上在泗水之滨游春吟赏。诗人将圣人之道比喻为催生万物的春风，"寻芳"指探究圣人之道，"无边光景"暗喻其学问空间极其广大，"东风"指教化，"万紫千红"比喻孔门之学的丰富多彩和寻求到真理后的欢喜。

全诗寓理趣于形象之中，构思巧妙，意蕴深厚。

【思考与练习】

一、填空题

1. "胜日寻芳泗水滨"出自古诗《_____》，其作者是_____代理学家_____。
2. 等闲识得东风面，_____。
3. 《春日》写的是诗人漫步在_____河边，享受踏青的乐趣。

二、判断对错

1. "等闲识得东风面"中的"东风面"的意思是东风的面子。　　　　　　（　　）
2. "胜日寻芳泗水滨"中的"胜日"指的是胜利的日子。　　　　　　　（　　）

三、简答题

诗中的哪两句诗最富有哲理？请说明你的理由。

观书有感（其一）

guān shū yǒu gǎn（qí yī）

朱熹

半亩方塘一鉴开[1]，
天光云影共徘徊[2]。
问渠那得清如许[3]？
为有源头活水来[4]。

bàn mǔ fāng táng yí jiàn kāi,
tiān guāng yún yǐng gòng pái huái.
wèn qú nǎ dé qīng rú xǔ?
wèi yǒu yuán tóu huó shuǐ lái.

【注释】

[1] 方塘：又称半亩塘，在福建尤溪城南郑义斋馆舍内。
　　鉴：镜子。
[2] 徘徊：来回移动。
[3] 渠：它，这里指方塘水。
　　那得：怎么会。那：同"哪"。
　　清如许：像这样清澈。
[4] 为：因为。

【译文】

半亩大的方形池塘像一面镜子一样展现在眼前，天光、云影在水面上闪耀、浮动。为什么那方塘的水会这样清澈？因为有永不枯竭的源头为它源源不断地输送活水。

【简析】

1196年，朱熹为避权臣韩侂胄的迫害到武夷堂讲学，其间应友人之约到附近的山村讲学，并创作了《观书有感二首》。此诗以方塘做比喻，形象地表达了读书的体会与感受，通过说明池水清澈的原因是有源源不断的活水注入，告诉人们只有不断地学习新知识与接受新事物，才能保持思想的活跃与进步。

全诗寓哲理于形象生动的比喻之中，富于理趣，一直为人所传诵。

【思考与练习】

一、填空题

1.《观书有感（其一）》是一首_____诗，它的作者是南宋理学家_____。
2."半亩方塘一鉴开"使用了_____修辞手法，由"一鉴开"可以想到池水的_____。
3. 问渠那得清如许？_____。
4.《观书有感（其一）》通过具体景物的描写，表达了诗人_____的心得体会。

5. "源头活水"在《观书有感（其一）》中比喻_____。

二、简答题

《观书有感（其一）》说明了一个什么道理？

叶绍翁

叶绍翁（1194—1269？），字嗣宗，号靖逸，南宋江湖诗派诗人。他擅长七言绝句，其诗作语言清新，词淡意远，耐人寻味。

游园不值[1]

yóu yuán bù zhí

叶绍翁

应怜屐齿印苍苔[2]，　　　　　yīng lián jī chǐ yìn cāng tái,
小扣柴扉久不开[3]。　　　　　xiǎo kòu chái fēi jiǔ bù kāi.
春色满园关不住，　　　　　　chūn sè mǎn yuán guān bú zhù,
一枝红杏出墙来[4]。　　　　　yì zhī hóng xìng chū qiáng lái.

【注释】

[1] 游园不值：想游园却没有遇到主人。值：遇到。
[2] 应：表示猜测。
　　怜：怜惜。
　　屐齿：木鞋鞋底前后的跟。
[3] 小扣：轻轻地敲。
　　柴扉：柴门，用树枝编成的门。
[4] 出：伸出。

【译文】

也许是园主人担心我的木屐踩坏他园里的青苔，我轻轻地敲柴门，却久久没有人来开。然而这满园的春色是关不住的，一枝红杏就伸出了墙头。

【简析】

这首七言绝句写了诗人春日游园时的所见所感。

诗歌先写诗人想游园看花却进不了园门，感情上从有所期待转为失望、遗憾；然后看到一枝红杏伸出墙外，心中感受并领略到园中盎然的春意，感情又由失望到意外之惊喜，写得十分曲折而有层次。诗歌通过展现诗人的感情变化，认为一切新生美好的事物都会来临，任何外力都无法阻挡，表现了诗人积极向上的乐观心态。

全诗取景小而含意深，写得十分形象而又富有理趣。

【思考与练习】

一、选出对下列画线字词的正确解释

1. 应<u>怜</u>屐齿印苍苔（　　）
   A. 同情　　　　　　B. 怜惜　　　　　　C. 可惜
2. 小<u>扣</u>柴扉久不开（　　）
   A. 扣除　　　　　　B. 敲打　　　　　　C. 覆盖

二、填空题

1. 《游园不值》的作者是_____，这是一首赞美_____的诗歌。
2. 《游园不值》中，诗人的感情经历了从_____到_____的变化。
3. _____，一枝红杏出墙来。

三、判断对错

1. "游园不值"的意思是去游园却发现没意思，觉得不值得。（　　）
2. "应怜屐齿印苍苔"中的"怜"字是可怜的意思。（　　）
3. 《游园不值》是南宋诗人杨万里所写的一首七言绝句。（　　）

四、简答题

1. 请结合《游园不值》全诗，谈谈园主人是一个怎样的人。
2. 请结合"春色满园关不住，一枝红杏出墙来"，谈谈你对春天的印象。

文天祥

文天祥（1236—1283），字宋瑞，又字履善，自号文山、浮休道人。

过零丁洋

guò líng dīng yáng

文天祥

辛苦遭逢起一经[1]，　　　　　　　xīn kǔ zāo féng qǐ yì jīng,
干戈寥落四周星[2]。　　　　　　　gān gē liáo luò sì zhōu xīng.
山河破碎风飘絮[3]，　　　　　　　shān hé pò suì fēng piāo xù,
身世浮沉雨打萍[4]。　　　　　　　shēn shì fú chén yǔ dǎ píng.
惶恐滩头说惶恐[5]，　　　　　　　huáng kǒng tān tóu shuō huáng kǒng,
零丁洋里叹零丁[6]。　　　　　　　líng dīng yáng lǐ tàn líng dīng.
人生自古谁无死？　　　　　　　　rén shēng zì gǔ shuí wú sǐ?
留取丹心照汗青[7]。　　　　　　　liú qǔ dān xīn zhào hàn qīng.

【注释】

[1] 遭逢：遭遇。
　　起一经：因为精通经典而被朝廷起用。
[2] 干戈：这里指抗元战争。
　　寥落：荒凉冷落。
　　四周星：四年，这里指文天祥从1275年起兵抗元到1278年被俘的四年。
[3] 絮：柳絮。
[4] 萍：浮萍。
[5] 惶恐滩：是赣江中的险滩，在江西万安县。1277年，文天祥兵败经惶恐滩退到福建。
[6] 零丁：孤苦无依的样子。
[7] 丹心：红心，比喻忠心。
　　汗青：史册。古人用竹简写字记事，制作竹简时先用火烤干竹子的水分，状如出汗。

【译文】

我一生的辛苦遭遇都开始于因攻读儒家经书而科举入仕，寂寞地坚持了整整四年困苦的抗元岁月。

国家的大好河山支离破碎，如同狂风中飘散的柳絮；自己身世坎坷，时起时沉，动荡无依，就像雨中的浮萍。

当年惶恐滩的惨败让我至今惶恐、忧愤，如今不幸战败被俘，漂浮于零丁洋上，悲叹自己孤苦无依。

自古以来,谁能免于一死?我要留下一颗爱国的丹心光照史册。

【简析】

这首诗是诗人1279年兵败被俘后经过零丁洋时所作,表现了诗人的忧国之思和愿意以死明志、为国捐躯的豪情壮志。

诗歌首联写诗人步入仕途和四年抗敌的经历,叙事简洁凝练。"辛苦"和"寥落"两个词写尽坎坷的人生际遇,感情深沉。中间四句紧承"干戈寥落",明确表达了诗人对国家命运和个人遭遇的认识,其中颔联运用比喻,将国家命运与个人的不幸命运紧密联系起来,表现了诗人的忧患意识,比喻形象,对仗工整。颈联运用双关手法,将惶恐滩和零丁洋两个地名与诗人的心情巧妙结合起来,写出了国家山河破碎的危急形势和个人的孤苦无依。尾联直抒胸臆,运用反问的手法,表现了诗人以死明志的决心、为国献身的大无畏精神和坚贞的气节。

【思考与练习】

一、填空题

1.《过零丁洋》首联所写的个人大事是_____,国家大事是_____。

2."辛苦遭逢起一经"中的"一经"指的是_____。

3.《过零丁洋》颔联以_____形容山河破碎,以_____形容个人命运坎坷,这一联使用了_____的修辞手法。

4.《过零丁洋》颈联借_____和_____两个地名,暗示国家形势的危急和诗人境况的危苦。

5.《过零丁洋》中体现主旨的句子是"_____?留取丹心照汗青"。

二、简答题

"人生自古谁无死?留取丹心照汗青"主要运用了什么修辞手法,有什么作用?

卢梅坡

卢梅坡（生卒年不详），宋朝末年诗人，与刘过是朋友，以两首《雪梅》流芳百世。

雪 梅

xuě méi

卢钺

梅雪争春未肯降[1]，
骚人阁笔费评章[2]。
梅须逊雪三分白[3]，
雪却输梅一段香[4]。

méi xuě zhēng chūn wèi kěn xiáng,
sāo rén gē bǐ fèi píng zhāng.
méi xū xùn xuě sān fēn bái,
xuě què shū méi yí duàn xiāng.

【注释】

[1] 降：服输。
[2] 骚人：诗人。
    阁：同"搁"，放下。
[3] 须：应当。
    逊：不及、比不上。
    白：晶莹洁白。
[4] 一段香：一片清香。

【译文】

梅花和雪花都认为自己占尽了春色，谁都不肯服输，诗人因难以写下评判两者高下的文章而放下了手中的笔。

梅花须逊让雪花三分晶莹洁白，雪花却输给梅花一片清香。

【简析】

本诗将梅花与雪花进行对比，写法新颖别致，后两句因其理趣而成为千古名句。

首句运用了拟人的修辞手法，写出了梅花与雪花互相争春的情态，将梅花、雪花活泼俏皮的形象生动地表现了出来。次句写诗人难以评判两者高下而搁笔思索，构思新奇而独特。第三、第四句妙用数词，对雪花、梅花进行点评：雪花晶莹洁白，梅花幽香扑鼻，两者难分高下，各有千秋。这里将雪与梅进行对比，把颜色和香气当作可以测量的事物，字里行间表现出诗人对它们的喜爱，同时告诉世人一个深刻的道理：任何事物都要从不同角度全面地去看待，尺有所短，寸有所长，事物各有其长处与短处。

这首诗构思新颖，用词巧妙，情理兼备，流传甚广。

【思考与练习】

一、解释下列画线字词

1. 梅须<u>逊</u>雪三分白
2. 梅雪争春未肯<u>降</u>
3. 骚人<u>阁笔</u>费评章

二、选择题

1. "梅雪争春未肯降"这句运用了（　　）的修辞手法。
   A. 比喻　　　　　　B. 夸张　　　　　　C. 拟人
2. 《雪梅》这首诗主要是在（　　）。
   A. 咏物　　　　　　B. 抒情　　　　　　C. 议论
3. 关于《雪梅》，下列解释有误的一项是（　　）。
   A. 诗人对梅花和雪花的不谦虚进行了批判
   B. 诗人通过对雪花与梅花的比较揭示了深刻的哲理
   C. 在诗人眼里，梅花、雪花各有自己的特点

三、填空题

1. 《雪梅》的作者是_____朝诗人_____。
2. 梅雪争春未肯降，_____。
3. 《雪梅》中表明诗人对雪、梅看法的句子是_____，_____。

四、简答题

1. 《雪梅》中，诗人借梅花与雪花表达了什么生活哲理？
2. 请举例说说你学过的咏雪或咏梅的诗句。

十三 南宋词专题

知 识 窗

　　南渡词人李清照的创作是词由北宋向南宋发展的过渡。李清照亲历国难家亡，其词的内容、情调也随之发生变化，由明丽清新变为深哀惆怅，抒情委婉含蓄，耐人寻味，善于用具体可感的艺术形象表达内心情感，善用白描，长于铺叙、写景、抒情，语言上造语新奇，善用口语，朴素自然，以俗为雅。她的词被尊为"易安体"。

　　南宋前期涌现出一大批爱国词人，他们上承苏轼豪放词风，不拘泥于格律，把谴责权奸、呼吁抗战、力主恢复中原作为词的主题，词风慷慨悲壮，辞情激昂，代表人物有张元幹、张孝祥、岳飞等。张元幹是南宋爱国词派的先驱，他的词作对张孝祥、陆游和辛弃疾颇有影响和启迪。

　　辛弃疾的词体现了南宋词的最高成就。继苏轼之后，辛弃疾在词的领域进一步开拓题材，扩展意境，转变风格，丰富了词的表现手法和语言技巧。他的词充满了渴望恢复祖国河山的壮志豪情以及深沉的壮志难酬的悲愤；风格多样，以纵横慷慨、雄深雅健的豪放词风为主，意境雄奇阔大、瑰丽奇伟。辛弃疾也创作了不少平淡、委婉、清丽、飘逸的词。表现方法上，他将苏轼的"以诗为词"发展为"以文为词"，经史子集，往往随手拈来，著手成春，并以口语入词，摆脱了音律和纤艳语言的束缚，融合了诗歌无事无意不可入、辞赋铺叙敷衍、散文舒卷自如的特点，构成了辛词的豪放风格。

　　活跃于南宋中后期词坛的主要是以辛弃疾为代表的爱国词派和以姜夔为代表的格律词派，前者是当时词坛的主流。辛派词人是指南宋中后期在辛弃疾影响下形成的一个声势浩大的爱国词派，其成员主要有陈亮、刘过、刘克庄、刘辰翁等。他们继承了辛弃疾的豪放词风，以抗敌爱国、抚时感事为主要创作内容，多以议论为词、"以文为词"，使词更进一步散文化、议论化，但题材不如辛词广泛，风格也不如辛词多样，粗疏率直稍过，得其豪壮而失其沉郁精警，不如辛词蕴藉。

李清照

李清照（1084—1151?），号易安居士，宋代婉约派女词人。她工诗善文，更擅长写词。她的词世称"易安体"，善用白描手法，语言清丽。她的词分前后两期，前期多写她少女、少妇快乐的闺阁生活，情调悠闲风雅，题材集中于对美好自然的热爱和离别相思之情；后期多写国家与自己悲惨的命运，抒发伤时念旧和怀乡悼亡的情感，情调感伤，具有较强的时代色彩和现实意义。

如梦令（其二）

rú mèng lìng（qí èr）

李清照

昨夜雨疏风骤[1]，
浓睡不消残酒[2]。
试问卷帘人[3]，
却道海棠依旧[4]。
知否，知否？
应是绿肥红瘦[5]。

zuó yè yǔ shū fēng zhòu,
nóng shuì bù xiāo cán jiǔ.
shì wèn juǎn lián rén,
què dào hǎi táng yī jiù.
zhī fǒu, zhī fǒu?
yīng shì lǜ féi hóng shòu.

【注释】

[1] 雨疏：雨点稀疏。
　　风骤：狂风急猛。
[2] 浓睡：酣睡。
　　残酒：还未消散的醉意。
[3] 卷帘人：侍女。
[4] 道：说。
[5] 绿肥红瘦：绿叶繁茂，红花凋零。

【译文】

昨夜雨小风急，我从沉睡中醒来，仍感到昨夜的酒意没有完全消退。
我试探地问那卷帘的侍女：庭院里的海棠花可好？她却说它依然如旧。
你可知道，你可知道，这个时节应该是绿叶繁茂、花朵凋零了。

【简析】

这首词作于1100年前后，是宋代女词人李清照的早期词作。该词选取酒醒后询问侍女花事这个日常生活中的特定场景，委婉曲折地表达了词人怜花、惜花、热爱生活、珍惜自然美好事物的情感，以及对春光的眷恋和对青春年华逝去的感伤。

这首小词寓情于景，结构委婉曲折，极有层次感。全词只有短短六句33个字，却写出了昨夜至今晨的时间变化和词人的情感变化。词人知花谢却又抱一丝侥幸心理而试问，因不满卷帘人的回答而再次反问，层层转折，步步深入，将惜花、伤春之情表达得委婉曲折，同时以花自喻，慨叹青春易逝。

全词用语清新精练，以对话推动词意发展，对人物心理刻画含蓄动人，富有情趣，意味隽永。

【思考与练习】

一、填空题

1. 《如梦令》（其二）的作者是_____，她的词自成一家，被称为"_____"。
2. 《如梦令》（其二）所描写的季节是_____，词中所写的花是_____。
3. "应是绿肥红瘦"中的"肥""瘦"分别形容_____、_____，使用了_____的修辞手法。
4. 《如梦令》（其二）采用了_____的抒情方式，表达了词人的_____之情。

二、简答题

"应是绿肥红瘦"中的"绿肥红瘦"是什么意思？请你说一说这一句的妙处。

醉花阴[1]

zuì huā yīn

李清照

薄雾浓云愁永昼[2]，　　　　　　　bó wù nóng yún chóu yǒng zhòu,
瑞脑销金兽[3]。　　　　　　　　　ruì nǎo xiāo jīn shòu.
佳节又重阳[4]，　　　　　　　　　jiā jié yòu chóng yáng,
玉枕纱厨[5]，　　　　　　　　　　yù zhěn shā chú,
半夜凉初透。　　　　　　　　　　bàn yè liáng chū tòu.

东篱把酒黄昏后[6]，　　　　　　　dōng lí bǎ jiǔ huáng hūn hòu,
有暗香盈袖[7]。　　　　　　　　　yǒu àn xiāng yíng xiù.
莫道不销魂[8]，　　　　　　　　　mò dào bù xiāo hún,
帘卷西风[9]，　　　　　　　　　　lián juǎn xī fēng,
人比黄花瘦[10]。　　　　　　　　rén bǐ huáng huā shòu.

【注释】

[1] 醉花阴：词牌名。
[2] 永昼：漫长的白天。
[3] 瑞脑：龙脑，一种名贵香料。
　　销：燃烧尽。
　　金兽：兽形铜香炉。
[4] 重阳：农历九月九日重阳节。
[5] 玉枕：枕头的美称。
　　纱厨：纱帐。
[6] 东篱：菊圃，典故出自东晋陶渊明的"采菊东篱下"。
　　把酒：端起酒杯。
[7] 暗香：菊花的幽香。
　　盈袖：满袖。
[8] 莫道：不要说。
　　销魂：形容极度愁苦的精神状态。
[9] 帘卷西风：秋风吹动帘子。西风：秋风。
[10] 黄花：菊花。

【译文】

天空薄雾弥漫、浓云密布，阴沉的天气让我感到白天漫长、愁闷难耐。我百无聊赖地久久望着龙脑香在铜兽香炉中缭绕，直到燃尽。又迎来了重阳佳节，我独自卧在玉枕纱帐里，半夜寒气袭来，让人感到透心凉。

我在菊圃边独自饮酒，直到黄昏降临，菊花的清香盈满衣袖。不要再说离别不让人愁苦难过了，秋风卷起珠帘，帘中之人比那秋风里的菊花还要消瘦。

【简析】

这首词是词人早期和丈夫分别之后所写，它通过悲秋伤别来抒写词人的寂寞与相思情怀。

上片借重阳秋凉写出词人的孤独、相思之苦，下片写词人独酌赏菊，愁绪难遣，身心更加憔悴。上片从室外白天阴沉的天气写起，然后写到室内香炉中升起的袅袅香烟，以白天的漫长以及香烟的缕缕不绝，写出词人的寂寞闲愁，景中寓情。"佳节"三句写词人夜半孤枕难眠，独自相思。往日的相依相伴变成了眼前的顾影自怜，更何况是在重阳佳节。"又"字说明独过佳节已非第一回，暗示她与丈夫离别已久。"凉"字不仅写出了萧瑟秋意给词人带来的生理感受，更写出了她心中的愁苦凄凉。

下片由闺房移至庭院。开头两句写词人在菊圃边把酒独酌，本想借酒浇愁，但别愁相思难以排遣，反而愁上加愁。"莫道"三句情景交融，将对自然景物的描写和词人内心的情绪融为一体。菊花淡雅清幽，象征雅士的孤高、淡泊。用菊花象征词人的芳华与品格，以菊花之瘦比喻思妇的消瘦、憔悴，暗示其相思之深和孤独之苦，含蓄深沉，意蕴无穷，历来广为传诵。

全词以"愁"开篇，以"瘦"收束全篇，景中寓情，情景交融，情感凄婉而含蓄。此外，比喻、烘云托月手法的运用，使这首词意蕴隽永、含蓄深沉。

【思考与练习】

一、填空题

1. 从题材上看，《醉花阴》是一首_____词，它是李清照___（早/中/晚）期的词作。
2. 《醉花阴》中"_____，_____"两句，写词人在重阳佳节的百无聊赖，给全词奠定了"愁"的情感基调。
3. 《醉花阴》中"_____，玉枕纱厨，半夜凉初透"三句，写词人因离愁而辗转反侧，无法入眠。
4. 《醉花阴》中"_____"一句，以花写人，"瘦"字一语双关，兼写人和花，两者有机结合，新奇别致。

二、判断对错

1. 《醉花阴》这首词通过悲秋伤别来抒写词人对亲人的思念之情。（   ）
2. 《醉花阴》前两句写出词人从白天到夜晚难以排遣的孤独寂寞。（   ）
3. "玉枕纱厨，半夜凉初透"中的"凉"只表现秋季的清凉。（   ）

三、简答题

1. 《醉花阴》中，词人运用哪些景物来烘托心情，表达了词人怎样的心情？

2. 《醉花阴》中，词人为什么特别提到重阳佳节？词人感受到的凉意从何而来？

3. 古人常用花比喻人的美貌，李清照在《醉花阴》中的比喻明显与众不同，它有什么丰富的内涵？

武陵春·春晚[1]

wǔ líng chūn · chūn wǎn

李清照

风住尘香花已尽[2]，
日晚倦梳头[3]。
物是人非事事休[4]，
欲语泪先流。

fēng zhù chén xiāng huā yǐ jìn,
rì wǎn juàn shū tóu.
wù shì rén fēi shì shì xiū,
yù yǔ lèi xiān liú.

闻说双溪春尚好[5]，
也拟泛轻舟[6]。
只恐双溪舴艋舟[7]，
载不动[8]，
许多愁。

wén shuō shuāng xī chūn shàng hǎo,
yě nǐ fàn qīng zhōu.
zhǐ kǒng shuāng xī zé měng zhōu,
zài bú dòng,
xǔ duō chóu.

【注释】

[1] 武陵春：词牌名。
[2] 尘香：落花触地，尘土也沾染上落花的香气。
    尽：完，这里指花的凋落。
[3] 日晚：太阳已升得很高。
[4] 物是人非：事物依旧在，人已与过去大不相同。是：如此，指不变。非：不同。
[5] 闻说：听说。
    双溪：水名，在浙江金华东南，是当时有名的游览胜地。
    尚：还。
[6] 拟：打算、准备。
[7] 恐：怕。
    舴艋舟：一种形状如蚱蜢的小船。
[8] 载：承载。

【译文】

风停了，鲜花经过狂风的吹动已凋落殆尽，只有尘土还散发着花的香气。太阳已经升得很高，我却懒得梳洗打扮。眼前的春景依旧，而人已不似往昔，万事皆休，无穷索寞。想要开口诉说自己的感慨，眼泪却早已夺眶而出。

听说双溪春色宜人，我也打算去那里乘船游玩以排遣愁苦。只是担心双溪的小船，难以承载我内心沉重的忧愁。

【简析】

这首词是1135年李清照避难浙江金华时所作。写这首词时，词人已50多岁，经历了国家灭亡、家乡沦陷、书画丧失、丈夫病死等不幸遭遇，处境异常凄惨，内心极其悲痛。这首词是当时词人内心的真实写照。这首词借暮春之景，写出了词人身世飘零的愁苦之感，塑造了一个孤苦无依的形象。

上片写暮春景物的凄凉和词人内心的凄苦。首句交代暮春的季节特征，风狂雨骤，落花满地，尘土犹带香气，表达了词人惜春自伤的感慨。接着写词人无心梳洗，以此反映她百无聊赖、苦闷抑郁的心境。第三、第四句直接点明一切悲苦都源于国破、家亡、夫死这样重大的"物是人非"，将家国之难、时局之艰、漂泊零落的身世之痛概括其中，以泪如雨下的神态极言词人的痛苦、绝望。

下片转换新意，词人欲前往双溪寻春，以虚想之景、虚拟之行来表现词人一刹那意念的出游之兴。然而愁情难以通过泛舟一游来排遣，词人以舴艋舟载不动愁的新颖比喻来进一步表现其悲愁的深重。愁本是无形无影的东西，词人用巧妙的比喻化虚为实，把抽象的、不可见的愁形象地化为有形的、有重量的、可用小舟承载的东西。"闻说""也拟""只恐"三个词语，欲抑先扬，将词人微妙、复杂的心理婉曲地表尽。

全词简练含蓄，结构曲折尽情，比喻新颖奇巧，感情深沉凄婉，饶有特色。

【思考与练习】

一、解释下列画线字词

1. 日晚<u>倦</u>梳头
2. 也<u>拟</u>泛轻舟
3. <u>载</u>不动，许多愁

二、填空题

1. 《武陵春·春晚》这首词的词眼是"＿＿＿"字。
2. "日晚倦梳头"用外在的＿＿＿＿描写表达了词人内心的哀愁。
3. "风住尘香花已尽"一句写出了＿＿＿＿的季节特征。
4. 《武陵春·春晚》的主旨句"＿＿＿＿＿＿，＿＿＿＿＿＿"，用＿＿＿的修辞手法，写出了愁苦的＿＿＿＿＿＿特点。
5. 《武陵春·春晚》用"＿＿＿＿＿＿"四个字写出了词人愁苦的缘由。
6. 《武陵春·春晚》下片用"＿＿＿＿""＿＿＿＿"和"只恐"六个字凸显了词人起伏的心绪，这样的构思与表现手法新鲜、奇特。

三、简答题

1. 《武陵春·春晚》的上片是实写，词人通过哪两种行为来表现她的愁苦？
2. 有人认为"只恐双溪舴艋舟，载不动，许多愁"绝妙，你同意这种看法吗？为什么？

声声慢

李清照

寻寻觅觅[1]，　　　　　　　　　　xún xún mì mì,
冷冷清清，　　　　　　　　　　　lěng lěng qīng qīng,
凄凄惨惨戚戚[2]。　　　　　　　　qī qī cǎn cǎn qī qī.
乍暖还寒时候[3]，　　　　　　　　zhà nuǎn huán hán shí hou,
最难将息[4]。　　　　　　　　　　zuì nán jiāng xī.
三杯两盏淡酒，　　　　　　　　　sān bēi liǎng zhǎn dàn jiǔ,
怎敌他、晚来风急[5]！　　　　　　zěn dí tā、wǎn lái fēng jí!
雁过也，正伤心，　　　　　　　　yàn guò yě, zhèng shāng xīn,
却是旧时相识。　　　　　　　　　què shì jiù shí xiāng shí.

满地黄花堆积，　　　　　　　　　mǎn dì huáng huā duī jī,
憔悴损[6]，如今有谁堪摘[7]？　　　qiáo cuì sǔn, rú jīn yǒu shuí kān zhāi?
守着窗儿，独自怎生得黑[8]！　　　shǒu zhe chuāng ér, dú zì zěn shēng dé hēi!
梧桐更兼细雨[9]，　　　　　　　　wú tóng gèng jiān xì yǔ,
到黄昏、点点滴滴。　　　　　　　dào huáng hūn、diǎn diǎn dī dī.
这次第[10]，怎一个愁字了得[11]！　zhè cì dì, zěn yí gè chóu zì liǎo dé!

【注释】

[1] 寻寻觅觅：寻找。
[2] 戚戚：忧愁苦闷的样子。
[3] 乍暖还寒：天气忽暖忽冷。乍：忽然。还：转变为。
[4] 将息：调养休息。
[5] 敌：抵挡。
[6] 损：表示程度极高。
[7] 堪：能够、可以。
[8] 怎生得黑：怎样熬到天黑。
[9] 兼：夹杂。
[10] 次第：情形。
[11] 了得：了结。

【译文】

　　我苦苦地寻觅，眼前却只有冷清的环境，心中感到无比凄凉。在这冷暖交替的秋季，最难保养休息。喝两三杯淡酒，怎么能抵得住晚上的寒风冷意？望向天空，只见一群大雁从眼前飞过，这更让人伤心，因为它们仿佛是曾为自己与丈夫传递书信的旧相识。
　　院子里零落的菊花堆积满地，枯损不堪，如今还有谁去采摘呢？我独自守着窗前，孤孤单单一个人怎么才能熬到天黑？到黄昏时分，又下起绵绵细雨，点点滴滴打在梧桐叶上。这般情景，怎么能用一个"愁"字说尽！

【简析】

这是一首长调慢词，是李清照国破家亡后流落江南时所作。词通过一系列深秋景物的反复渲染，表现出词人晚年孤苦无依的处境和凄凉苦闷的心情，寄托了词人深沉的家国之思，深深地打上了时代的印记。

全词共分八层，以"总—分—总"的结构反复渲染南渡后词人处境的凄凉和心情的愁苦。词一开头连用14个叠字，分别从怅然若失的寻觅行为、环境的冷清、内心的巨大伤痛三方面写词人孤苦无依的处境。叠字用得巧妙、自然贴切而富于韵律美。接着"乍暖"两句写南方秋天天气反复多变，突出了词人心情的烦闷难熬，于是有了下文喝酒、望雁、赏菊等一系列寻求解脱的行为。"三杯"两句将喝酒与秋风巧妙联系起来，通过写酒力敌不过风力，强调借酒难以消愁，秋风更让人增添了新愁。"雁过也"三句写词人闻声望雁带来的北人南归的身世之感和思乡之情。大雁从北方飞来，勾起了她对故国、家乡的追怀以及对夫妻往日两地传书、以诗词赠答的乐事的回想，与眼前的处境构成强烈反差，于是国破家亡、丈夫新丧的无限痛楚涌上心头。"满地"三句写词人以残菊自喻，满地黄花堆积，无人怜爱，正如晚年孤苦无依的词人，所以她无心赏菊，任其凋零。"守着窗儿"两句写词人独守空房白昼难挨的焦躁、无奈。"梧桐"三句写日暮黄昏，秋雨连绵，雨打梧桐的声音敲击在词人心上，凄苦得让人难以承受。结尾两句的呼告说明词人的痛苦、绝望已到了极点，无法诉说，也难以排遣。

这首词以通俗自然的语言、铺叙的手法写景抒情，极力烘托渲染，层层推进，铺叙愁情。同时景中寓情，通篇是愁，然而词人始终不说破愁情，而用酒、秋风、大雁、黄花、梧桐、细雨等意象来抒写愁绪，抒情含蓄曲折。妙用叠字表情达意，形象生动而富有韵律美。全词格调凄清，语言平易而富有韵味，为李清照的经典名篇。

【思考与练习】

一、解释下列画线字词

1. 乍暖还寒时候，最难<u>将息</u>
2. 憔悴损，如今有谁<u>堪</u>摘
3. 这<u>次第</u>，怎一个愁字了得

二、选择题

1. 《声声慢》是一首（　　）。
   A. 婉约词　　　　　B. 豪放词　　　　　C. 慢词
2. 《声声慢》所写的季节是（　　）。
   A. 初秋　　　　　　B. 深秋　　　　　　C. 初春

三、填空题

1. 《声声慢》这首词在语言上的特点是善用_____。
2. 寻寻觅觅，冷冷清清，_____。
3. 梧桐更兼细雨，到黄昏、_____。

四、判断对错

1. 《声声慢》开篇连用七组叠字，下笔奇特，极有层次地写出了词人的孤寂、凄苦。（   ）
2. 李清照生活的朝代是北宋。（   ）
3. 《声声慢》这首词最突出的语言技巧是运用叠字。（   ）

五、简答题

《声声慢》表现了词人晚年怎样的处境与心情？

岳飞

岳飞（1103—1142），字鹏举，南宋抗金将领。他的诗词大都写得慷慨激昂、痛快淋漓，洋溢着爱国主义精神。

满江红　mǎn jiāng hóng

岳飞

怒发冲冠[1]，　　　　　　　　　nù fà chōng guān，
凭栏处、潇潇雨歇[2]。　　　　　píng lán chù、xiāo xiāo yǔ xiē.
抬望眼，　　　　　　　　　　　tái wàng yǎn，
仰天长啸[3]，　　　　　　　　　yǎng tiān cháng xiào，
壮怀激烈[4]。　　　　　　　　　zhuàng huái jī liè.
三十功名尘与土[5]，　　　　　　sān shí gōng míng chén yǔ tǔ，
八千里路云和月[6]。　　　　　　bā qiān lǐ lù yún hé yuè.
莫等闲[7]，　　　　　　　　　　mò děng xián，
白了少年头，　　　　　　　　　bái le shào nián tóu，
空悲切[8]！　　　　　　　　　　kōng bēi qiè！

靖康耻[9]，　　　　　　　　　　jìng kāng chǐ，
犹未雪。　　　　　　　　　　　yóu wèi xuě.
臣子恨，　　　　　　　　　　　chén zǐ hèn，
何时灭！　　　　　　　　　　　hé shí miè！
驾长车，踏破贺兰山缺[10]。　　 jià cháng chē，tà pò hè lán shān quē.
壮志饥餐胡虏肉[11]，　　　　　　zhuàng zhì jī cān hú lǔ ròu，
笑谈渴饮匈奴血[12]。　　　　　　xiào tán kě yǐn xiōng nú xuè.
待从头、收拾旧山河，　　　　　dài cóng tóu、shōu shi jiù shān hé，
朝天阙[13]。　　　　　　　　　　cháo tiān què.

【注释】

[1] 怒发冲冠：愤怒得头发直立，上冲帽冠，这里是用夸张的手法形容愤怒。
[2] 凭栏：倚靠栏杆。
　　潇潇：形容雨势大而急。
[3] 长啸：大声唱叹。
[4] 壮怀：豪放的胸怀。
[5] 三十：约数，这里指词人已经年过三十岁了。
[6] 八千：约数，形容沙场征战行程之远。
[7] 莫：不要。

等闲：轻易，这里指浪费时间，虚度光阴。

[8] 悲切：悲痛。

[9] 靖康耻：指1127年金兵攻陷北宋首都，掳走宋徽宗、宋钦宗二帝，北宋灭亡的历史事件。

[10] 贺兰山：在宁夏，这里指金人统治之地。

[11] 胡虏：这里指入侵的金兵。

[12] 匈奴：这里指入侵的金兵。

[13] 朝：朝见。

天阙：原指皇宫前两边的楼台，这里代指皇帝。

【译文】

我愤怒得头发直立，上冲帽冠，独自登高凭栏，急雨刚刚停息。抬头远望，天空高远壮阔，我不禁仰头对着天空放声长啸，豪情壮志，激昂热烈。年过三十所建立的功名如同尘土般微小，不值一提；长年南征北战，一路披星戴月。不要虚度光阴、消磨青春，等年老时徒劳地悲伤与悔恨。

靖康之变的耻辱，至今仍然没有被洗雪。臣子的愤恨，何时才能泯灭？我要驾着战车，长驱直捣敌人巢穴。我满怀壮志，发誓吃敌人的肉，在谈笑之间喝敌人的鲜血。等我重新收复旧日的山河，向朝廷报告胜利的消息。

【简析】

这首词是爱国将领岳飞的抒怀之作，其中充满着爱国激情和英雄气概。

上片抒发了词人渴望为国立功的豪情壮志。开篇"怒发冲冠"四个字表达了词人的愤怒，气势磅礴，豪迈激昂。登高凭栏远望，破碎山河尽在眼底，词人不禁仰天长啸，抒发内心不平之气，表达渴望收复山河的愿望。"三十功名"两句写词人追忆过往，表明征战生活虽艰苦，但自己所建立的功业仍如尘土一样微不足道。"莫等闲"三句则是词人对自己和世人的鞭策和勉励，激励大家坚持抗金救国，不虚度光阴、贪图享乐。激越的词句中饱含悲凉的意蕴。

下片抒发词人重整山河的豪情壮志。前四句说明国家的奇耻大辱还未洗雪，作为臣子，词人内心的愤恨难以消解。"何时灭"以问句来加重急迫情感的分量。"驾长车"三句豪气满怀，充分表达了词人对敌人的愤恨和收复失地的决心。结尾语调变得平和，表达了词人期待收复失地的美好愿望。

全词言辞慷慨，风格豪迈悲壮，情感真挚热烈，多直抒胸臆，极富感染力。

【思考与练习】

一、解释下列画线字词

1. 怒发冲冠
2. 潇潇雨歇
3. 仰天长啸

4. 空悲切
5. 朝天阙

二、选择题

1. 《满江红》的作者岳飞是（　　）人。
   A. 唐朝　　　　　　　B. 明朝　　　　　　　C. 宋朝
2. 《满江红》中表明岳飞愤怒的原因的句子是（　　）。
   A. 凭栏处、潇潇雨歇
   B. 三十功名尘与土，八千里路云和月
   C. 靖康耻，犹未雪
3. 下列对《满江红》理解有误的一项是（　　）。
   A. 这首词风格豪迈悲壮
   B. 这首词刻画了一个忧国忧民的英雄形象
   C. "朝天阙"表明词人收复失地是为了向皇帝邀功

三、填空题

1. 《满江红》中写词人回顾过往的句子是＿＿＿＿＿＿，＿＿＿＿＿＿。
2. 《满江红》中表达词人渴望收复失地的美好愿望的句子是＿＿＿＿＿＿，＿＿＿＿＿＿。
3. 《满江红》中表达词人想要吃入侵者的肉，喝入侵者的血的句子是＿＿＿＿＿＿，＿＿＿＿＿＿。

四、简答题

1. 《满江红》刻画了一个怎样的词人形象，抒发了词人怎样的情感？
2. "莫等闲，白了少年头，空悲切"这三句有什么作用？

陆游

卜算子·咏梅[1]

陆游

驿外断桥边[2],
寂寞开无主[3]。
已是黄昏独自愁,
更著风和雨[4]。

无意苦争春[5],
一任群芳妒[6]。
零落成泥碾作尘[7],
只有香如故[8]。

bǔ suàn zǐ · yǒng méi

yì wài duàn qiáo biān,
jì mò kāi wú zhǔ.
yǐ shì huáng hūn dú zì chóu,
gèng zhuó fēng hé yǔ.

wú yì kǔ zhēng chūn,
yí rèn qún fāng dù.
líng luò chéng ní niǎn zuò chén,
zhǐ yǒu xiāng rú gù.

【注释】

[1] 卜算子：词牌名。
[2] 驿：驿站。
　　断桥：残破的桥。
[3] 寂寞：孤单冷清。
　　无主：无人过问，这里借指词人政治上孤独无依、无人赏识，只能孤芳自赏。
[4] 更：又。
　　著：遭受。
[5] 无意：不想。
　　苦：尽力、竭力。
　　争春：与百花争奇斗艳。
[6] 一任：完全听凭。
　　群芳：百花，这里指朝廷中的主和派。
[7] 零落：凋谢。
　　碾作尘：压碎后化作尘土。
[8] 香如故：香气依旧存在，比喻坚持自己的高尚节操。

【译文】

驿站外荒凉破败的桥边，梅花寂寞开放，无人过问和欣赏。每当黄昏来临，它独自忧愁感伤，又遭到风雨的摧残。

梅花无心与百花争奇斗艳，任凭百花妒忌与排斥。即使凋落后化作尘泥，梅花那清幽的香气也依然存在。

【简析】

这首词托物言志,以拟人手法,借写梅之凄苦来写词人政治失意、累遭打击;通过赞扬梅花孤高和傲然不屈的精神,来表达词人不愿屈服于世俗的坚贞的品格和高洁的情操。

词的上片写梅花艰难恶劣的处境。开头两句交代梅的生长地点——荒远的人迹罕至之地。梅花不被人注意,自开自落,无人养护和观赏。"已是"两句中梅花知愁,用的是拟人手法,写出了荒僻之境的梅花的精神状态。它无人栽培与关心,黄昏时分独自忧愁,更遭到风雨的摧残,其遭遇也是词人悲惨人生的写照。这里的"黄昏"暗示词人已人至暮年,"风和雨"象征词人政治上遭受迫害、打击。

下片写梅花高洁、坚贞的品质。梅花清幽绝俗,无意炫耀自己,也不肯媚俗争宠,但仍摆脱不了百花的嫉妒。实际上是写词人孤高隐忍,仍遭到政界群小的排挤,"一任"表现出词人不畏谗毁、坚贞自守的傲岸精神。"零落"一句表现梅花被践踏成泥土的悲惨遭遇,"碾"字显示出摧残者的无情;"只有香如故"振起全篇,表明词人在险恶的环境中仍保持不媚俗、不屈服的高洁情操,爱国之心至死不变。

这首咏梅词托物言志,以物喻人,物我融一,语言朴实深沉、明白流畅。词人以梅花的品格自明心迹、自抒怀抱,表达了其坚定不移的爱国立场和政治节操。

【思考与练习】

一、解释下列画线字词

1. 寂寞开<u>无主</u>
2. 更<u>著</u>风和雨
3. 无意<u>苦</u>争春
4. <u>一任</u>群芳妒

二、填空题

1.《卜算子·咏梅》中的"卜算子"是_____,"咏梅"是_____。
2.《卜算子·咏梅》咏赞的对象是_____。
3."已是黄昏独自愁"一句运用了_____的修辞手法。
4.《卜算子·咏梅》从内容上看,上片写梅花_____的处境,下片写梅花_____的品质。
5.《卜算子·咏梅》中写梅花即使遭遇摧折,也坚持自己的操守和品行的句子是"零落成泥碾作尘,_____"。

三、简答题

词人在《卜算子·咏梅》中借助梅花含蓄地表现了自己怎样的品质?

诉衷情[1]

sù zhōng qíng

陆游

当年万里觅封侯[2],
匹马戍梁州[3]。
关河梦断何处[4]?
尘暗旧貂裘[5]。

胡未灭[6],
鬓先秋[7],
泪空流。
此生谁料,
心在天山[8],
身老沧洲[9]。

dāng nián wàn lǐ mì fēng hóu,
pǐ mǎ shù liáng zhōu.
guān hé mèng duàn hé chù?
chén àn jiù diāo qiú.

hú wèi miè,
bìn xiān qiū,
lèi kōng liú.
cǐ shēng shuí liào,
xīn zài tiān shān,
shēn lǎo cāng zhōu.

【注释】

[1] 诉衷情：词牌名。
[2] 觅封侯：寻求立功封侯。
[3] 戍：守卫。
　　梁州：地名，在陕西汉中一带。
[4] 关河：关塞、河防，这里指边地。
　　梦断：梦醒。
[5] 尘暗旧貂裘：战袍落满灰尘，颜色暗淡。这里词人借苏秦的典故，说明自己不被重用、报国无门的境况。貂裘：貂皮裘衣，这里指战袍。
[6] 胡：金兵。
[7] 鬓：鬓发。
　　秋：秋霜，这里比喻年老后鬓发变白。
[8] 天山：这里指西北边防前线。
[9] 沧洲：水滨，原指隐居之地，这里指词人晚年退居的镜湖之滨。

【译文】

回想当年远征万里疆场，想寻求建功立业的机会，单枪匹马奔赴边境守卫梁州。如今在边疆要塞的从军生活只能在梦中出现，梦醒后自己身在何处？坐看旧时战袍，它已积满了灰尘。

敌人还没消灭，鬓发已先变白，报国无门，眼泪白白地流淌。谁能料到我这一生，心始终在前线抗敌，人却终老在沧洲。

【简析】

　　这首词是词人年近七十退居家乡山阴时所写。词通过词人对从军汉中这人生中最值得怀念的军旅生活的回忆，表达了他报国无门、壮志难酬的悲愤不平之情，反映出他收复中原的理想与黑暗现实之间的矛盾。

　　上片今昔对比，写了词人当年从军抗敌和如今被弃置的两个不同的生活场景。开头以"当年"引入词人昔日壮志凌云、奔赴疆场的意气风发，"觅封侯"借用了东汉班超投笔从戎的典故。接下来的两句写眼前凄凉惨淡的生活，将梦中旧日的战斗生活与梦醒时战袍积满灰尘的现实做对比，以梦醒前后的巨大心理落差展现理想与现实的矛盾，以及愿望不能实现的失望与惆怅。"断""暗""旧"等字流露出词人报国之志随时光的流逝难以实现的沉痛之情。情感由开篇的慷慨豪迈转向悲凉沉郁。

　　下片写词人空有报效祖国、收复失地的强烈渴望却无所成就的悲愤。"胡未灭"三句声调短促，写尽词人一生的心事，慨叹敌人未灭而自己年华老去，始终得不到报效国家的机会。一个"空"字，点明词人内心的无奈、失望和对偏安一隅的统治者的不满。最后三句概括词人的一生，抒发他内心的爱国激情和壮志难酬的悲愤，并在"心"与"身"、抗敌的理想与闲居的现实的矛盾冲突中收束全篇。

　　全词格调苍凉悲壮，语言明白晓畅，用典自然，有较强的艺术感染力。

【思考与练习】

一、填空题

　　1. "胡未灭，鬓先秋，泪空流"表达了词人＿＿＿＿＿＿的情感，其中"鬓先秋"是借秋霜形容＿＿＿＿＿＿。

　　2. "当年万里觅封侯"一句用＿＿＿＿＿的故事表达词人报效国家的壮志；"尘暗旧貂裘"用＿＿＿＿＿的典故表现词人不受重用的现状。

　　3. 《诉衷情》中与"身老沧洲"相照应的句子是＿＿＿＿＿＿。

二、判断对错

　　1. 《诉衷情》表达了陆游始终想收复中原失地的抱负。（　　）

　　2. "此生谁料"说明词人因抗金事业未成而心有不甘。（　　）

　　3. 词人在《诉衷情》中表达了对人终将老去的无奈。（　　）

　　4. 《诉衷情》中，词人"觅封侯"全是为自己博取功名。（　　）

　　5. "心在天山，身老沧洲"说明词人不再有报国的志向，决心退出政坛，安心养老。

　　　　　　　　　　　　　　　　　　　　　　　　　　　　　　（　　）

三、简答题

　　《诉衷情》表达了词人怎样的情感？

钗 头 凤[1]

chāi tóu fèng

陆游

红酥手，黄縢酒[2]，　　　　　　　　hóng sū shǒu, huáng téng jiǔ,
满城春色宫墙柳[3]。　　　　　　　　mǎn chéng chūn sè gōng qiáng liǔ.
东风恶[4]，欢情薄。　　　　　　　　dōng fēng è, huān qíng bó.
一怀愁绪，几年离索[5]。　　　　　　yì huái chóu xù, jǐ nián lí suǒ,
错、错、错。　　　　　　　　　　　cuò、cuò、cuò.

春如旧，人空瘦，　　　　　　　　　chūn rú jiù, rén kōng shòu,
泪痕红浥鲛绡透[6]。　　　　　　　　lèi hén hóng yì jiāo xiāo tòu.
桃花落，闲池阁[7]。　　　　　　　　táo huā luò, xián chí gé.
山盟虽在[8]，锦书难托[9]。　　　　　shān méng suī zài, jǐn shū nán tuō,
莫、莫、莫[10]。　　　　　　　　　　mò、mò、mò.

【注释】

[1] 钗头凤：词牌名。
[2] 黄縢酒：宋代官酒以黄纸封口，这里代指美酒。
[3] 宫墙：南宋以绍兴为陪都，绍兴的某一段围墙有宫墙之说。
[4] 东风：春风。
[5] 离索：离群索居，形容孤单的样子。
[6] 浥：沾湿。
　　鲛绡：传说中鲛人所织的极薄的薄纱，这里指手帕。
[7] 池阁：池上的楼阁。
[8] 山盟：指盟誓。
[9] 锦书：爱情书信。
[10] 莫：不。

【译文】

你红润、细腻的手捧上一杯美酒。满城一片春色，宫墙的绿柳在摇曳着。春风多么可恶，把欢情吹得那样稀薄。心中充满离别的愁怨，分别几年来我的生活十分萧索。回顾当初，只能感叹：错，错，错！

美丽的春景依然如旧，只是人却因相思而日渐消瘦。泪水洗尽脸上的胭脂，湿透了手帕。桃花已经凋落，池上楼阁寂静冷落。我们永远相爱的誓言虽还在，爱情书信却难以交付。只能说：莫、莫、莫。

【简析】

这首词是陆游为前妻唐琬所作。陆游20岁时便与唐琬成亲，后被其母强行拆散。离婚后，陆游另娶了妻子，唐琬也改嫁他人。十年后，陆游再次与唐琬相遇于沈园，彼此都非常伤感，于是陆游便在沈园的墙壁上题写了这首词。

上片感慨往事。起首三句写词人与唐琬沈园偶然相遇的场景。"红酥手"形容相遇时唐琬殷勤把盏劝酒的美丽仪容，"宫墙柳"暗喻唐琬改嫁他人，像宫墙内的杨柳遥不可及。"东风恶"四句写拆散他们的粗暴力量，表达了词人与爱妻分离的痛苦。最后三个"错"字表达了词人无限的悔恨与无奈。

下片由感慨往事回到现实，写被迫离异的巨大哀痛。"春如旧"三句写唐琬的憔悴容貌与体态，通过其形象变化和悲戚的情状反映离别给其带来的痛苦折磨。"桃花落"四句实写物事变化，词人与前妻分别之后的处境如沈园般凄凉，说明人事之变甚于物事之变。他们婚姻破裂，感情犹在，当年的海誓山盟犹记心头，但现状让他们无法以书信寄相思。结尾"莫、莫、莫"表现了词人内心的绝望与无奈。

全词多处运用对比手法，情调凄苦哀怨，声情并茂。

【思考与练习】

一、解释下列画线字词

1. <u>锦书</u>难托
2. 几年离<u>索</u>
3. 泪痕红<u>浥</u>鲛绡透

二、填空题

1. 《钗头凤》的作者是_____。
2. 山盟虽在，_____。莫、莫、莫。
3. 《钗头凤》中揭示陆游和前妻爱情悲剧产生的根源的句子是_____。
4. "东风恶，欢情薄"中的"东风"暗指_____。

三、判断对错

1. 《钗头凤》描写的是南宋李清照的爱情悲剧。（　　）
2. 《钗头凤》是一首描写夫妻婚后幸福生活的词。（　　）
3. "泪痕红浥鲛绡透"的意思是诗人因伤感哭泣，眼泪将手帕都打湿了。（　　）
4. "错""莫"字的叠用表现了诗人无限的悔恨、惋惜、无奈。（　　）

四、简答题

《钗头凤》抒发了词人怎样的感情？如果陆游生活在现代，你有什么话想对他说？

辛弃疾

辛弃疾（1140—1207），字幼安，号稼轩，南宋著名豪放派词人，与苏轼并称"苏辛"。他的词抒写力图恢复国家统一的爱国热情，倾诉壮志难酬的悲愤，对当时执政者的屈辱求和颇多谴责；题材广阔，既有抒发慷慨激昂的爱国之情的作品，也有一些描写农村景物和日常生活的作品；善于化用前人典故，风格沉雄豪迈又不乏细腻柔媚之处。

丑奴儿·书博山道中壁[1]

chǒu nú ér·
shū bó shān dào zhōng bì

辛弃疾

少年不识愁滋味[2]，
爱上层楼。
爱上层楼，
为赋新词强说愁[3]。

而今识尽愁滋味[4]，
欲说还休[5]。
欲说还休，
却道天凉好个秋。

shào nián bù shí chóu zī wèi,
ài shàng céng lóu.
ài shàng céng lóu,
wèi fù xīn cí qiǎng shuō chóu.

ér jīn shí jìn chóu zī wèi,
yù shuō huán xiū.
yù shuō huán xiū,
què dào tiān liáng hǎo gè qiū.

【注释】

[1] 丑奴儿：词牌名。
    博山：山名，在今江西省上饶市广丰区西南。
[2] 少年：年轻时。
    不识：不懂得。
[3] 强说愁：无愁而勉强说愁。强：勉强。
[4] 识尽：深深懂得。
[5] 休：停止。

【译文】

年轻时我不懂得什么是忧愁，喜欢登上高楼。喜欢登上高楼，为写新词，没愁也勉强说愁。

现在我尝遍忧愁的滋味，想要说愁，却欲言又止。想要说愁，却欲言又止，却说"天气凉爽，好一个秋天"。

【简析】

这首词是词人被贬官后游历博山时所作。

词的上片回忆年轻时纯真无知的闲愁。首句写词人年轻时根本不懂什么是忧愁。词人连用两句"爱上层楼",古人怀愁而登楼,自己登楼而觅愁,因为年少轻狂,爱上高楼触发诗兴而故作深沉,勉强以"愁闷"之语来作诗。

词的下片写历经艰难困苦的深沉愁苦。"而今识尽愁滋味"中的"尽"字,概括了词人饱经苦难的经历。"欲说还休"用两个叠句表现词人的痛苦与孤独。愁到极点反而无法用语言来表达,这是因为词人心中的忧愁不是个人的离愁,而是投降派把持朝政的情况下的忧国伤时之愁。当时词人不便直说,满腹愁苦无处倾诉,只得转而言天气,以"天凉好个秋"这句表面洒脱实则内心沉重的反向表达,充分表现词人内心的"愁"之深沉博大。

全词构思精巧,以"愁"字贯穿全篇,通过"少年"与"而今"、无愁与有愁的对比,表现了词人受压制排挤、报国无门的痛苦,感情真率而又委婉。

【思考与练习】

一、填空题

1. 《丑奴儿·书博山道中壁》的作者是_____代_____派词人_____。
2. "丑奴儿"是_____,"书博山道中壁"是词的_____。

二、判断对错

1. 《丑奴儿·书博山道中壁》以"愁"字贯穿全篇,着重表现了词人思想成熟的心路历程。（　　）
2. "天凉好个秋"表现了词人将愁绪寄托在自然景色中的旷达。（　　）
3. 《丑奴儿·书博山道中壁》以"愁"字贯穿全篇,上片的"愁"与下片的"愁"在内涵、程度、意境上是相同的。（　　）
4. "为赋新词强说愁"中的"强"字写出了少年词人故作深沉的情态。（　　）
5. "却道天凉好个秋"表明词人摆脱了"愁"情。（　　）

三、简答题

"欲说还休"表现了词人怎样的心理?

破阵子·
为陈同甫赋壮词以寄之[1]

辛弃疾

醉里挑灯看剑[2],
梦回吹角连营[3]。
八百里分麾下炙[4],
五十弦翻塞外声[5]。
沙场秋点兵[6]。

马作的卢飞快[7],
弓如霹雳弦惊[8]。
了却君王天下事[9],
赢得生前身后名[10]。
可怜白发生[11]!

pò zhèn zǐ · wèi chén tóng fǔ
fù zhuàng cí yǐ jì zhī

zuì lǐ tiǎo dēng kàn jiàn,
mèng huí chuī jiǎo lián yíng.
bā bǎi lǐ fēn huī xià zhì,
wǔ shí xián fān sài wài shēng.
shā chǎng qiū diǎn bīng.

mǎ zuò dì lú fēi kuài,
gōng rú pī lì xián jīng.
liǎo què jūn wáng tiān xià shì,
yíng dé shēng qián shēn hòu míng.
kě lián bái fà shēng!

【注释】

[1] 破阵子：词牌名。
    陈同甫：辛弃疾的友人陈亮，字同甫。
[2] 醉里：醉酒之中。
    挑灯：挑亮灯芯。
    看剑：细看宝剑。
[3] 梦回：梦里回到。
    吹角：吹起号角。
[4] 八百里：牛名。
    麾下：部下。麾：军旗。
    炙：烤熟的肉。
[5] 五十弦：这里指军中乐器。
    翻：演奏。
    塞外声：指边地悲壮的战歌。
[6] 沙场：战场。
    点兵：检阅军队。
[7] 作：像。
    的卢：一种烈性快马。
[8] 霹雳：原指雷声，这里形容射箭时弓弦声大。
[9] 了却：了结。
    天下事：这里指恢复中原的大业。
[10] 赢得：博得。

身后：死后。

[11] 可怜：可惜。

【译文】

　　醉里拨亮油灯，久久地细看那曾伴随自己征战杀敌的宝剑。梦里仿佛又回到了当年军营里，号角声不断，响成一片。我用烤好的大块肉分给将士们享用，各种乐器奏起雄壮激越的军歌。这是秋天在战场上阅兵。

　　战马就像的卢一样跑得飞快，射箭时弓弦声像惊雷一样震耳。我一心想为君主完成收复中原的大业，赢得世代相传的美名。可惜如今已成了白发人！

【简析】

　　此词是1188年词人失意闲居信州时所作。当时辛弃疾与陈亮在铅山瓢泉会面，共商收复中原的大计。这首词抒发了词人抗金杀敌的爱国情感和壮志难酬的悲愤心情，刻画了一个虽人近暮年，仍雄姿英发，渴望亲自领兵上阵杀敌的英雄形象。

　　词的上片通过吹角、分炙、奏乐、点兵等军营生活场景，营造了一种豪迈热烈的军营生活氛围。开头两句写军营里的夜与晓。首句用三个连续性动作表达了三层意思："醉里"表示词人心中忧愁而无法入睡，于是借酒浇愁；"看剑"表示报国雄心不改；"挑灯"点明时间为深夜。拂晓醒来时仿佛听见各个军营接连响起雄壮的号角声，写出了军队驻扎的壮阔场面。接下来的三句从视觉与听觉，通过描写军中宴饮和阅兵的场面，表现将军及士兵们高昂的战斗情绪和壮阔盛大的军容，其中"秋"字既点明了季节，也为将士出征增添了肃杀之气。

　　下片写梦中激烈的战斗与醒时的无奈悲叹。最后结尾急转直下，由梦境到现实，由雄壮变为悲壮，写出词人理想无法实现的悲愤，突出了理想在现实生活中的幻灭。"可怜"二字凸显了词中人物的情感变化，从前九句的壮怀激烈陡然变为末句的黯然神伤，波澜起伏。

　　这首词集梦境、理想与现实于一体，壮丽而不纤巧，富于浪漫色彩。结构布局有新意，打破词上、下片的界限：前九句为一意，写的是想象中的梦境，将爱国忠君的豪情壮志推向顶点；最后一句突然大转折，在梦境的壮烈与现实的悲凉的强烈对比中，写出词人壮志难酬的悲愤，产生了强烈的艺术效果。

【思考与练习】

一、解释下列画线字词

1. 五十弦<u>翻</u>塞外声
2. 八百里分<u>麾</u>下炙
3. <u>可怜</u>白发生
4. <u>了却</u>君王天下事
5. <u>沙场秋点兵</u>

二、填空题

1.《破阵子·为陈同甫赋壮词以寄之》中直接表现词人报国情怀和建功立业的雄心壮志的句子是_____，_____。

2. 下片_____，_____两句描写了军队战斗的场面。

3.《破阵子·为陈同甫赋壮词以寄之》中使整首词的风格由雄壮变得悲壮的一个词是_____，表现词人为现实人生而悲叹的句子是_____。

4. 辛弃疾尽管年老，但依然怀念自己曾经浴血奋战的疆场。这种眷恋情结从《破阵子·为陈同甫赋壮词以寄之》中的_____，_____两句中可以看出。

5. "了却君王天下事"中的"天下事"是_____。

三、判断对错

1. "八百里"和"的卢"都是性烈的快马。（ ）
2. "醉里挑灯看剑"说明词人时刻不忘杀敌报国。（ ）
3. "赢得生前身后名"表明词人已经有了为国建功立业的美名。（ ）
4. "沙场秋点兵"中的"秋"字为阅兵场景增添了悲凉之气。（ ）
5. "马作的卢飞快，弓如霹雳弦惊"两句分别从听觉、视觉两个角度生动地写出了战斗的紧张、激烈。（ ）

四、简答题

1. "八百里分麾下炙，五十弦翻塞外声"这两句营造了一种怎样的氛围？
2.《破阵子·为陈同甫赋壮词以寄之》抒发了词人怎样的思想感情？
3. 请你说一说"沙场秋点兵"中的"秋"字的表达作用。

青玉案·元夕[1]

辛弃疾

东风夜放花千树[2],
更吹落,星如雨[3]。
宝马雕车香满路[4]。
凤箫声动[5],
玉壶光转[6],
一夜鱼龙舞[7]。

蛾儿雪柳黄金缕[8],
笑语盈盈暗香去[9]。
众里寻他千百度[10]。
蓦然回首[11],
那人却在,
灯火阑珊处[12]。

qīng yù àn · yuán xī

dōng fēng yè fàng huā qiān shù,
gèng chuī luò, xīng rú yǔ。
bǎo mǎ diāo chē xiāng mǎn lù。
fèng xiāo shēng dòng,
yù hú guāng zhuǎn,
yí yè yú lóng wǔ。

é ér xuě liǔ huáng jīn lǚ,
xiào yǔ yíng yíng àn xiāng qù。
zhòng lǐ xún tā qiān bǎi dù,
mò rán huí shǒu,
nà rén què zài,
dēng huǒ lán shān chù。

【注释】

[1] 青玉案:词牌名。
　　元夕:元宵节,在农历正月十五日。
[2] 花千树:形容绚烂的花灯好像千树开花。
[3] 星:指焰火,形容满天的烟花。
[4] 宝马雕车:豪华的马车。
[5] 凤箫:原是箫的美称,这里泛指音乐。
[6] 玉壶:比喻明月。
[7] 鱼龙舞:舞动鱼形、龙形的彩灯。
[8] 蛾儿、雪柳:古代妇女头上佩戴的装饰品。
　　黄金缕:亮丽、华贵的头饰。
[9] 盈盈:声音悦耳,体态轻盈。
　　暗香:指女性身上散发出来的淡淡香气。
[10] 度:遍。
[11] 蓦然:突然。
[12] 阑珊:零落稀疏的样子。

【译文】

　　五光十色的灯晃动如东风吹开了千树繁花,天空的焰火纷纷坠落,好像满天繁星如雨点般散落。华贵的马车在路上来来往往,醉人的香气弥漫一路。悦耳的乐声四处回荡,明月光华流转,缓缓移动,一整夜鱼形、龙形的彩灯不停在舞动。

元宵观灯的女子头戴着美丽的饰物,打扮得艳丽别致,欢笑着穿梭于灯市,带着阵阵暗香远去。我在人群中千百次地寻找,都没找到她的踪迹,不经意间回头,却看见她在灯火稀疏零落的地方伫立。

【简析】

这是词人闲居上饶时所作的一首婉约词。此词写元宵节热闹的盛况,反衬出一个不同流俗、孤高幽独的女性形象,借以表现词人不愿与统治者同流合污的失意苦闷心情和孤高淡泊的品格。

词的上片写元夕夜游人如织的热闹场面和欢腾的气氛。开头"东风"两句用比喻的手法极力渲染元宵佳节的狂欢盛况:满城灯火、焰火,一片火树银花。"宝马"句写街上车水马龙,川流不息,达官贵人也和家人一起出门看灯。"凤箫"三句写人们通宵达旦载歌载舞、万民同欢的场面。上片以丽词、典型事物极力渲染节日的热闹。

词的下片主要以烘云托月的手法写出所寻觅之人的遗世独立、超凡脱俗。"娥儿"两句写一群盛装出行、欢天喜地地观灯赏景的女子,她们行走时不停地说笑,所过之处留下淡淡幽香。"众里"四句是自喻之辞,写主人公在喧嚣嘈杂、如云游女中苦苦寻觅那一位佳人,她在灯火零落处孑然独立。"千百度"极写寻觅之苦,"蓦然"写出了发现意中人后的惊喜之情。她不慕繁华,自甘寂寞,节日的喧闹衬托出她的孤寂冷落。这位孤高自恃的女子正是词人高洁淡泊、清雅脱俗形象的象征。

全词采用对比手法,构思精妙,语言精致,含蓄婉转,余味无穷。

【思考与练习】

一、解释下列画线字词

1. <u>宝马雕车</u>香满路
2. <u>玉壶</u>光转
3. <u>蓦然</u>回首

二、用"/"画出下列词句的朗读节拍

1. 蛾儿雪柳黄金缕,笑语盈盈暗香去。
2. 众里寻他千百度,蓦然回首,那人却在,灯火阑珊处。

三、填空题

1. 辛词以豪放悲壮的风格为主,《青玉案·元夕》按风格应当属于_____词。
2. 《青玉案·元夕》描绘的是_____节的场景,全词用了_____的表现手法。
3. "东风夜放花千树,更吹落,星如雨"用了_____的修辞手法。
4. 《青玉案·元夕》中的"_____,_____,一夜鱼龙舞"生动地展现了元宵夜音乐齐鸣、花灯炫目的热闹景象。

四、判断对错

1. "一夜鱼龙舞"表现了节日里人们载歌载舞的热闹场面。（　　）
2. "花千树""星如雨"运用比喻和夸张的修辞手法，写出了灯火之盛。（　　）
3. "蛾儿雪柳""笑语盈盈"写出了"那人"的美丽与可爱。（　　）
4. "那人"所处地点之冷清，反映了她甘于寂寞的品格。（　　）

五、简答题

《青玉案·元夕》中的"那人"是什么样的形象？词人是如何塑造这一形象的？

南乡子·登京口北固亭有怀[1]

辛弃疾

何处望神州[2]？
满眼风光北固楼[3]。
千古兴亡多少事[4]？
悠悠[5]。不尽长江滚滚流。

年少万兜鍪[6]，
坐断东南战未休[7]。
天下英雄谁敌手[8]？
曹刘[9]。生子当如孙仲谋[10]。

nán xiāng zǐ · dēng jīng kǒu
běi gù tíng yǒu huái

hé chù wàng shén zhōu?
mǎn yǎn fēng guāng běi gù lóu.
qiān gǔ xīng wáng duō shǎo shì?
yōu yōu. bú jìn cháng jiāng gǔn gǔn liú.

nián shào wàn dōu móu,
zuò duàn dōng nán zhàn wèi xiū.
tiān xià yīng xióng shuí dí shǒu?
cáo liú. shēng zǐ dāng rú sūn zhòng móu.

【注释】

[1] 京口：地名，在江苏镇江。
　　北固亭：在镇江北固山上，北临长江。
[2] 望：眺望。
　　神州：这里指中原沦陷区。
[3] 北固楼：北固亭。
[4] 兴亡：国家兴衰变化。
[5] 悠悠：久远，这里有连绵不断的意思。
[6] 兜鍪：头盔，这里借指士兵。
[7] 坐断：占据。
　　休：停止。
[8] 敌手：能力相当的对手。
[9] 曹刘：曹操与刘备。
[10] 孙仲谋：孙权，字仲谋。

【译文】

在哪里可以眺望中原故土呢？登上北固楼，放眼望去，满眼都是壮丽的风光。千百年来，国家兴亡更替，其中经历了多少事？往事悠悠，连绵不断，就像长江水一样无穷无尽，奔流不还。

遥想当年，孙权年少时就已经可以统率三军将士，割据东南一方，坚持抵抗敌人的进攻。天下的英雄谁能做他的对手？只有曹操和刘备而已。难怪曹操说，生下的儿子应当如孙权一般。

【简析】

这是一首怀古词。词人通过吟咏三国旧事来抒发对时局的担忧，以及渴望上阵杀敌、报效祖国的豪情壮志，同时流露出词人报国无门、壮志难酬的愤懑不平之气。

上片开头触景生情。词人登上北固亭，由登高所见的美丽风光联想到满目疮痍的神州大地，引发了对历史兴亡的无限感慨。"神州"暗指词人渴望收复的中原沦陷地区。接着用叠字"悠悠""滚滚"将眼前之景和对历史的感慨巧妙结合起来，形象地写出了朝代的更替和时光的消逝，饱含词人对国家命运的深深忧虑。

下片赞扬了历史人物孙权，刻画了孙权英勇抗战、不畏强敌的英姿和年少有为、建立功业的气魄。接着通过孙权与刘备、曹操的对比，突出孙权的英勇形象，并以此讽刺南宋朝廷的软弱无能。结尾引用了曹操赞美孙权的一句话，表明词人内心期望能有像孙权一样的英雄志士来拯时救世、收复失地。

全词借古讽今，激昂悲壮，既有对历史的感慨、对英雄人物的赞颂，也有对南宋统治者苟且偷安、屈辱求和的行径的尖锐讽刺。

【思考与练习】

一、解释下列画线字词

1. 年少万<u>兜鍪</u>
2. 何处<u>望</u>神州
3. <u>坐断</u>东南战未休
4. 千古<u>兴亡</u>多少事

二、选择题

1. 《南乡子·登京口北固亭有怀》中主要赞颂的历史人物是（   ）。
   A. 曹操　　　　　　　B. 孙权　　　　　　　C. 刘备
2. 下列对《南乡子·登京口北固亭有怀》理解有误的一项是（   ）。
   A. 这是一首怀古词
   B. "生子当如孙仲谋"，词人用刘备这句话赞扬了孙权的英勇无畏
   C. 这首词三问三答，气魄宏大

三、判断题

1. "悠悠"指时间漫长久远，同时暗指词人的思绪无穷无尽。（   ）
2. 《南乡子·登京口北固亭有怀》最后一句运用典故，讽刺北宋朝廷苟且偷安的行径。（   ）
3. "南乡子"是题目，"登京口北固亭有怀"是词牌名。（   ）

四、填空题

1. 《南乡子·登京口北固亭有怀》中感叹历史兴亡之事如同江水流逝的句子是_____ _____？_____，_____。
2. "天下英雄谁敌手？曹刘"运用了_____的修辞手法。
3. _____？满眼风光北固楼。
4. 年少万兜鍪，_____。

五、简答题

1. "生子当如孙仲谋"一句寄托了词人怎样的期望？
2. 通过《南乡子·登京口北固亭有怀》，你了解到孙权是一个怎样的英雄？

蒋捷

蒋捷（生卒年不详），字胜欲，号竹山，宋元易代之际的词人，与周密、王沂孙、张炎并称"宋末四大家"。他的词多抒发亡国之痛、故国之思，造语奇巧，风格悲凉清隽，在宋末词坛上独具一格。

虞美人·听雨

蒋捷

少年听雨歌楼上，
红烛昏罗帐[1]。
壮年听雨客舟中[2]，
江阔云低、断雁叫西风[3]。

而今听雨僧庐下[4]，
鬓已星星也[5]。
悲欢离合总无情，
一任阶前、点滴到天明[6]。

yú měi rén · tīng yǔ

shào nián tīng yǔ gē lóu shàng,
hóng zhú hūn luó zhàng.
zhuàng nián tīng yǔ kè zhōu zhōng,
jiāng kuò yún dī、duàn yàn jiào xī fēng.

ér jīn tīng yǔ sēng lú xià,
bìn yǐ xīng xīng yě.
bēi huān lí hé zǒng wú qíng,
yī rèn jiē qián、diǎn dī dào tiān míng.

【注释】

[1] 昏：昏暗。
　　罗帐：床上的纱幔。
[2] 客舟：旅客乘坐的船。
[3] 断雁：离群的孤雁。
[4] 僧庐：寺庙。
[5] 鬓：这里指靠近耳朵前的地方所长的头发。
　　星星：这里形容白发很多。
[6] 一任：任凭。

【译文】

少年时我在歌楼上听雨，红烛映照床上的纱幔，显得昏暗而模糊。中年时我在客船上听雨，水天一色，风急云低，离群的孤雁在西风中悲鸣。

晚年时我在寺庙里听雨，鬓边白发星星点点。人生的悲欢离合总是那么无情，任凭台阶前细雨点点滴滴下到天明。

【简析】

这首词写出了词人少年、壮年、晚年三个不同阶段听雨时的情形。在不同年龄，词人听雨的地点、环境、心境也有所不同，抒发了词人对年华易逝的感慨和国家衰亡的叹惋。

上片主要写词人少年与壮年时听雨的感受：少年时年少气盛，只知寻欢作乐，所以是在歌楼中听雨。词中选取红烛、罗帐等香艳、安逸的意象，刻画出词人少年时无忧无虑的享乐宴饮生活。壮年时词人四处漂泊，居无定所，所以是在客船上听雨，江阔、低云、断雁等意象反映出词人中年漂泊的孤苦生活，同时渲染了悲凉的气氛。

下片主要写词人晚年时听雨的感受：国家灭亡，有家难回，所以词人是在寺庙里听雨。这时词人的内心已渐渐麻木，面对眼前的雨，没有任何情感起伏，环境也更加凄凉冷寂。

这首词表面写雨，实际是写人生。词人经历了年少的欢乐、中年的漂泊、晚年的国破家亡后，内心已变得萧索、绝望，总结其一生，颇有一种无可奈何、万念俱灰的绝望之感。

全词以时间为顺序，以听雨为线索，层次分明，脉络清晰，语言含蓄隽永，情感悲凉而深沉。

【思考与练习】

一、解释下列画线字词

1. 红烛昏罗帐
2. 断雁叫西风
3. 而今听雨僧庐下
4. 鬓已星星也

二、选择题

1. 下列不属于"宋末四大家"的是（　　）。
   A. 张炎　　　　　　B. 刘过　　　　　　C. 周密
2. 下列属于壮年时听雨的感受的是（　　）。
   A. 欢乐甜蜜，无忧无虑
   B. 鬓发斑白，愁苦满怀
   C. 漂泊异乡，情绪感伤
3. 下列对《虞美人·听雨》理解有误的一项是（　　）。
   A. 全词以听雨为线索
   B. 壮年时词人听雨的心境是波澜不惊
   C. 这首词用少年时的欢乐来反衬壮年和晚年生活的凄凉

三、填空题

1. 《虞美人·听雨》是按照_____顺序来写的，概括了词人不同时期在环境、生活、_____各方面的变化。
2. "鬓已星星也"运用了_____的修辞手法。
3. 《虞美人·听雨》中表明词人内心已无所触动的句子是_____，_____。

四、简答题

"江阔云低、断雁叫西风"描绘了一幅怎样的画面?表达了词人怎样的思想感情?

十四 明代诗词专题

知　识　窗

　　明代小说、戏曲等世俗文学昌盛，而诗文相对衰微。虽然以诗文为代表的传统文学逐渐让位于通俗文学，但是诗词的数量以及涌现出的流派依旧很多。明代诗词是在拟古与反拟古的反反复复中前行的。

1. "吴中四杰"
　　指的是明初诗人高启、杨基、张羽、徐贲四人。他们都是吴中人，都经历过元末的社会动乱，故其诗多怀旧、题咏之作，抒发故国之思和生民之痛，都有反映战争之作且基调凄凉。四人中高启的成就最高。

2. 台阁体
　　台阁体是指以明初台阁文臣杨士奇、杨荣、杨溥为代表的一种文学风格。

3. 前七子
　　前七子明代中期以李梦阳为核心的文学流派。他们以诗酒相应和，共同研讨艺文，提倡复古，希望改变当时的文学现状。

4. 后七子
　　后七子是明嘉靖以李攀龙、王世贞为首的、继承前七子复古主张的七位文人。他们比前七子更重视格调、法度，但流于形式主义。

5. 公安派
　　明后期文学流派，主要代表人物是袁宗道、袁宏道、袁中道三兄弟，其中袁宏道声誉最高、影响最大。

6. 竟陵派
　　竟陵派是继公安派后以钟惺、谭元春为代表的一个文学流派。他们主张创作应抒发作者的真实情感，看重学习古人的精神，追求怪字险韵。

7. 遗民诗人
　　指的是明清易代之际，用诗来抒发爱国之情，具有反抗精神的一群诗人。

钱福

钱福（1461—1504），字与谦，自号鹤滩，明朝诗人。他的诗文以敏捷见长，名重一时，诗以《明日歌》最为著名，流传甚广。

明　日　歌

míng rì gē

钱福

明日复明日[1]，
明日何其多[2]。
我生待明日[3]，
万事成蹉跎[4]。
世人若被明日累[5]，
春去秋来老将至[6]。
朝看水东流，
暮看日西坠。
百年明日能几何？
请君听我明日歌[7]。

míng rì fù míng rì,
míng rì hé qí duō.
wǒ shēng dài míng rì,
wàn shì chéng cuō tuó.
shì rén ruò bèi míng rì lèi,
chūn qù qiū lái lǎo jiāng zhì.
zhāo kàn shuǐ dōng liú,
mù kàn rì xī zhuì.
bǎi nián míng rì néng jǐ hé?
qǐng jūn tīng wǒ míng rì gē.

【注释】

[1] 复：又。
[2] 何其：多么。
[3] 待：等待。
[4] 蹉跎：虚度光阴。
[5] 若：如果。
　　累：连及、连累。
[6] 至：到。
[7] 君：敬辞，称对方。

【译文】

明天过了还有明天，明天是何等多呀！
我的一生都在等待明天，所以一事无成，白白虚度光阴。
世人如果都被明天所拖累，春去秋来衰老就要到来。
早晨看河水向东流去，傍晚看太阳从西边落下。
百年的明天又有多少呢？请大家听听我的《明日歌》吧！

【简析】

这首《明日歌》是诗人钱福以自己的经历为例所写下的人生感悟，是对自己的鞭策和要求，也是对世人的劝勉。

诗人以自身的经验为例，向世人说明将事情总是推到明日将会"万事成蹉跎"，一事无成。接着又以"河水东流""太阳西落"的自然规律来说明时间的流逝，形象生动。诗歌七次提到"明日"，反复告诫世人要珍惜时间，把握当下，因为人生短暂，如流水般易逝，并且一去不复返，所以不要把所有事情都拖到明天才做，应该今日事今日毕，才能有所作为、有所成就。

全诗语言明白晓畅，说理通俗易懂，具有深刻的教育意义，故为世人所熟知。

【思考与练习】

一、解释下列画线字词

1. 明日<u>复</u>明日
2. 万事成<u>蹉跎</u>
3. 春去秋来老将<u>至</u>
4. 明日<u>何其</u>多

二、选择题

1. "明日何其多"中的"何其"的意思是（　　）。
   A. 多么　　　　　　　B. 多少　　　　　　　C. 何必
2. 下列与"百年明日能几何"意思不同的一项是（　　）。
   A. 一百年中没有几个明天
   B. 一百年能有几个明天
   C. 一百年的明天有很多
3. 《明日歌》告诉我们的道理是（　　）。
   A. 时间过得很快
   B. 我们不能指望明日
   C. 要抓紧时间、珍惜时间

三、简答题

1. 《明日歌》的主旨是什么？
2. 请写出几句你们国家劝人珍惜时间的名句。

于谦

于谦（1398—1457），字廷益，号节庵，明代政治家、文学家。他志向高远、气节非凡。他的诗多自抒性情，以忧国爱民和表达坚贞节操的内容为主，风格刚劲，兴象深远。

石 灰 吟[1]

于谦

千锤万凿出深山[2]，
烈火焚烧若等闲[3]。
粉骨碎身浑不怕，
要留清白在人间[4]。

shí huī yín

qiān chuí wàn záo chū shēn shān,
liè huǒ fén shāo ruò děng xián.
fěn gǔ suì shēn hún bú pà,
yào liú qīng bái zài rén jiān.

【注释】

[1] 吟：吟诵，是古代诗歌的一种体裁名称。
[2] 千锤万凿：无数次的锤击、开凿，形容开采石灰的艰难。锤：锤打。凿：开凿。
[3] 若：好像。
　　等闲：平常。
[4] 清白：指石灰洁白的本色，这里比喻高尚的节操。

【译文】

（石灰石）经过千万次锤打才能从深山里开采出来，它把熊熊烈火的焚烧当作很平常的一件事。

即使粉身碎骨也毫不惧怕，甘愿把一身清白留在人间。

【简析】

这是一首托物言志的咏物诗。全诗以石灰自喻，表达诗人坚守高洁情操、为国尽忠的决心。

首句写开采石灰石之不易，第二句写烧炼石灰石的艰辛过程，以"若等闲"象征诗人面临严峻考验时从容不迫的风姿。最后两句直抒胸臆，表现诗人坚韧不屈、顽强无畏、誓做纯洁清白之人、不与世俗同流合污的高尚节操和磊落的襟怀。

【思考与练习】

一、解释下列画线词语

1. 烈火焚烧若<u>等闲</u>

2. 要留<u>清白</u>在人间

二、填空题

1. 《石灰吟》的作者是_____朝诗人_____。
2. "吟"是古代诗歌体裁的一种，意思是_____。
3. 粉骨碎身浑不怕，_____。

三、简答题

《石灰吟》运用哪些修辞手法来描写和赞美石灰？诗人借石灰表达了怎样的思想感情？

杨慎

杨慎（1488—1559），字用修，号升庵，明朝中叶杰出词人。他的诗多是怀乡思归之作，风格秾丽婉至；他的词清新绮丽，文笔畅达。

临 江 仙[1]

lín jiāng xiān

杨慎

滚滚长江东逝水[2]，　　　　　gǔn gǔn cháng jiāng dōng shì shuǐ,
浪花淘尽英雄[3]。　　　　　　làng huā táo jìn yīng xióng.
是非成败转头空[4]。　　　　　shì fēi chéng bài zhuǎn tóu kōng.
青山依旧在，　　　　　　　　qīng shān yī jiù zài,
几度夕阳红[5]。　　　　　　　jǐ dù xī yáng hóng.

白发渔樵江渚上[6]，　　　　　bái fà yú qiáo jiāng zhǔ shàng,
惯看秋月春风[7]。　　　　　　guàn kàn qiū yuè chūn fēng.
一壶浊酒喜相逢[8]。　　　　　yì hú zhuó jiǔ xǐ xiāng féng.
古今多少事，　　　　　　　　gǔ jīn duō shǎo shì,
都付笑谈中。　　　　　　　　dōu fù xiào tán zhōng.

【注释】

［1］临江仙：词牌名。
［2］东逝水：江水向东流去，这里指时光一去不复返。
［3］淘尽：荡涤一空。
［4］成败：成功与失败。
［5］几度：虚指，几次。
［6］渔樵：渔翁和樵夫，这里指隐居不问世事的人。
　　江渚：这里指江边。
［7］秋月春风：良辰美景，也指美好的岁月。
［8］浊酒：用糯米、黄米等酿制成的酒。浊：混浊。

【译文】

滚滚向东流的长江水，奔腾的浪花不知淘尽了多少古今英雄人物。他们的是与非、成与败，转眼间化为一场空，随着岁月流逝而消逝了。只有青山依然存在，无数次的夕阳染红了天空。

江边的白发隐士早已看惯秋月春风这类岁月的变化。和老朋友难得一聚，要痛快地畅饮一壶浊酒。古往今来多少兴亡之事，全都成为人们谈笑的话题。

【简析】

　　这是一首咏史词，是杨慎为自己的《廿一史弹词》第三段《说秦汉》写的开场词，后来成为《三国演义》的开篇词。此词感叹历史兴亡无常，抒发了对宇宙无穷、人生短暂的感慨，寄托了词人鄙夷世俗是非成败、淡看荣辱得失的豁达情怀。

　　词的上片通过历史现象咏叹宇宙永恒，而英雄人物却已逝去。开篇大处落笔，总领全词。先化用杜甫"不尽长江滚滚来"的诗句，从空间角度明写长江浩瀚的气势，并以"东逝水"三个字暗含"逝者如斯夫"之意，引出下面的时间角度描写。次句化用苏轼"大江东去，浪淘尽，千古风流人物"的诗句，虚实结合，表明英雄的丰功伟绩也像这江中的浪花，虽灿烂，但在历史的长河中转瞬即逝。第三句虚笔议论，补足上文浪花英雄之意。"空"字为词眼，其中既有英雄功成名就后的孤独失落，又暗含对名利的淡泊与轻视。后两句承上文"转头"写所见，以青山、夕阳的自然永恒来反衬人事的短暂。

　　下片主要写词人高洁的情操、旷达的胸怀，塑造了一个远离尘嚣、看惯争斗、为人淡泊、博学旷达的隐士形象，把历代兴亡作为谈资笑料以助酒兴，表现了词人鄙夷世俗的是非成败、淡看荣辱得失的淡泊、洒脱。下片首句承上文"夕阳"引出"白发"，并化用苏轼《前赤壁赋》中"况吾与子渔樵于江渚之上"的句子。白发隐士饱经沧桑，洞悉世事，看破世事，清静无为。接着化用陈与义"古今多少事，渔唱起三更"的诗句，写与知己相逢对饮、笑谈古今，昔日英雄之事早已成为谈资笑料。

　　这首词借景抒情，怀古伤今，多用典故，意蕴豁达浑厚，豪迈高亢中又有悲壮深沉，具有高远的意境和深邃的人生哲理。

【思考与练习】

一、填空题

1. 《临江仙》的作者是_____朝的杰出词人_____。
2. 《临江仙》中化用杜甫"不尽长江滚滚来"的句子是_____。
3. 青山依旧在，_____。
4. _____，都付笑谈中。

二、简答题

《临江仙》中的白发渔樵有哪些特征？他身上寄托了词人怎样的人生理想？

十五 清代诗词专题

知 识 窗

清代（1636—1911）文学集封建时代文学发展之大成，是古代文学的一个光辉总结。

清代诗、词、散文、小说、戏曲都取得了重要成就。清代诗词流派众多、风格多样，多数作者均未摆脱拟古主义和形式主义的套子，难有超出前人之处，但仍不乏抒发内心真情实感、反映社会矛盾、暴露现实黑暗的作品。

1. 虞山诗派

指以常熟虞山命名的以钱谦益为首的一个重要流派。虞山诗派积极主张诗歌革新，取诸家之长而自成风格。

2. 梅村体

指吴伟业（号梅村）在继承元、白诗歌的基础上形成的自成一体的七言歌行体叙事诗。梅村体以明、清易代的史实为题材，反映社会变故，感慨朝代兴亡，抒发身世之感。《圆圆曲》是梅村体的代表作。

3. 纳兰性德

纳兰性德是"清词三大家"之一，被誉为"清朝第一词人"。他的词开创了清初词坛的特色，词风上承李煜，惯用白描。

4. 阳羡词派

阳羡词派学习苏轼、辛弃疾，以豪情抒悲愤。陈维崧是其创始人，此外，阳羡词人还有曹贞吉、万树、蒋景祁等。他们互相唱和，为清词的发展做出了贡献。

5. 浙西词派

浙西词派因其主要词人皆来自浙西，故而得名，其创始人是朱彝尊。浙西词派崇尚姜夔、张炎，标榜淳雅、清空，以婉约为正宗。所作多咏物酬赠、流连光景，内容比较贫乏。

6. 性灵诗派

清代中叶以袁枚、赵翼、张问陶为代表的诗歌流派，主张在诗中突出个性，抒写性灵。

7. 常州词派

词派因开创者张惠言为常州人而得名，主张恢复风骚传统，强调比兴寄托，意内言外，反对琐屑的无病呻吟。

8. 龚自珍

龚自珍是清末诗人及改良主义的先驱。他的诗常着眼于社会、历史和政治的观点来揭露现实，洋溢着爱国热情。

郑燮

郑燮（1693—1765），字克柔，号板桥，清代书画家、诗人。其诗、书、画世称"三绝"。他尤其擅长画竹。诗词方面，他擅长抒情言志，其诗风格质朴泼辣，真率自然，寓意深刻，发人深省。

竹石[1]

郑燮

咬定青山不放松[2]，
立根原在破岩中[3]。
千磨万击还坚劲[4]，
任尔东西南北风[5]。

zhú shí

yǎo dìng qīng shān bú fàng sōng,
lì gēn yuán zài pò yán zhōng.
qiān mó wàn jī hái jiān jìn,
rèn ěr dōng xī nán běi fēng.

【注释】

[1] 竹石：长在石缝中的竹子。
[2] 咬定：咬紧。
[3] 立根：扎根。
    原：本来。
    破岩：破裂的岩石的缝隙。
[4] 磨：磨难。
    击：打击。
    坚劲：坚韧刚劲。
[5] 任：任凭。
    尔：你。

【译文】

竹子紧紧咬定青山不放松，它的根深深地扎在岩石缝中。
历经无数磨难打击身骨依然坚韧劲拔，任凭你刮东西南北风。

【简析】

这首七言绝句是一首赞美生长在石缝中的竹子的题画诗，借赞美竹子顽强、刚毅、坚韧的品质，表现诗人刚正不阿、坚强不屈、绝不随波逐流的高尚情操。

诗的前两句赞美扎根青山岩石缝中的劲竹坚韧顽强的内在精神。一个"咬"字，用拟人化的手法形象地写出了竹子的刚毅，并以"不放松"来补足。第二句中的"破岩"更彰显出竹子与大自然抗争的顽强的生命力。最后两句写严酷恶劣的客观环境对劲竹的磨炼与考验。经历多次的磨难后，竹子依然傲然挺立、坚韧从容。

全诗托物言志，借物喻人，借竹子的坚韧傲骨来含蓄表达诗人正直倔强、顽强无畏的高风傲骨，语言质朴，寓意深刻。

【思考与练习】

一、解释下列画线字词

1. <u>立根</u>原在破岩中
2. 千磨万击还<u>坚劲</u>
3. <u>任尔</u>东西南北风

二、填空题

1. 《竹石》的作者是_____，号_____。
2. 咬定青山不放松，_____。
3. 《竹石》中最能表现竹子品性的诗句是_____，_____。

三、判断对错

1. 《竹石》的主旨是赞美竹子，表达诗人对竹子的喜爱与同情。（   ）
2. 《竹石》的作者是明代诗人郑燮。（   ）
3. 《竹石》是一首咏物言志诗。（   ）

四、简答题

《竹石》赞美了竹子怎样的精神，表现了诗人怎样的志趣？

袁枚

袁枚（1716—1798），字子才，号简斋，晚年又号随园老人，清代乾嘉时期的代表诗人之一，与赵翼、蒋士铨合称"乾嘉三大家"，"性灵诗派"创作理论的倡导者。他的诗文坦白率真，直抒性情，清新隽永，流转自如。

苔[1]

袁枚

白日不到处[2]，　　　　　　bái rì bù dào chù,
青春恰自来[3]。　　　　　　qīng chūn qià zì lái.
苔花如米小，　　　　　　　tái huā rú mǐ xiǎo,
也学牡丹开。　　　　　　　yě xué mǔ dān kāi.

【注释】

[1] 苔：植物名，常生长在阴暗潮湿的地方。
[2] 白日：太阳。
[3] 青春：春天。春天草木茂盛，其色青绿，富有青春活力，故称青春。

【译文】

阳光照不到背阴的地方，而苔在春天仍长出绿意来。
苔花虽然如米粒般微小，但依然如牡丹般自信地绽放。

【简析】

《苔》是袁枚创作的一首咏物诗。诗人借物喻人，托物言志，表达自己恶劣环境下奋发自强的人生志向。苔虽然生长在背光的地方，但不屈服于环境，依然像牡丹一样执着绽放，表现出顽强自立的品质。全诗运用比喻、拟人、对比等手法，语言简约而意味深长。

【思考与练习】

一、填空题

1. 《苔》的作者是_____代诗人_____。
2. 苔花如米小，_____。

二、判断对错

1. "青春恰自来"是说人的成长是自然的过程，不用努力，耐心等待就好。　　（　　）

2. "也学牡丹开"用比喻手法表现苔花虽小却勇于绽放自己的精神。（　　）

三、简答题

《苔》这首诗体现了苔怎样的特点？

赵翼

赵翼（1727—1814），字耘崧，号瓯北，别号三半老人，清代史学家、文学家，与袁枚、张问陶并称清代"性灵派三大家"。他的诗在内容上多重视自我，多抒发对事物的看法、对生命的感悟以及内心的喜悦与忧愁；在风格上深受宋诗的影响，擅长议论，多诙谐语，清新流畅，不事雕琢。

论诗（其二）

lùn shī（qí èr）

赵翼

李杜诗篇万口传[1]，
至今已觉不新鲜。
江山代有才人出[2]，
各领风骚数百年[3]。

lǐ dù shī piān wàn kǒu chuán,
zhì jīn yǐ jué bù xīn xiān.
jiāng shān dài yǒu cái rén chū,
gè lǐng fēng sāo shù bǎi nián.

【注释】

[1] 李杜：唐代大诗人李白、杜甫。
[2] 江山：国家。
    代：时代。
    才人：有才华的诗人。
[3] 领：引领。
    风骚：原是《诗经·国风》与屈原《离骚》的并称，这里指优秀诗人的崇高地位和深远影响。

【译文】

李白、杜甫的诗篇流传千古、万人传诵，如今已经不再让人感到新颖独特了。
历史上每个时代都有很多有才华的诗人出现，他们的诗篇也会引领诗坛流传数百年。

【简析】

这首诗表达了诗人对诗歌创作的主张。他认为诗歌创作应随时代变化而不断创新，要有时代精神和个性特点，不能沿袭守旧、模仿古人。全诗用古今对比的手法，将古今之人对李、杜诗篇的态度做对比，突出了只有创新才能领时代之风骚的观点。

诗歌前两句以李白、杜甫为例，指出即使是如此伟大的诗人的作品，他们的诗篇仍有其历史局限性。后两句强调每个时代都有有才华的杰出人物出现，他们都将以自己的风格在文坛上享誉数百年，在自己的时代里影响和主导文学创作向前发展，开创一代新的诗风。

本诗直抒胸臆，语言浅近直白，议论精警深刻。

【思考与练习】

一、选择题

1.《论诗》（其二）是一首（　　）。
　　A. 议论诗　　　　　　B. 抒情诗　　　　　　C. 山水诗
2.《论诗》（其二）中的"李杜"指的是（　　）。
　　A. 李白、杜甫　　　　B. 李商隐、杜甫　　　　C. 李商隐、杜牧
3. 下列对"江山代有才人出，各领风骚数百年"理解正确的一项是（　　）。
　　A. "风骚"指的是风度
　　B. 一代新人过去，又有一代新人出现
　　C. "才人"指的是作者自己

二、填空题

1.《论诗》（其二）的作者是_____代诗人_____。
2.《论诗》（其二）的中心句是"_____，各领风骚数百年"，其中"风骚"的本义是指《_____》和《_____》，这里指_____。
3.《论诗》（其二）主要使用的写作手法是_____。

三、简答题

1.《论诗》（其二）的主旨是什么，表达了诗人怎样的主张？
2. 在《论诗》（其二）前两句诗中，诗人认为李杜诗篇"不新鲜"是在否定李白、杜甫的成就吗？

龚自珍

龚自珍（1792—1841），字璱人，号定庵，清末文学家、思想家。他的诗多感伤时世，充满忧患意识，语言清奇瑰丽，想象丰富，具有强烈的爱国主义精神和理想主义色彩。

己亥杂诗（其五）[1]

jǐ hài zá shī（qí wǔ）

龚自珍

浩荡离愁白日斜[2]，
吟鞭东指即天涯[3]。
落红不是无情物[4]，
化作春泥更护花[5]。

hào dàng lí chóu bái rì xié,
yín biān dōng zhǐ jí tiān yá.
luò hóng bú shì wú qíng wù,
huà zuò chūn ní gèng hù huā.

【注释】

[1] 己亥：这里指清代道光十九年（1839）。
[2] 浩荡：无限。
　　离愁：离别京都的愁思。
[3] 吟鞭：诗人的马鞭。
　　东：向东。
　　指：挥动。
　　即：到。
　　天涯：天边，指离京都很遥远。
[4] 落红：落花，这里是诗人自比。
[5] 春泥：春天里的泥土。
　　花：比喻国家。

【译文】

离别京城的无限愁思向着落日西斜的远处延伸，马鞭向东一挥，感觉像人远在天涯一般自由喜悦。

枝头掉下的落花，并不是无情之物，即使化作泥土，也甘愿培育春花成长。

【简析】

这首诗是诗人辞官归乡时所作。诗歌写出了诗人离京归乡时复杂的情感，既有对辞官离京的忧伤失落，也有离开黑暗官场的轻松喜悦，表达出诗人忧心国事、仍愿为国家培育新人的爱国情怀。

诗的前两句写诗人离开京城南归故乡时的感慨。落日斜晖与广阔天地互为映衬，离别的愁绪与回归的喜悦两相交织，在无限感慨中表现出诗人豪放洒脱的气概。诗的后两句以

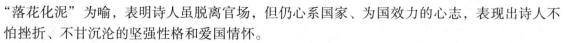

"落花化泥"为喻,表明诗人虽脱离官场,但仍心系国家、为国效力的心志,表现出诗人不怕挫折、不甘沉沦的坚强性格和爱国情怀。

全诗托物言志,构思巧妙,抒情和议论有机结合,形象生动而又含蓄深刻。

【思考与练习】

一、解释下列画线字词

1. <u>浩荡</u>离愁白日斜
2. 吟鞭东指<u>即</u>天涯
3. <u>落红</u>不是无情物

二、填空题

1. 《己亥杂诗》(其五)最后两句运用了_____的修辞手法。
2. 《己亥杂诗》(其五)中表达诗人离开京城时悲喜交加的心情的句子是_____,_____。
3. 《己亥杂诗》(其五)中写诗人虽辞官但仍心系国家的句子是_____,_____。

三、判断对错

1. 《己亥杂诗》(其五)前两句真实地反映了诗人当时复杂的心情。( )
2. 龚自珍是明代著名思想家、文学家。( )
3. 《己亥杂诗》(其五)中,诗人辞官归家说明其内心十分消沉,不愿意再关心世事。( )

四、简答题

《己亥杂诗》(其五)最后两句表明了诗人怎样的心志?

己亥杂诗
（其一百二十五）

jǐ hài zá shī
(qí yī bǎi èr shí wǔ)

龚自珍

九州生气恃风雷[1]，
万马齐喑究可哀[2]。
我劝天公重抖擞[3]，
不拘一格降人材[4]。

jiǔ zhōu shēng qì shì fēng léi,
wàn mǎ qí yīn jiū kě āi.
wǒ quàn tiān gōng chóng dǒu sǒu,
bù jū yī gé jiàng rén cái.

【注释】

[1] 九州：指中国。
　　生气：活力，这里指生机勃勃的局面。
　　恃：依靠。
[2] 喑：哑，这里指沉默无声。
　　究：终究。
[3] 天公：老天爷，这里指皇帝。
　　抖擞：振作。
[4] 降：降临。
　　材：通"才"，人才。

【译文】

中国大地想要焕发生机只有依靠疾风惊雷的力量，国家政局呈现出一片死气沉沉的局面终究可悲。
我劝上天重新振作精神，不要拘泥于一种规格去选拔人才。

【简析】

诗人龚自珍在己亥年（1839）辞官归乡，途中创作《己亥杂诗》组诗共315首，这是其中的第125首，表达了诗人渴望变革、选拔人才、振兴国家的强烈愿望。

诗歌开头两句运用比喻手法写出诗人对国家形势的看法，用"风雷"比喻变革，用"万马齐喑"比喻清王朝社会政局的沉闷压抑、死气沉沉、毫无生机。一个"哀"字，表现了诗人对这一现状的痛心疾首和对国家前途命运的忧患意识。

国家只有进行暴风惊雷般的变革，才能打破这思想被束缚、人才被埋没的社会局面。因此，在后面两句中，诗人以祈盼的口吻，表达了他想要改变黑暗现状的强烈愿望。用"劝"字而不用"求"字，说明诗人是以一种中正平和的姿态劝统治者重新振作，力挽狂澜，不拘一格地选拔人才，也表明了诗人明确的变革方向和坚定的救国决心。

全诗想象奇特，意象壮伟，气势恢宏，感情真挚有力。

【思考与练习】

一、解释下列画线字词

1. 九州<u>生气</u>恃风雷
2. 万马齐<u>喑</u>究可哀
3. 我劝天公重<u>抖擞</u>

二、选择题

1. 《己亥杂诗》（其一百二十五）标题中的"己亥"表示的是（　　）。
   A. 地点　　　　　　B. 时间　　　　　　C. 人名
2. 下列出自《己亥杂诗》（其一百二十五）中的成语是（　　）。
   A. 天降人才　　　　B. 九州生气　　　　C. 万马齐喑
3. 关于《己亥杂诗》（其一百二十五），下列说法有误的一项是（　　）。
   A. 这首诗表达了诗人对人才的爱惜
   B. 这首诗写诗人希望统治者打破陈规旧制
   C. 这首诗表现了诗人不想为国效力而寄希望于统治者的心理

三、填空题

1. 《己亥杂诗》（其一百二十五）是_____代诗人_____的作品。
2. 我劝天公重抖擞，_____。
3. 《己亥杂诗》（其一百二十五）中出现了两个成语，它们分别是_____、_____。

四、简答题

请你对比一下《己亥杂诗》（其一百二十五）与《己亥杂诗》（其五），说说它们在思想上的异同。

纳兰性德

纳兰性德（1655—1685），字容若，号楞伽山人，清代著名词人。他的词以小令见长，既有表现边塞风光、军旅生活的豪放词，也有表现爱情或悼亡的婉约词。他的词善于运用白描手法，写景逼真传神，情感真挚浓烈，多感伤情调，风格清新隽秀、哀怨凄美，文辞清隽，意境天成。

长　相　思[1]

cháng xiāng sī

纳兰性德

山一程[2]，　　　　　　　　　　shān yì chéng，
水一程，　　　　　　　　　　　shuǐ yì chéng，
身向榆关那畔行[3]，　　　　　　shēn xiàng yú guān nà pàn xíng，
夜深千帐灯[4]。　　　　　　　　yè shēn qiān zhàng dēng.

风一更[5]，　　　　　　　　　　fēng yì gēng，
雪一更，　　　　　　　　　　　xuě yì gēng，
聒碎乡心梦不成[6]，　　　　　　guō suì xiāng xīn mèng bù chéng，
故园无此声[7]。　　　　　　　　gù yuán wú cǐ shēng.

【注释】

[1] 长相思：词牌名。
[2] 程：路程。
[3] 榆关：山海关，在今河北秦皇岛东北。
　　那畔：那边，指关外。
[4] 帐：原指军营的帐篷，这里指皇帝出巡时临时住宿的行帐。
[5] 更：旧时一夜分五更，每更大约两小时。
[6] 聒：原指声音嘈杂，这里指风雪声。
[7] 故园：故乡，这里指北京。
　　此声：指风雪交加的声音。

【译文】

随行的将士们跋山涉水走过一程又一程，浩浩荡荡地向着山海关进发。夜已经深了，千万个营帐里都点起了灯火。

营帐外风雪声交加，嘈杂的阵阵风雪声搅得将士们思乡心切，再也无法入睡，那远隔千里的家乡可没有这样的风雪声。

【简析】

　　1682年,词人护卫康熙帝从京师(北京)出山海关到盛京(沈阳)祭祖,这首词便是在这次赴关外途中所作。全词描写了行旅关外的艰辛、思念故乡的愁苦心情,融细腻的思乡之情于雄壮的景色中。

　　词的上片描写白天行军与晚上驻扎的情形,流露出词人奉命出行的无奈与厌倦情绪。第一、第二句用反复的修辞手法叠用两个"一程",突出路途的漫长、行程的艰辛。第三句交代行旅方向,通过写身向榆关,心向京师,表现词人此次出行的无奈。第四句承上启下,写夜晚宿营于旷野的情景,写景新颖壮阔,虚写深夜营帐里闪烁的灯光,以此暗示词人因思乡而失眠。

　　下片侧重写思乡之苦:在营帐中卧听风雪声,思乡之情更加深重。下片第一、第二句叠用"一更",紧接上片"夜深千帐灯",揭示夜晚无眠的原因:天寒地冻,铺天盖地的暴风雪扑打着帐篷,声音经久不息。这突出了塞外风狂雪骤的荒寒景象和恶劣的环境。第三句呼应上片结尾一句,直接给出了深夜不寐的原因,"聒"字用夸张的手法,既写出了风雪声响之大和词人的厌恶之情,也形象地表现出词人整夜辗转难眠的状态。最后一句交代了"梦不成"的原因。故乡熟悉的一切在此时闪现,勾起了词人对家乡的深深眷恋。

　　总之,上片写面、写外,从视觉的角度写所见景象;下片写点、写内,从听觉的角度直写所闻,曲写心情。

　　这首词韵律优美,格调清新,自然雅致,直抒胸臆,毫无雕琢痕迹,取景宏阔,对照鲜明,情思缠绵,笔调婉约。

【思考与练习】

一、解释下列画线字词

1. 身向<u>榆关</u>那畔行
2. <u>聒</u>碎乡心梦不成
3. <u>故园</u>无此声

二、填空题

1.《长相思》的作者是_____代词人_____。
2.《长相思》描写了词人出行关外的艰辛,词中离别的对象是_____,抒发了词人的_____之情。
3.《长相思》中的主旨句是_____,_____。

三、简答题

1."山一程,水一程"使用了什么修辞手法?这样写有什么作用?
2."夜深千帐灯"这一句特别为人所赞赏,请你说一说它好在哪里。